老人的战争

[美] 约翰·斯卡尔齐　著
姚向辉　译

江苏凤凰文艺出版社
JIANGSU PHOENIX LITERATURE AND ART PUBLISHING, LTD

读客外国小说文库

熊猫君激发个人成长

OLD MAN'S WAR

JOHN SCALZI

第一部

1

七十五岁生日那天，我做了两件事情：第一件是给妻子上坟，第二件是参军。

两者相比，给凯西上坟不那么戏剧化。

她葬在哈里斯溪公墓，沿着马路走不到一英里，就是我现在居住和我们过去生儿育女的地方。让她入土为安比想象中困难得多，我和她都没有预料到谁会需要丧葬服务，因此从未作过任何安排。因为妻子没有预订过墓地而和墓地管理方唇枪舌剑，这种事情往小里说也令人备受屈辱。最后还是我的儿子查理——他凑巧是镇长——费了一番周折，这才搞到那一小片土地。当镇长的老爸确实也有好处。

不多废话了，说说她的坟墓吧。简简单单，不惹人注意，没有大块墓碑，只放了块那种小地标。与其形成鲜明对比的是葬在旁边的珊德拉·凯恩，黑色抛光大理石的墓碑大得夸张，不但镶有珊迪[1]

1　珊德拉的昵称。

高中时的照片，正面还用喷砂机刻了几句济慈嗟叹青春和美貌逝去的感伤诗句。这完全是珊迪的风格。若是知道珊德拉带了块大得夸张的墓碑长眠身边，凯西肯定会乐不可支；两人在世时，珊迪从未放松过与凯西的消极对抗竞赛，这委实令人发噱。凯西带着一个馅饼参加本地的烘焙义卖，珊迪保证会带上三个和一肚子怨气，如果凯西的馅饼凑巧先卖了出去，那她的怨气则将溢于言表。凯西会试图平息珊迪的怒火，动用优先购买权，买下她的一个馅饼。从珊迪的角度来看，很难说这到底让情况转好还是变得更糟了。

珊迪的墓碑大概算是这番争斗的总结陈词，凯西没法对此反戈一击，因为她毕竟先走一步。但另外一方面，我不记得有谁来探望过珊迪，她过世后，斯蒂夫·凯恩卖掉房子搬去了亚利桑那，脸上的笑容比十号州际公路还宽阔。过了一阵子，他寄给我一张明信片；他搞上了那儿某个五十年前的A片红星。得知这消息后的整个星期，我一直觉得像是碰了什么脏东西。珊迪的儿孙住在隔壁镇子，但探访频率就仿佛他们也住在亚利桑那。她下葬后，恐怕唯有我读过珊迪墓碑上的济慈诗句，而我也只是在给几英尺外的妻子上坟时捎带着看上两眼罢了。

凯西的墓上刻着她的姓名（凯瑟琳·蕾蓓卡·佩里）、生卒年月和几个字：爱妻慈母。每次上坟我都一遍又一遍地读这几个字。我克制不住自己；虽然只是四个字，难以说尽一切，却完美地总结了她的一生。这几个字无法告诉你她是个什么样的人，说不出她怎么迎接每一天，如何勤勉劳作、兴趣何在、喜欢去哪儿旅行。不可能让你知道她最爱什么颜色、喜欢什么发型、投票给谁、幽默感好不好。寥寥几个字，无法帮助你了解她，只能让你知道有人爱着她——事实也的确如此。她会觉得这就够了。

我厌恶这里。我厌恶相伴四十二年的妻子就这么离开我。那个星期六早晨，前一分钟她还在厨房里，一边搅拌华夫饼的面糊，一边给我描述昨晚图书馆理事会上的骚乱；下一分钟，她就躺在了地上，中风使得她抽搐不止。她的最后一句话是“该死的香草放在哪儿了”，这点尤其让我痛苦。

我厌恶成为终日徘徊墓园陪伴亡妻的那种老人。年轻的时候（很年轻的时候），我问过凯西，上坟究竟有什么意义。曾经属于某个人的腐骨烂肉并不是这个人，仅仅是腐骨烂肉而已。那个人已经离去，去了天堂或者地狱或者天晓得什么地方，也可能就此湮灭。拜祭一扇牛肉与此并无区别。等你老了，你会明白事实未尝改变，你只是不在乎了而已，因为你没有其他出路。

然而，尽管厌恶墓园，但我也感谢存在这么一个地方。我想念妻子。在墓园想念她还稍微好受些，这里的她毕竟已经故去，但在其他地方，她都是活生生的。

我没待多久。我一向如此。足够让我知道时隔八年，伤口仍然新鲜就行。痛楚能够提醒我，除了像个老傻瓜似的站在墓园里，我还有其他事情要做。体会到痛楚，我转身就走，一路上没有回头。这是我最后一次探访墓园和给妻子上坟，但我并不想耗费太多心神去记住这一切。因为，如我所说，这里的她毕竟已经死去，记住墓地毫无价值。

说起来，报名参军也没什么戏剧性。

我居住的镇子太小，没有专属的征兵处。我只能驱车前往郡府格林维尔[1]报到。征兵处位于一条没啥特色的商店街上，是个临街的铺面。左邻是有执照的卖酒小店，右舍替人文身。按照进入这几家的先后顺序不同，隔天早晨醒来时你也许会惹上大麻烦。

征兵处里面能有多不起眼，就有多不起眼。办公桌上摆着电脑和打印机，后面坐着一个人，前面摆着两把椅子。墙边一字排开另有六把椅子，椅子前的小桌上放着征兵信息和几本过期的《时代》和《新闻周刊》。凯西和我十年前来过；别说有啥变化了，我觉得什么都没挪过地方，包括杂志在内。办事员似乎换了一个。至少我不记得上次那位有这么多头发，还有胸部。

办事员正忙着在电脑上打字，听见我进来，连头也没抬。“马上就好。”她喃喃说道，这想必是对于开门的巴甫洛夫反应。

“慢慢来，”我说，“人多，没办法。”这个玩笑已经摸到了挖苦的边，但她既不搭理我，也毫无赞赏之意，近几年我的玩笑似乎都是这个下场，发现自己“宝刀未老”终归是件好事。我在桌前坐下，等待办事员做完手上的活儿。

“来还是去？”她还是没有抬头看我。

“什么？”我问。

“来还是去，”她重复道，“来签入伍意向书，还是去开始服役？”

1　美国俄亥俄州西部达克郡郡府，该郡以美国独立战争期间著名将领威廉·达克为名。

“哦。去，谢谢。”

这个回答终于让她看我了，她眯起眼睛，隔着厚度惊人的镜片打量我。“约翰·佩里。”她说。

“正是在下。你怎么知道？”

她低头接着看电脑。“尽管可以等三十天再正式入伍，但大部分想参军的人都选生日报到。今天只有三个人过生日。玛丽·华洛里打电话说她不打算去了，而你看起来又不像辛西娅·史密斯。”

“这话着实好听。”我说。

“另外，你也不是来签意向书的，”她还是不搭理我泼洒出去的幽默感，“据此可以推断出，你就是约翰·佩里。”

“为什么不能是个四处闲逛找人聊天的孤苦老头呢？”我说。

“附近很少有这种人，”她说，“隔壁恶魔文身的小伙子吓得他们退避三舍。”她终于推开键盘，把全部注意力放在我身上。“那么，请出示证件。”

“但你已经知道我是谁了。”我提醒她。

“公事公办。”她答道，说话间连最细微的一丝笑意都没有。每天和絮絮叨叨的老屁虫打交道显然是要付出代价的。

我奉上驾照、出生证明和身份证。她接过去，从抽屉里取出掌纹板插上电脑，然后递给我。我把手掌向下按在上面，等待扫描结束。她取回掌纹板，拿起我的身份证，在侧面划了一下，对比掌纹信息。最后，她终于说：“你是约翰·佩里。”

“这不是回到起点了吗？”我说。

她还是不理我。“十年前，在志愿入伍介绍会上，你已获悉殖民防卫军的信息，以及参军后将要承担哪些责任和义务。”她的语气说明，在职业生涯的大部分日子里，这段话她每天至少要重复一遍。“作为补充，在接下来的十年间，我们多次寄送补充材料，帮助你记住你将要承担的责任和义务。

“现在，请问，你是否需要我方提供补充信息或补充说明，还是认为你已完全了解将要承担的责任和义务？请注意，索取补充材料或选择不加入殖民防卫军，都不会使你得到惩罚。”

我回忆起了格林维尔社区中心的那次介绍会。第一部分是一群老家伙坐在折叠椅上，喝着咖啡，吃着甜甜圈，听着殖民防卫军的某位忠诚卫士唠叨人类殖民史。接着，他把小册子发给大家，小册子介绍的是殖民防卫军的服役生活，看起来和其他军队没有什么区别。问答环节中，我们发现他根本不是殖民防卫军的人，只是受雇在迈阿密山谷地区进行宣讲而已。

介绍会的第二部分是简单体检——医生来采集血样，用棉签擦拭口腔内侧获取细胞样本，最后是脑部扫描。我显然通过了。从此以后，他们每年寄给我一份我在介绍会上拿过的小册子。过了第二年，我连读也不读就直接扔进垃圾桶。

“我了解。”我答道。

她点点头，从抽屉里取出一张纸和一支笔递给我。纸上的文字分几段，每段下面都留有签名的空间。我认出了这张纸。十年前我签过一张非常类似的文件，旨在确认我了解十年后将会面对什么。

“我把每段话念给你听，”她说，“每段结束时，如果你理解并认可所听到的内容，就在段落下签上你的姓名和今天的日期。如果有疑问，请在段落结束时向我询问。如果不理解或不认可我念的或解释的内容，那就不要签字。明白了吗？”

“明白了。”我答道。

“很好，”她说，“第一段：我，签字人，承认并确认我完全出于本人意愿参加殖民防卫军，未受任何威胁，服役期限不少于两年。我同时知道，在战争期间，或视情况需要，此期限还可由殖民防卫军一方延长八年。”

这个“总共十年”的扩展条款对我来说并不新鲜，因为我读过一两次他们提供的信息，不过我估计有很多人恐怕根本没仔细看这一条，而仔细看了的人恐怕也没几个真觉得军队会留他们十年之久。要我说，殖民防卫军如果不认为有此必要，就不会提出这个十年条款了。拜隔离法案所赐，我们很少听说殖民战争的事情。但就听闻的内容而言，宇宙实在不是什么和平仙境。

我签了字。

“第二段：我确认志愿加入殖民防卫军，代表我同意携带武器，并使用武器对抗殖民联盟的敌人，这有可能包括其他的人类武装力量。在服役期间，我不能拒绝携带或使用武器，或出于宗教或道德原因拒绝参加战斗。”

谁会志愿参军，然后宣称他出于良知拒服兵役呢？我签了字。

“第三段：我确认并同意我愿意遵守《殖民防卫军行为准则》，尽心尽力执行上级军官发布于我的命令与指示。”

我签了字。

“第四段：我确认志愿参加殖民防卫军，代表我愿意接受殖民防卫军认为可强化战斗能力的任何内科、外科、摄生疗法及其他治疗手段。”

终于来了：这就是每年都有无数我这种七十五岁老家伙参军的原因。

我曾经对祖父说，等我到了他这把年纪，科学家肯定已经找到了大幅度延长人类寿命的办法。他哈哈大笑，说他小时候也这么想，可结果他还是变成了一个老头。现在我的处境相同。衰老的问题在于，那些该死的烂事不是一件接一件地发生，而是所有烂事同时砸在了你的头上。

你无法阻止衰老。基因疗法、更换器官和整容手术，这些都是很好的抗争手段。但衰老迟早会找上门来。换个肺，你的心脏爆了瓣膜。换颗心，你的肝脏忽然肿胀如充了气的猪尿泡。换块肝，中风又霹雳一声打下来。这是衰老的王牌：大脑无法置换。

多年以前，人类的预期寿命达到了九十岁，从此就没怎么变过。古来稀的七十不稀奇之后，我们又赢得了二十年，这时候上帝他老人家大概亲自插手了。人们的寿命可以延长，也的确得到了延长，但多出来的那些年却是身为老人而活。关于这一点，改变的东西委实不多。

比方说，看看你吧：二十五、三十五、四十五，甚至五十五岁，你都还感觉良好，觉得可以征服世界。等你到了六十五，躯体低头一看，毁灭的魔影在不远处隐现，那些神秘莫测的“内科、外科、摄生疗法及其他治疗手段”就忽然变得引人入胜了。接下来，七十五岁，朋友开始辞世，你至少更换了一个主要器官，睡个觉要起夜四次，爬段楼梯一准让你气喘吁吁，还总有人说在这个年纪你算是状态不错了。

拿这些东西交换在战场度过神采奕奕的十年，你开始觉得这笔交易划算得没得比了。特别是如果你不交换，十年后你就到了八十五岁，和葡萄干的共同之处是你们都皱皱巴巴而且都没有前列腺，不同之处是葡萄干天生没有前列腺。

那么，殖民防卫军是如何逆转衰老进程的呢？下界无人知晓。地球上的科学家非但没法解释，甚至不能复制成功案例——尽管他们没有少做尝试。殖民防卫军不在地球运作，因此你无法询问退伍老兵。更有甚者，他们只在地球征兵，因此普通殖民者也不清楚答案，再者说，询问殖民者这件事本身就不是你做得到的。不管殖民防卫军在地球外施行了什么法术，那都完成于他们的势力范围之内，地球和各国政府鞭长莫及。就连山姆大叔也无计可施。

每隔一段时间，就会有某国议会或总统或独裁者下决心要禁止殖民防卫军征兵，逼迫他们公布秘密。殖民防卫军从不争辩，只是打包走人。然后呢？这个国家的七十五岁老人就纷纷出国度长假，然后一去不返。殖民防卫军一不解释，二不说理，三不泄露半点线索。想知道他们怎么让人返老还童？那就报名参军吧。

我签了字。

“第五段：我确认志愿加入殖民防卫军，我将放弃我在原属政治实体中的公民身份，就此个案而言，美利坚合众国；同时将放弃我在地球的定居权。我确认我的公民身份将由此转至殖民联盟，具体转至殖民防卫军。我理解并明了放弃本地公民身份和地球居住权代表我从此不得返回地球，待殖民防卫军服役结束后，殖民联盟及/或殖民防卫军将安置我到指定的殖民星球居住。”

简而言之：你再也不能回家了。这是隔离法案中的重要条款，此法案由殖民联盟和殖民防卫军强制执行，以防地球再次遭受“大去势”之类的外星生物灾难袭击。地球居民当时深受其害。一年之内，三分之一的男性永远失去了生育能力，也难怪地球会变得如此心胸狭窄了。现在的人没那么热衷于封锁了，他们看腻了地球，想去看看宇宙各处都是什么模样，没有留下后代的曾祖辈早已被人遗忘。但是，只有殖民联盟和殖民防卫军才拥有可以进行恒星际旅行的跃迁引擎。因此，事情就是这样了。

（同意在殖民联盟安置你的星球定居，这个约定基本上是多此一举，因为只有他们拥有飞船，他们愿意送你去哪儿就送你去哪儿。他们才不可能让你驾驶太空船呢。）

隔离法案和跃迁引擎的垄断有个副作用，那就是地球不可能联系各个殖民地，各个殖民地之间也是一样。想让某个殖民地及时回话只有一个办法：把你的消息放进一艘带有跃迁引擎的飞船；殖民防卫军甚至不太情愿帮各个殖民星球的政府传送文本和数据，其他人就更加没有这个福气了。当然，你可以架起射电天线，等待其他殖民地的信号凑巧扫过，但就连离地球最近的阿尔法殖民地也在八十三光年之外。星球和星球之间想传点儿闲话实在不太容易。

我没有求证，但我猜让大部分人打退堂鼓的正是这个段落。期待重拾青春是一回事，但抛弃你在七十五年间所了解的一切、你认识和爱过的每一个人、体验过的各种事情，那就是另外一回事了。

跟你的整个人生说再见，这还真他妈的是件难事。

我签了字。

“第六段——最后一段，”办事员说，“我理解并确认在最后签字后的七十二小时之后，或被殖民防卫军运离地球之后，无论两者谁先谁后，我都将被所有相关的政治实体——就此个案而言，俄亥俄州和美利坚合众国——在法律上认定死亡。我的所有遗产将被按照法律重新分配。所有随死亡解除的法律责任和义务将就此中止。所有法律记录，无论褒奖还是惩罚，都将就此失效，所有债务将依照法律作废。我理解并确认，本人如果尚未对财产继承作出安排，殖民防卫军将在七十二小时内提供一应法律上和财务上的顾问服务。”

我签了字。就这么说吧：我还有七十二小时可活。

“如果我没有在七十二小时内离开地球，那将发生什么？”我把那张纸还给办事员。

“什么也不会发生，”她接过文件，“除了你从法律上说已经过世了，你的全部财产都将按照遗嘱分配，健康和人寿保险将被取消，偿付给你的继承人。另外，你从法律上说已经过世了，因此不能得到法律的保护，无论是遭到诽谤还是谋杀。”

“这么说，如果有人扑上来杀了我，他是不会负任何法律责任的了？”

“呃，也不尽然，”她说，“如果有人杀了从法律上说已经过世的你，我记得在俄亥俄州会因为‘侵扰尸体’而受审。”

“有意思。”我说。

“不过，”她就事论事的语气越来越让人沮丧，“一般不会搞得那么复杂。从现在开始，七十二个小时内，你随时可以改变主意，不去参军。给我打电话就行。如果我不在，自动答录机会记下你的姓名。一旦我们确定你真的打算退出，你将被免除随后的所有义务。不过请记住，退出一次，你就永远不能申请参军了。机会只有一次。”

“明白了，”我答道，“需要我宣誓吗？”

“不用，”她说，“让我处理好这张表格，然后把机票给你就行。”她转身面对电脑，敲打了几分钟键盘，最后揿下回车键。“电脑正在生成机票，”她说，“稍等片刻。”

“好的，”我说，“介意我问个问题吗？”

“我结婚了。”她说。

“我没打算问这个，”我说，“不过，真有人动歪心思？”

“始终有，”她说，“很烦人。”

“真替你难过。”我说。

她点点头。

“我想问的是，你有没有见过殖民防卫军的人。”

“你是说除了志愿入伍的人？”

我点点头。

“没有。殖民防卫军在地球上有个公司，处理各种征兵的事情，但谁也没见过他们的人。我估计连这个公司的首席执行官都没见过。所有信息和资料都来自殖民联盟的使馆人员，而非殖民防卫军本身。我觉得他们根本不来地球。”

“给一个从来没碰过面的组织工作，你难道一点儿也不烦心？”

“不烦心，”她说，“工作轻松，薪水好得出奇——和他们装修办公室的那点儿小钱相比。再说，你正要去参加这么一个从来没见过面的组织。你难道就一点儿也不烦心？”

“不烦心，”我承认道，“我老了，妻子过世了，不再有值得留下的理由了。你以后会参军吗？”

她耸耸肩。“我才不介意变老呢。”

“我年轻的时候也不介意，”我答道，“等真的老了，才明白究竟是怎么一回事。”

打印机发出微弱的嗡嗡声，吐出一个名片大小的东西。她拿起来递给我。“你的机票，”她对我说，“证明你是约翰·佩里，是殖民防卫军的新兵。别弄丢了。去代顿机场的通勤车三天后上午八点半在征兵处门口发车，建议你早点来。只能带一件随身行李，因此请仔细挑选你想带走的物品。

“到了代顿，你先搭上午十一点的航班去芝加哥，然后下午两点乘三角翼飞机去内罗毕。内罗毕比这里早九个钟头，所以飞机应该在当地时间午夜落地。殖民防卫军的代表会来接你，你可以选择搭凌晨两点的豆杆去殖民太空站，也可以先休息一下，搭上午九点的豆杆。到了太空站，你就是殖民防卫军的人了。”

我接过机票。“如果航班迟到或延误怎么办？”

“我在这儿工作了五年，这些航班连一次都没有延误过。”她答道。

“哇，”我说，“我敢打赌，殖民防卫军的火车也从不误点。”

她面无表情地瞪着我。

“知道吗？”我说，“我从进门开始就一直在努力说笑话。”

“我知道，”她答道，“真抱歉。我小时候做手术摘除了幽默感。”

“哦。”我说。

“开玩笑而已。”她说着站起来，伸出一只手。

“噢。”我起身和她握手。

“祝贺你，新兵。”她说，“祝你在群星之间有好运气——我是说真的。”她补充道。

“谢谢，”我答道，“感激不尽。”

她点点头，坐下去，眼睛又盯上了电脑。我可以走人了。

出去的路上，我看见一位老妇人穿过停车场，走向征兵处。我走到她面前。“辛西娅·史密斯？”我问。

“是的，”她答道，“你怎么知道？”

“我只是想说声生日快乐而已，”我说，然后指指天空，“也许到了上面还会碰面。”

她想明白了，对我笑笑。今天终于有人被我逗笑了。事情有所好转。

2

脚下的内罗毕猛然坠落；我们走到一边，仿佛这儿是什么高速电梯（豆杆这东西确实就是一种高速电梯），望着地球滑向深渊。

“从上边看他们就像蚂蚁！”站在我身旁的利昂·迪克咯咯笑道，“黑蚂蚁！”

我有强烈的冲动想砸破窗户，把利昂扔出去。可惜这里的窗户都打不破；豆杆的所谓“窗户”和轿厢其他部分质地相同，也是金刚石复合材料，只是特地做成透明的，好让搭乘者观赏脚下的风景罢了。轿厢密不透气，几分钟后这个特性就将非常有用，因为到时候我们会升到非常高的高处，砸破窗户将导致爆炸性减压、缺氧症和死亡。

因此，利昂恐怕不会意外地发现自己突然开始重返大地的怀抱了。实在遗憾。从芝加哥开始，利昂这只一肚子香肠和啤酒的虱子就黏上了我。这家伙的血管里至少有一半是猪油，居然能活到七十五岁，我真是叹为观止。往内罗毕的航班上，我足有一半时间都在听他一边放屁，一边阴森森地阐释殖民地种族构成的阴谋论。

在这场滔滔不绝的独角戏里，放屁还是比较令人愉快的一部分；我这辈子从没如此渴望过一副耳机，好让我欣赏飞机上的影音娱乐。

我选择了前一个离开内罗毕的豆杆航班，想借此甩掉这家伙。他看着像是放屁一天后需要稍事歇息的那种人。可惜我实在时运不济。同利昂和他的臭屁再共度六小时，这彻底超出了我的承受范围；豆杆轿厢若是有窗户，而我又没法把他扔出去的话，我恐怕情愿自己跳出去。情急之下，我只好动用了唯一有可能避开他的办法：说我必须上个厕所。利昂不怎么乐意，咕哝着表示同意。我逆时针在轿厢里溜达，大体而言走向洗手间的方向，但更主要是为了寻找一个利昂找不到我的地方。

这可不容易。豆杆的轿厢形如甜甜圈，直径约一百英尺。甜甜圈中间的那个窟窿，也就是轿厢沿着豆杆滑动的洞眼，直径约二十英尺。缆索的直径显然稍微再小点儿，大概是十八英尺，很难想象一根几千英里长的缆索竟然只有这么粗。剩下的空间里放置了舒适的小隔间和长沙发，人们可以坐下来聊天，另有几小块区域供旅客观赏娱乐节目、玩游戏和就餐。当然，还有很多靠窗位置供你观景，你可以俯瞰地球，可以平视其他几根豆杆缆索和轿厢，也可以仰望殖民太空站。

大体而言，轿厢就像一家经济型酒店舒适的大堂，忽然被发射上了地球同步轨道。唯一的毛病是开放式设计使得我很难找到躲藏的地方。这个班次并未满员，因此乘客数量不够多，我不能往人群里一钻了事。最后，我决定在轿厢中心附近的售货亭喝点什么，这里大约和利昂站立的位置相对。视线没法拐弯，所以在这里最有可能逃离他的魔爪。

离开地球的过程从肉体上说相当恼人，这得感谢神憎鬼厌的利昂，但从心理上说却轻松得出乎意料。去年我终于下定决心：是的，我要参加殖民防卫军；接下来就只是例行公事地安排后事和告别了。十年前，我和凯西刚决定参军之后，便让儿子查理成为了我们住处的共同所有者，这样他无需通过继承就能得到那幢房子。除此之外，凯西和我别无长物，只有些一辈子积累下来的各色小玩意儿。其中比较拿得出手的都被我在过去一年内送给了亲友，剩下的就交给查理去处理吧。

告别亲友也没多困难。人们对这个消息的反应无非是惊讶和悲伤，但在程度方面各有不同：一方面，大家都知道参加殖民防卫军意味着你将一去不回，但另一方面，参军和死亡又有所区别。他们知道你还活在天空中的某个地方；妈的，搞不好过一阵子，他们还会来和你做伴呢。这和几百年前看着熟人跳上四轮马车驶向西部有几分类似，人们会哭泣，会想念他们，然后回去该干啥干啥。

总而言之，整整一年前我就宣布了这个消息。时间这么长，足够你说完该说的话，了结该了结的事情，化解该化解的仇怨。在这一年间，我跟老朋友和家人聚了好几次，也最后一次揭开了几块陈年疮疤，结局基本上都不错。我甚至还为几件我其实并不太抱歉的事情请求了宽恕，其中有一次不知怎的让我和对方上了床——在正常情况下我恐怕没这个念头。有些必要的事情非做不可，就算是给别人一个交代吧。这能让他们心情愉快，何况你也不需要付出什么。我愿意为我其实不太在乎的事情道歉，让地球上有人祝福我武运昌隆，而不是顽固到底，搞得有人希望异形吧唧吧唧吃掉我的脑髓。管这个叫果报保险好了。

我最挂念的是查理。和许多父子一样，我们处得并不好。我不是最体贴的父亲，他也不是最有人生目标的儿子，虚度人生直到三十好几。第一次发现我和凯西有参军意愿的时候，他大发雷霆。他提醒我们，我们曾经反对过次大陆战争。他提醒我们，我们经常教导他，暴力无法解决问题。他提醒我们，我们曾禁足他整整一个月，只是因为他和比尔·杨出去打靶而已——三十五岁的大男人居然会提起这种事情，我和凯西都觉得很是稀奇。

凯西过世给父子争斗画上了句号，因为我和他都意识到我们所争论的大部分事情其实无关紧要。我是鳏夫，他是单身汉，有段时间我和他加起来就是完整的一个世界了。没多久，他认识了丽莎，他们结了婚。再过一年，在某个异常忙乱的夜晚，他同时升格为父亲和再度当选镇长。查理大器晚成，不过相当成器。我和他有过一次促膝长谈，我为一些事情真诚道歉，也同等真诚地告诉他，他的成就让我多么骄傲。聊完这些，我和他坐在门廊上，喝着啤酒，有一句没一句地扯闲话，看着我的孙子亚当在前院打儿童棒球。分别的时候，我们怀着爱意互道珍重，理想中的父子关系也不过如此了。

我站在售货亭边，一边抿着可乐，一边想着查理和他的家庭，利昂那嘟嘟囔囔的声音忽然传入耳中，接踵而至的是个低沉而锐利的女性声音，说了些什么回应利昂。我忍不住隔着售货亭张望。利昂显然又拦住了某个可怜的女人，正在大讲特讲他那颗白痴大脑此刻琢磨出来的什么荒唐阴谋论。骑士精神压过了独善其身的欲望，我出面干涉。

“我只是想说，”利昂正在这么说，“实在太不公平了，你、我、每个美国人，都必须老成狗屎才有机会上天，而那些印度崽子却被一船又一船地运往新开发的星球，他们生得有多快，走得就有多快——那可真是他妈的快。太不公平了。你难道觉得很公平不成？”

“不，似乎不怎么公平，”那女人答道，“但我觉得，在他们眼中，我们把新德里和孟买从地球上抹掉也不怎么公平。”

“我就是这个意思！”利昂叫道，“我们用核弹炸了缠头佬！我们赢了战争！胜利应该有奖赏才对。可你看看结果怎么样。他们输了，却在宇宙里到处殖民，我们想上天，唯一的办法却是志愿入伍保护他们！请原谅我这么说，但《圣经》的确有言道‘谦卑人必承受地土’，对吧？要我说，输掉一场他妈的战争，应该能让你学得谦卑点儿！”

“利昂，我觉得你弄错了这句话的意思。”我说着走近他们。

“约翰！看，明白我话的人来了。”利昂朝我咧嘴一笑。

那女人转身面对我。“你认识这位先生？”她的问话中暗流涌动，意思是说如果我认识，那肯定是脑子有问题。

“我在去内罗毕的航班上遇见过他。”我答道，轻轻挑起一根眉毛，意思是说那家伙才不是我主动结识的呢。“约翰·佩里。”我说。

“杰西·冈萨雷斯。”她说。

“幸会幸会。”我答道，然后扭头对利昂说，“利昂，你弄错了这句话的意思。这句话出自《山上宝训》，原话是这样的：‘温柔的人有福了，因为他们必承受地土。’承受地土是奖赏，而非惩罚。”

利昂眨眨眼，嗤之以鼻。“随便你怎么说，反正我们赢了。棕色小屁股吃了我们几脚狠的。殖民宇宙的应该是我们，而不是他们。”

我张开嘴刚想说话，却被杰西抢了先。“‘为义受逼迫的人有福了，因为天国是他们的。’”她说话的对象是利昂，眼睛却在看身边的我。

利昂瞠目结舌地瞪了我俩好一会儿。“你们不是认真的吧？”隔了半晌，他开口道，“《圣经》可没说美国人应该被困在地球上，听凭一群棕皮猴子占领银河系，老天在上，他们连耶稣都不相信！《圣经》肯定也没说还得让我们去保护他们。天哪，我有个儿子参加了那场战争，被某个缠头佬一枪敲掉了一个卵蛋！卵蛋！狗娘养的，他们活该被轰炸。要我兴高采烈地去殖民地给他们擦屁股，门也没有！”

杰西对我丢个眼色。“这次轮到你上？”

“如果你不介意的话。”我说。

“完全不介意，请吧。”她答道。

“‘只是我告诉你们，要爱你们的仇敌。’”我引用《圣经》，“‘咒诅你们的要为他祝福，憎恨你们的要为他求福，凌辱你们的迫害你们的要为他祷告；这样，就可以做你们天父的儿子。因为他叫日头照好人，也照歹人；降雨给义人，也给不义的人。’”

利昂的脸色涨红如煮熟的龙虾。“你们俩的脑子都他妈有病。”说完，他以那身脂肪所允许的最高速度，跺着脚走开了。

“耶稣，谢谢你，”我说，“这句话请从字面上理解。”

“你引用《圣经》很熟练，”杰西说，“当过牧师不成？”

“没有，”我答道，“不过我住的镇子只有两千居民，却有十五座教堂。让我有机会学习宗教说辞。再者说，不信教也不妨碍你欣赏《山上宝训》。你呢？有什么借口？”

“天主教学校的宗教课，”她说，“十年级的时候因为背经得过绶带。说来也很了不起，大脑能把这些东西一存就是六十年，最近从超市出来却经常记不起车停在哪儿了。”

“唉，无论如何，还是让我替利昂道个歉吧，”我说，“我不怎么认识他，但足够让我知道他是个白痴了。”

“‘你们怎样论断人，也必怎样被论断，’”杰西耸耸肩，“再说，他只是把很多人的心声说了出来而已。我觉得这种看法愚蠢而错误，但不代表我无法理解。我也希望存在别的办法能让我见到殖民地，而不是等上一辈子，最后靠参军才能上天。要是我年轻的时候就能离开地球，恐怕早就走了。”

“这么说，你入伍不是为了追求军队里的刺激。”我说。

“当然不是，”她略有些轻蔑地说，“你难道是因为特别想打仗？”

“不。”我答道。

她点点头。“我也不是。大部分人都不是。你那位利昂朋友参军肯定不是为了行伍生涯——他从骨子里厌恶要我们保护的那些人。参军是因为人们不想死，不想变老；是因为过了一定年龄，生活在地球上就很没劲了。也有人是因为想在死之前见识一下别的地方——比方说我。我只是想看看别的地方是什么样子。”

她扭头眺望窗外。“听见自己这么说，感觉真是很滑稽。知道吗？直到昨天，我这辈子都没离开过得克萨斯州。”

“别难过，”我说，“得州地方很大。”

她笑了笑。“谢谢。我并不怎么难过。只是很滑稽而已。小时候我读了《年轻殖民者》系列的全部小说，也看过电视剧，梦想过饲养大角星牛，在伽马主星殖民地和邪恶的地虫作战。年纪大些，我发觉殖民者全都来自印度、哈萨克斯坦和挪威这种无法养活自己人口的国家，我出生在美国，意味着我没法上天。还有，根本不存在什么大角星牛和地虫！十二岁的时候，我搞清楚这些事情，真是失望极了。”

她又耸耸肩。“我在圣安东尼奥长大，‘出门’去得州大学念书，然后又回到圣安东尼奥工作。后来结了婚，度假去墨西哥湾海岸。三十年结婚纪念日的时候，丈夫和我打算去意大利，可惜没走成。”

“发生什么了？”

她笑了起来。“他的秘书。结果他们俩去意大利度蜜月了，而我留在家里。不过嘛，他们在威尼斯吃海贝双双食物中毒，还好我没去成。但是，从那以后，我对旅行就断了念想。我知道一到岁数自己肯定会参军，结果我不就来了吗？不过现在我的确希望从前能多出去走走。我在达拉斯搭三角翼飞到内罗毕，非常好玩。真希望我这辈子不止飞过这一趟。更别说这个了——”她朝窗外的豆杆缆索挥挥手，“我从没想过我会愿意乘上这种玩意儿。我是说，这缆索究竟是靠什么支撑的？”

“信仰，”我说，“你相信它不会掉下去，它就不会掉下去。别多想，否则咱们就麻烦了。”

“我相信的是，”杰西说，“我想吃东西了。一起去？”

“信仰，”哈利·威尔逊哈哈大笑，“说起来，或许的确是信仰支撑住了缆索，因为基础物理学绝对做不到。”

哈利·威尔逊走到杰西和我吃饭的小隔间边，开口第一句是：“你们似乎互相认识，这可比其他人强得多了。”我们邀请他坐下，他欣然接受。哈利告诉我们，他在印第安纳州布卢明顿教了二十年高中物理，自从走进豆杆轿厢的那一刻起，他就对这东西产生了浓厚的兴趣。

“支撑缆索的不是物理学，这话什么意思？”杰西说，“相信我，这会儿我可不想听见这种话。”

哈利微笑道：“不好意思，让我换个说法。支撑豆杆的原理肯定和物理学有关系，但这个物理学绝对不普通。这里的许多事情怎么看怎么说不通。”

“物理学讲座似乎快开始了。”我说。

“我教了十几岁的孩子几十年物理，”哈利掏出小记事簿和钢笔，“保证不会让你头疼，请相信我。好了，你看，”哈利先在页面底端画个圆圈，“这是地球，而这个——”他在页面中间画了个较小的圆圈，“——是殖民太空站，是个地球同步卫星，意思是说它和自转中的地球保持相对静止状态。总是挂在内罗毕上空。都还能听懂吧？”

我和杰西点点头。

“那好。你们看，豆杆背后的原理是这样的：把殖民空间站和地球用‘豆杆’连接起来——所谓豆杆，就是窗外那些缆索——然后让电梯轿厢沿着它往返运行，此刻我们就坐在这么一个轿厢里。”哈利画了一条线代表缆索和一个小方块代表轿厢，“重点在于，要进入地球轨道，缆索上的轿厢不需要达到逃逸速度，而运载火箭就不一样了。这对你我来说是好事，否则去殖民空间站的路上，我们就会觉得有头大象站在胸口了。道理很简单吧？

“但问题是，这根豆杆违背了传统地空电梯模型所必须遵守的物理规则。举例来说——”哈利画了一条从殖民空间站到页面顶端的线，“——殖民空间站不该位于豆杆尽头。原因与质量平衡和轨道动力学有关，按理说应该存在另外一段缆索，从空间站向太空延伸上万英里。没有这种平衡物的豆杆天生不稳定而危险。”

“你想说我们这根豆杆没有？”我说。

“这根豆杆不但非常稳定，而且多半是人类发明的最安全的运载工具，”哈利说，“这根豆杆已经连续运行了一个多世纪。这是殖民者离开地球的唯一途径。从来没有因为不稳定或不稳定导致的材料失效而发生过事故。四十年前发生过著名的豆杆炸弹事件，但那纯属人为破坏，与豆杆本身的物理构造无关。豆杆从建成那天起就稳定得让人惊叹。但是，从基础物理学的角度说，这是不可能的。”

“那么，是什么支撑住了豆杆呢？”杰西说。

哈利再次露出笑容："唉，这就是问题所在了，对吧？"

"你是说你也不清楚？"杰西问。

"的确不清楚，"哈利承认道，"但这也没什么值得担心的，因为我只是——曾经是——区区一名高中物理教师而已。不过，话也说回来，据我所知，谁也不清楚它的工作原理——我指的是地球上，殖民联盟显然清楚。"

"怎么可能呢？"我问，"老天在上，豆杆立在这儿已经一个多世纪了。难道就没有谁愿意动动脑子搞清楚它的工作原理？"

"我可没这么说，"哈利答道，"当然有人尝试过。这些年都不是秘密了。建造豆杆的时候，政府和媒体曾经要求殖民联盟公布其工作原理。殖民联盟的回答基本上等于'自己琢磨吧'，然后就是句号了。物理学界一直在研究这个问题，还起了个名字叫'豆杆难题'。"

"很没创意。"我说。

"嗯，物理学家把想象力花在别的地方了。"哈利咯咯一笑，"重点在于，难题到现在还没有解开，原因大致有二。第一，豆杆复杂得难以置信——我已经说过了质量平衡，但还有其他问题呢，比方说缆索强度，比方说风暴和其他大气现象导致的豆杆振荡，甚至还有缆索的锥度该如何变化。其中任何一项在现实世界中都是异常棘手的难题，试图一次性全部解决更是不可能的任务。"

"第二个原因呢？"杰西问。

"第二个原因是没有研究的理由。就算搞明白了，我们也花不起钱修建一个。"哈利往后一靠，"当老师前，我在通用电气的土木工程部做事。我们当时正在论证大西洋海底铁路，我的工作内容之一是研究过往项目和项目提案，看其中的技术和工程手段是否能应用于海底铁路项目。大体而言，就是高喊万福玛利亚，瞧瞧老天能不能恩赐什么降低成本的办法。”

“通用电气就是被这个项目搞破产的，对吧？”我问。

“现在你明白他们为啥要降低成本了吧，”哈利说，“还有我为啥当了老师。在那以后，通用电气发不出我的工资，发不出好多人的工资。总而言之，我翻阅了很多旧提案和报告，其中一部分是机密资料，有一份跟豆杆有关。通用电气受雇于美国政府，为在西半球建设豆杆系统做第三方可行性研究——政府想在亚马逊戳个特拉华州大小的窟窿，然后把豆杆立在赤道上。

“通用电气的答案是别犯傻。报告里说，即便在几个主要技术方面获得突破，这个项目仍旧是异想天开——和建造豆杆所需要的技术没有关系，而是工程预算比美国的年度国民生产总值高两倍。前提还是费用不会超过预算——这当然更是不可能的了。那是二十年前的事情，报告本身也至少有十年历史。但我估计费用在现在不可能降低太多。因此，我们没有修建新的豆杆——想把人和物品送进太空，有不少更便宜的办法——便宜得多。”

哈利再次凑上来。“这就引出了两个显而易见的问题：第一，殖民联盟怎么有能力制造出这个技术怪兽；第二，他们费神费力建造它的原因。”

“呃，显而易见，殖民联盟的技术比地球先进。”杰西说。

“显而易见，”哈利答道，“但原因呢？殖民者再怎么说也是人类。非但如此，殖民者都征募自有人口问题的穷国，往往没有受过很好的教育。抵达新的家园星球后，按理说会把大部分时间花在挣扎求生上，而不是研究如何建造豆杆。另外，星际殖民的核心技术是跃迁引擎，这项技术是在地球上发展起来的，一个多世纪以来没有什么像样的进步。因此，从表面上看，殖民者没有理由在技术方面领先我们。”

我的脑子里忽然灵光一闪。“除非他们作弊。”我说。

哈利咧嘴一笑：“没错。我也这么想。”

杰西看看我，看看哈利。“我没有跟上你们的思路。”她说。

“他们作弊了，”我说，“你看，在地球上，我们与世隔绝。只能靠自己学习——没错，我们一直有发明创造，一直在改良技术，但这很缓慢，因为我们只能凭借自己的力量。但是，在宇宙里——”

“在宇宙里，人类遇到了其他智慧种族，”哈利说，“其中肯定存在科技比我们领先很多的。或者通过贸易，或者通过反向工程，他们搞清楚了工作原理。有参照物供你研究，这比自个儿瞎捣鼓要容易得多。”

“所以，他们作弊了，”我说，“殖民联盟偷看了别人的笔记。”

“呃，殖民联盟为什么不和地球分享他们的发现呢？”杰西问，“保守秘密有什么意义？”

“他们也许认为越是无知就越是没有伤害力。”我说。

“也许出于完全不同的原因。”哈利说着朝窗户打个手势，豆杆的缆索闪过窗外。“豆杆之所以存在，并不是因为它是把人送上殖民空间站的最简单的办法，而是因为它属于最困难的那种办法——事实上，豆杆的造价最昂贵，技术上最复杂，政治上最具威慑力。豆杆本身就是一个提醒：殖民联盟已经甩开地球几光年了。”

“我怎么从来不觉得豆杆有什么威慑力？”杰西说，“我根本就没怎么想过它。”

“因为威慑的对象不是你，”哈利说，“如果你是美国总统，想法恐怕就不同了。其他的暂且不论，殖民联盟毕竟把我们堵在了地球上。除了他们的殖民和征兵，根本不存在太空旅行的其他手段。政治领袖永远有压力，一方面要对抗殖民联盟，另一方面又要帮助国民上天。豆杆是个恒久不变的提醒，它在说，‘造不出这东西，就别动心思挑战我们。’另外，豆杆只是殖民联盟决定向我们展示的唯一一项技术。想想还有什么没让我们看到的吧。我敢保证美国总统见识过，否则他和地球上的其他领袖就没这么乖了。”

“你这些话没有一句能让我觉得殖民联盟是好人。”杰西说。

“他们不一定很邪恶，”哈利说，“说不定殖民联盟正在努力保护地球。宇宙浩茫，很难说邻居都很友善。”

“哈利，你是生性多疑？”我问，“还是说你年纪越大，就越是把世界往坏里想？”

“否则我是怎么活到七十五岁的？”哈利咧嘴坏笑，“话说回来，我才不介意殖民联盟的科技更先进呢。反正对我有好处。”他举起一条胳膊。“瞧瞧这东西，”他说，“松松垮垮的旧玩意儿，保养得不怎么好。但殖民防卫军将会收下这条胳膊——还有身体的其他部件——整饬得能上阵杀敌。知道他们是怎么弄的吗？”

“不知道。”我答道。杰西摇摇头。

“我也不知道。”哈利说，任手臂扑通一声落在桌上。“我完全猜不透他们打算怎么做。还不止，我根本想象不出他们能怎么做——如果殖民联盟真的把地球封锁在了技术发展的初级阶段，那么解释给我们听就和向只见过马拉车的人解释豆杆轿厢没啥区别了。但他们反正做到了，对吧？否则为啥要征召七十五岁的老家伙入伍呢？老年病兵团可没法征服宇宙——别往心里去。”他连忙加上最后一句。

“没关系。”杰西笑着答道。

“这位女士，这位先生，”哈利看着我和杰西，“我们大可以认为我们对即将面临的事情已经有所准备，但我觉得恐怕都是不着边际的胡思乱想。豆杆的存在就是明证。它比我们所能想象的更巨大、更陌生，而这只是旅程的头一部分而已。接下来的将更更巨大、更更陌生。尽可能作好准备吧。”

“跟演戏似的，”杰西干巴巴地说，“听了你这番话，我都不知道该怎么准备了。”

“我知道。”我说着侧身挪出小隔间，“我要去尿尿。如果宇宙比我所能想象的更巨大、更陌生，那我还是腾空了膀胱再去面对它吧。”

“有正牌童子军的气概。”哈利说。

“童子军哪儿需要像我上这么多次厕所。”我说。

“当然需要，”哈利说，“等他六十年就是了。”

3

“不知道你俩怎么想，”杰西对我和哈利说，“不过就目前来说，这可不是我心目中军队的模样。”

“还不坏，”我说，“来，再吃个甜甜圈。”

“我不需要再吃一个甜甜圈，”她嘴里这么说，但还是接了过去，“我需要的是睡一觉。”

我明白她的意思。离家已有十八个小时，大部分时间都在赶路。我很想打盹，但却坐在星际巡航舰宽敞得难以置信的食堂里，和上千个新兵一起边喝咖啡边吃甜甜圈，等待有人告诉我们接下来该干什么。最后这部分倒是和我心目中的军队颇为相似。

抵达目的地后先是一阵忙乱，接着就是等待。刚走出豆杆轿厢，就有两个官僚味十足的殖民联盟职员迎了上来，说我们是即将离港的太空船在等待的最后一群新兵，因此请立刻跟着他们走，免得预定的时间表出岔子。接着，他们一个开路一个殿后，既有效率又相当无礼地驱赶着几十个老龄公民横穿整个空间站，前往殖民防卫军那艘名叫亨利·哈德逊号的飞船。

急吼吼地赶路显然让杰西和哈利好不失望，我也一样。殖民空间站是个庞然巨物——直径超过一英里（实际上是一千八百米，七十五年人生历程之后，我大概终于不得不开始习惯公制单位了），乃是新兵和殖民者唯一的中转太空港。被驱赶着横穿它，无法驻足欣赏，这就像五岁孩童在圣诞节被忙于赶路的父母匆匆带过玩具店。我很想赖在地上撒泼打滚，直到对方让步为止。很可惜，我的年龄对于这种行为来说太大了（另外一方面，还不够大）。

紧走慢赶的这一路上，所见所闻吊足了我的胃口。那两个蛮横的殖民联盟职员连戳带刺驱赶着我们，经过了一个非常宽敞的等待室，里面挤满了我猜是巴基斯坦人或印度穆斯林的男女老少。大多数人在耐心等候交通艇送他们登上某艘硕大无朋的殖民运输飞船——隔着窗户，我能看见远处漂浮着一艘这样的飞船。还有些人或者操着带各种口音的英语在和殖民联盟的职员争吵什么，或者在安抚显然觉得非常无聊的孩子，或者在行李里翻找食物。角落里，有一群男人跪在铺了地毯的地板上祈祷。我刚开始琢磨他们该如何在两万三千英里高空找准麦加的方向，就被赶着走过这块地方，他们消失在了我的视野之外。

杰西拉拉我的袖子，指指右边。在一小片就餐区里，我瞥见了某个有触手的蓝色东西，它举着一杯马丁尼。我招呼哈利看，而他完全被迷住了，甚至掉头走了两步细看，让殿后的联盟职员大吃一惊。她带着最难看的脸色把哈利嘘回队伍里，而哈利则咧开大嘴，笑得像个白痴似的。“吉哈尔，”他说，“我看见它正在吃辣鸡翅。好恶心。”接着嘿嘿嘿笑个没完。吉哈尔是人类遇到的第一个外星智慧种族，那是殖民联盟垄断太空旅行之前的事情。他们为人不错，就是吃东西的时候要用脑袋上的几十根触须把酸液注射到食物里，然后将所得到的浆液呼噜噜地吸进一个孔道。的确挺恶心的。

哈利才不在乎呢，因为这是他这辈子第一次看见活生生的外星人。

长途跋涉终于迎来终点，我们走进一个等待室，航班显示屏上亮着“亨利·哈德逊/殖民防卫军新兵”这几个字。大家感激涕零地坐下歇息，那两个职员去和等在交通艇门口的其他职员说话。哈利这家伙显然是个好奇宝宝，溜溜达达地走到窗口，欣赏我们即将搭乘的飞船。杰西和我拖着疲惫的身躯站起来，跟了过去。窗户上有个小小的信息显示屏，帮助我们在熙来攘往的船流中找到了它。

当然了，亨利·哈德逊号并没有停靠在门外。空间站在不停旋转，让一艘十万公吨的星际飞船优雅地跟上它的步伐，这件事实在难度不小。和其他殖民地飞船一样，它和空间站保持了一段合理的距离，更容易操控的交通艇和货船来回运送给养、乘客和机组成员。哈德逊号停在上方数英里处，和缺乏美感、讲求实用性的大型轮辐式殖民飞船不同，这艘飞船的线条更流畅，形状更扁平，更重要的是，外形根本不是圆柱体或轮辐。我提醒哈利注意这一点，他点点头。“全时人工重力，”他说，“而且作用区域非常大。很了不起。”

“上来的这一路上不是都有人工重力吗？”杰西说。

“是啊，”哈利说，“豆杆轿厢升得越高，重力发生器的输出功率就越大。”

“那太空船使用人工重力又有什么了不起的？”杰西问。

“因为这件事困难得没边了，”哈利说，“制造重力场需要消耗巨大能量，所需能量随半径变化呈指数增长。他们也许作了弊，没有制造一整个巨大的重力场，而是用多个较小的重力场取而代之。但即便如此，单是制造豆杆轿厢里的重力场，就足够你家镇子照明好几个月了。”

“这就难说了，”杰西说，“我住在圣安东尼奥[1]。”

“好吧。那就他家小镇好了。”哈利竖起大拇指对着我，“重点在于，这是对能量的极大浪费。在绝大多数需要人工重力的场合，轮辐结构要简单和便宜得多，造个轮辐，转起来，把人和物品安置在内框上。一旦开始旋转，你只需要补偿摩擦所损耗的少许能量而已。人工重力场则恰好相反，它需要持续输出大量能量。”

他指着亨利·哈德逊号说：“你们看，哈德逊旁边有艘交通艇。拿交通艇当参照物，我估计哈德逊号长八百英尺，宽两百，高一百五十。想制造足以包裹这个宝贝儿的单一人工重力场，保证能让圣安东尼奥灯光黯淡。即便采用多个重力场，所需能量也非常可观。因此，他们要么有个不但能保持人工重力，同时还能驱动推进和生命支持等诸多系统的能量源，要么就是找到了某种低功耗的新办法制造重力。”

“也许并不便宜，”我指着停靠在亨利·哈德逊号旁边的殖民

1 圣安东尼奥是得州第二大城市，人口超过一百三十万。

者运输飞船说，“看那艘殖民飞船。轮辐式的。另外，殖民空间站也在旋转。”

“殖民联盟把最先进的技术留给了军队，”杰西说，“这还只是接送新兵的飞船而已。哈利，我认为你说得对。天晓得我们把自己送给了什么组织。”

哈利咧嘴一笑，转身眺望远处的亨利·哈德逊号，殖民空间站不停旋转，飞船懒洋洋地兜着圈子。“我喜欢让别人跟着我的思路想问题。”

没多久，那两个职员又驱赶着我们排队登上交通艇。我们向守在门口的殖民联盟职员出示身份卡片，他将我们的名字登记成一份名单，他的同事则将PDA[1]发给我们。“感谢您曾定居地球，请笑纳这可爱的分别礼物。”我对他开玩笑。但他似乎没听懂。

交通艇没有人工重力。联盟职员拴牢我们，警告说无论如何也别动念头解开自己；为了确保幽闭恐惧症最严重的人也不犯这个错误，挽具上的锁在飞行期间根本不受我们控制。问题就这样得到了解决。塑料发网被分发给头发比较长的人，长发在失重时会四处乱飘。

他们说，如果有人晕机，请使用座位侧袋里的呕吐袋。他们提醒我们，别等到最后一秒钟才掏出呕吐袋。失重时，呕吐物会随处飘飞，刺激其他乘客的肠胃，使得第一个呕吐者在余下航程乃至整

1　个人数字助理（Personal Data Assistant）的英文缩写，按照书中描述，类似于平板电脑。

个军旅生涯中很不受欢迎。这番话让好些人立刻窸窸窣窣地准备了起来。我旁边的女人紧紧攥住她的呕吐袋。我暗自作好最坏的打算。

感谢上帝，没人呕吐，去亨利·哈德逊号的这一路大体上风平浪静。重力刚消失，我的大脑高喊“天哪，要摔死了”，接着就像坐了一段超级长但很平缓的云霄飞车。差不多五分钟后，我们抵达了哈德逊号。入坞又花了另外一两分钟，虹膜门打开，让交通艇开进去，然后再次关闭。随后的几分钟里，我们等待空气被送进船坞。一阵轻微的刺痛过后，重量感忽然重新出现。人工重力起了作用。

船坞的门打开，出现了一个没露过面的联盟职员。“欢迎登上殖民防卫军亨利·哈德逊号飞船，”她说，“请解开自己，拿上行李，沿着灯光指引的通道离开船坞。舱内空气将在整七分钟后抽空，以便让本艘交通艇离开，接收下一艘交通艇。因此，诸位请抓紧时间。”

我们所有人的动作都快得惊人。

接着，我们被领进亨利·哈德逊号宽敞的食堂，船员请我们喝点咖啡，吃两个甜甜圈，休息休息。稍后会有职员前来讲解情况。等待的时候，先于我们登船的新兵也逐渐坐进食堂；隔了半个钟头，房间里挤满了数以百计的老家伙。我从没在任何地方见过这么多老人。哈利也没有。“活像星期三早上全世界最大的丹尼斯店[1]。”他说，起身给自己添了杯咖啡。

---

1 Denny's，美国最大的连锁餐厅品牌，全年无休营业。

就在膀胱开始抗议我喝多了咖啡的时候，一位相貌堂堂的先生走进食堂，径直走向房间前部，他身穿殖民联盟外交官的蓝色制服，房间里的噪音音量开始降低，终于有人来解释这他妈的究竟是怎么一回事了，看得出大家都松了一口气。

他站了几分钟，直到房间彻底安静下来为止。“欢迎。”他说。我们都吓了一跳。他的身上肯定带着麦克风，说话声通过墙上的扬声器广播出来。“我叫萨姆·坎贝尔，隶属于殖民联盟，协助殖民防卫军开展工作。尽管从技术上说我不是殖民防卫军的成员，但殖民防卫军授权我代表他们培训在座诸位，因此，在接下来的几天里，请把我看作你们的长官。我知道有许多人搭乘的是最后一班交通艇，迫切希望能立刻休息；而最早登船的人已经等了一整天，迫切希望能知道接下来将发生什么。为了同时照顾双方，我会尽量说得简明扼要。

“大约一小时后，殖民防卫军亨利·哈德逊号将离开轨道，准备首次跃迁，前往凤凰星系，我们在那里稍事停留，补充给养，然后前往罗盘座贝塔星的三号行星，你们将在那里开始训练。别担心，我知道你们现在还听不懂这些话。你们只需要知道，两天零几个小时后，我们将抵达第一个跃迁点，在此期间，我的手下会给诸位做一系列测试，评估心理和生理状况。时间安排正在下载入你们的PDA。请抽空查看。PDA还可以指引你们去任何需要去的地方，因此不用担心迷路的问题。刚登船的人还将在PDA上找到各自的舱室。

“除了找到自己的舱室之外，今天晚上各位没有其他任务了。有很多人赶了很长时间的路，希望你们能得到充足休息，为明天的测试作好准备。说到时间，现在各位可以开始习惯本舰的时间了，也就是殖民星球通用标准时间。此刻是——”他看看手表，“——殖民时间2138[1]。PDA已经设定为本舰时间。明天起床后0600至0730用早餐，然后是生理测试与强化。早餐不是强制性的，你们还不受军队作息时间的约束，但明天这一整天都会很辛苦，因此我强烈建议各位吃早餐。

“如果还有其他问题，可以将PDA接入亨利·哈德逊号的信息系统，使用人工智能界面帮助你们，用触感笔写下问题或者对着PDA的麦克风说话就行。客舱的每层甲板都有殖民联盟的人员，可向他们请求帮助。根据诸位的个人资料，医疗人员已经了解你们或许会遇到的问题和需要，有可能已经预约好了今晚探访舱室的时间。请检查PDA。你们还可以随时去医务室。食堂今晚彻夜开放，但到早晨的正常运营时间才开始服务。请在PDA上查询服务时间和菜单。最后，明天请换上殖民防卫军的新兵制服。制服现已送往舱室。”

坎贝尔停了一秒钟，向众人投来我认为他觉得意味深长的一瞥。“本人谨代表殖民联盟和殖民防卫军，欢迎各位成为新公民和最新一批守护战士。上帝保佑你们，祝各位未来平安。

“顺便说一句，如果有兴趣观看我们离开轨道，视频信号将会送往瞭望甲板的剧场。剧场很宽敞，能容纳所有新兵，因此无需担心座位问题。亨利·哈德逊号的速度很快，到明天早餐时地球就只

1 军队所用的四位时间，前两位是小时，后两位是分钟。

有蘸料碟大小了，到午餐时将只是太空中的一个亮点。这也许是最后见到家乡星球的机会。如果这对你们很有意义的话，那就过来看看吧。”

“新室友怎么样？”瞭望甲板的剧场里，哈利坐进我旁边的座位。

“我实在不想提。”我答道。我在PDA的指引下找到舱室，发现室友已经开始整理行李了：利昂·迪克。他瞅了我一眼，说：“哦，看呐，《圣经》变态。”就此对我视而不见，这在一个十英尺见方的房间里可不容易做到。利昂抢了下铺（对于七十五岁的老膝盖来说，下铺确实有优势）；我把行李扔在铺位上，拿起PDA，出门找到在同一层甲板的杰西。她的室友是一位和蔼妇人，名叫玛琪，跟她打了声招呼就去看亨利·哈德逊号离港了。我告诉杰西我的室友是谁，她听了大笑不止。

把前后经过告诉哈利时，她又笑了一场，哈利怜悯地拍拍我的肩膀。“别难过。熬到罗盘座贝塔星就好了。”

“管他的，”我说，“你的室友怎么样？”

“不知道，”哈利说，“我进门的时候他已经睡着了。也占了下铺，狗娘养的。”

“我的室友可爱极了，”杰西说，“初次见面，她请我吃自家烤的曲奇，说是孙女的临别礼物。”

“她可没请我吃曲奇。”我说。

“呃，她又不和你住在一起，对吧？”

“曲奇好吃吗？”哈利问。

“活像燕麦味道的石子儿，”杰西说，“但这不是重点。重点在于，咱们三个人里，我的室友最像样。我命好。”宽阔的屏幕亮了起来，她伸手指着屏幕喊道：“看，地球！”地球挂在半空中，解析度好得让人目瞪口呆。这东西的制造者太厉害了。

“真希望我家客厅能挂个这样的显示器，”哈利说，“保证能举办全街区最受欢迎的超级碗聚会。”

“好好看着，”我说，“咱们这辈子只待过这么一个地方。认识的人、爱过的人，都在那儿了。现在我们正在离开它。难道二位就没有任何感受吗？”

“兴奋，”杰西说，“也难过。但不算太难过。”

“绝对不算太难过，”哈利说，“留在地球上，我们只能继续衰老和死亡。”

“你还是有可能会死，知道吗？”我说，“你参加的是军队。”

“是啊，但我不会老死，”哈利说，“我有了第二次死在青春岁月的机会，可以留下一具漂亮的尸体，足以弥补上次错过的遗憾了。”

“还真够浪漫的。”杰西冷眼道。

“说得对。”哈利答道。

“听，”我说，“开始脱离轨道了。”

剧场的扬声器里传来亨利·哈德逊号离港时和殖民空间站的对话。接着是低沉的隆隆声响和最轻微不过的震颤，我们仅能通过座椅稍微有所感觉。

“引擎。”哈利说。杰西和我点点头。

屏幕上的地球开始慢慢缩小，虽说依然是个庞然大物，依然是耀眼的蓝色和白色，但占据屏幕的比例显然在无情地逐步变少。几百名前来观看的新兵默不作声地望着地球渐行渐远。我看了一眼哈利，他尽管刚才还高谈阔论，此刻却陷入了安静的沉思。杰西的脸上挂着一行泪水。

“喂，”我握住她的手，“不算太难过，还记得吗？”

她对我笑笑，也握住我的手。“不，”她嗓音嘶哑，“不算太难过。但还是不好受，还是不好受啊。”

我们又坐了一会儿，望着我们熟悉的一切在屏幕上越变越小。

我把PDA的闹钟设定在0600。时间一到，小扬声器播放出轻柔的管乐，音量逐渐增大，直到叫醒我为止。我关掉音乐，悄悄从上铺爬下来，打开衣橱里的小灯，翻找毛巾。衣橱里挂着我和利昂的新兵制服：每人两套殖民防卫军的浅蓝色运动衫和运动裤、两件浅蓝色的T恤、两条浅蓝色的丝光棉系带裤、两双白袜子、两套贴身短内衣和两双蓝色运动鞋。在抵达罗盘座贝塔星之前，我们显然不需要穿军服。我穿上运动裤和T恤衫，抓起也挂在衣橱里的一条毛巾，踢踢踏踏地晃进走廊去洗澡。

等我回来，房间里的灯全亮着，但利昂还躺在床上——灯肯定是到时间自动点亮的。我在T恤外面套上运动衫，顺便穿好了袜子和运动鞋。我准备完毕，可以去慢跑，也可以——呃，去做今天该做的任何事情。现在嘛，先吃早饭。出门时，我推了推利昂。这家伙是个混球，但就算混球也不该因为睡懒觉而错过吃饭。我问他要不要去吃早饭。

“什么？”他口齿不清地说，“不吃。别烦我。”

“你确定？”我问，“知道大家是怎么说早餐的吧？这是一天最重要的一顿饭，等等。来吧，你需要能量。”

利昂真的咆哮了起来：“我老妈死了三十年，据我所知，她没有借你的身体还魂。给我他妈的滚出去，让我睡觉。”

很高兴发现利昂对我还是这么蛮横。“好吧，”我说，“我吃完早餐就回来。”

利昂咕哝了两句什么，翻了个身。我出门去吃早餐。

早餐令人叹为观止，要知道说这话的我娶过一个早餐手艺能让甘地停止绝食的老婆。我领了两份比利时华夫饼——金灿灿的，外脆里酥，裹着糖霜和怎么尝怎么像是佛蒙特枫糖的糖浆（如果你觉得自个儿分辨不出佛蒙特枫糖浆，那肯定是因为你根本没吃过），再浇上满满一大勺融化得恰到好处的稀奶油，正巧填补了华夫饼深深的洞眼。另外还有嫩得过头的嫩煎蛋和四条厚厚的黄糖培根，橙汁新鲜得估计橙子都没有意识到自己被榨成了汁，最后是一杯刚从驴子背上卸下来的咖啡。

我想我大概已经死了，这儿其实是天堂。从法律上说，我在地球上已经被宣布死亡，此刻又乘着宇宙飞船穿越太阳系，因此这么说也不算太离谱。

“天哪。”我放下满载的托盘，身旁的一位伙计这么说，“看看这托盘上有多少脂肪。存心想得冠心病不成？我是医生，我最清楚。”

“啊哈，”我指着他的托盘说，“你那份煎蛋卷似乎用了四个鸡蛋，外加火腿和干酪各一磅。”

“‘依其言，勿效其行。’我开业当内科医生时的格言，”他说，“如果患者肯乖乖听话，而不是效仿我这个坏榜样，他们恐怕都能活到今天。这个教训大家请记牢。顺便说一句，我叫托马斯·简恩。”

“约翰·佩里。”我和他握了握手。

“很高兴认识你，”他说，“虽说同时也很难过，因为吃了这些东西，你一小时内就将死于心脏病突发。”

“约翰，别听他的。”我们对面的女人说，她的盘子里剩下些薄煎饼和香肠的残渣。“汤姆[1]只是想骗你的食物罢了，免得他再站起来排队。我的一半香肠就是这么被他抢走的。”

“你的指控尽管确凿，但与本案无关，”托马斯愤愤不平地说，“我承认本人对他的华夫饼心怀不轨，没错，我不否认。但如果牺牲我的冠状动脉就能延长他的寿命，那我也觉得非常值得。就当我舍身为战友挡了手雷吧。”

“正常手雷可不会泡在糖浆里。”她说。

“应该泡上才对，”托马斯说，“那样舍己救人的例子就会多起来了。”

“给你，”我说着切下半片华夫饼，“挡这个去吧。”

1　托马斯的昵称。

“我保证一头扑上去。”托马斯信誓旦旦。

“听你这么说，大家都松了一口气。”我说。

桌对面的女士自我介绍，她叫苏珊·瑞尔顿，来自华盛顿州贝尔维尤市。“到目前为止，你对咱们的太空小冒险感觉如何？”她问我。

“要是知道吃得这么好，肯定早几年就想办法混进来了，”我答道，“谁能想到部队伙食竟是这样的。”

“我觉得这里还不算是军队，”托马斯的嘴里塞满了华夫饼，“更像是殖民防卫军的候诊室，明白我的意思吧？真正的部队伙食要简单得多。就别提可以穿着运动鞋走来走去了。”

“你认为他们这是想让咱们放下戒心？”我问。

“是的，”托马斯答道，“你看，这艘船装着上千个彼此陌生的老家伙，全都离家万里，举目无亲，没有工作。这个精神冲击绝对他妈的够劲。让咱们好吃好喝，别去胡思乱想，这是最起码的事情了。”

“约翰！”正在排队的哈利看见了我。我朝他挥挥手，他和另外一个男人端着托盘走了过来。

“这是我的室友艾伦·罗森萨尔。”他用介绍的语气说。

“诨号‘睡美人’。”我说。

“对了一半，”艾伦说，“我的确美得倾国倾城。”

我把哈利和艾伦介绍给苏珊和托马斯。

“啧啧啧，”托马斯打量着他们的托盘，“又有两个人要动脉硬化了。”

“还是扔两条培根给汤姆吧，”我说，“否则这番话会没完没了。”

“你居然暗示食物能收买我，我很受侮辱。”托马斯说。

“哪儿是暗示？”苏珊说，“根本就是直言不讳的陈词。”

“唉，我知道你的室友运不佳，”哈利说着把两条培根递给托马斯，托马斯一脸严肃地接了过去，“我就不一样了。这位艾伦是理论物理学家，聪明绝顶。”

“而且美得倾国倾城。”苏珊插了一句。

“谢谢你记得这么清楚。”艾伦说。

“这似乎是一桌子讲理性有智慧的成年人，”哈利说，“那么，诸位觉得今天会有什么节目？”

“我的日程表里0800是体检，”我说，“大家应该都有份。”

“对，”哈利答道，“但我的意思你们都清楚。返老还童治疗是否从今天开始？是不是过了今天咱们就不再是老家伙了？”

“谁说过了今天就不再是老家伙了？”托马斯说，“只是想当然而已，因为我们认为士兵肯定是年轻人。但转念再一想，谁也没见过殖民防卫军的士兵。只是想当然而已，有可能错到九霄云外去了。”

“衰老的士兵能有什么价值？”艾伦问，“要我这副德性上战场，天晓得究竟对谁有好处。我的背不好，昨天从豆杆轿厢走到登机口险些要了我的老命。背着包扛着枪急行军二十英里？想也别想。”

“要我说，咱们显然将会接受修整，”托马斯说，“但这和返老还童不是一回事。我是医生，对这种事略知一二。无论什么年龄，都有可能让人体工作得更好，发挥更强的机能，但每个年龄段都有其特定的能力底限。七十五岁的躯体天生缓慢、缺少灵活性，比年轻时更难修复。当然了，七十五岁的躯体也做得出了不起的事情。不是吹牛，但告诉各位，在地球上我定期跑十公里比赛。不到一个月前还跑过。我比五十五岁的时候跑得更快。”

“你五十五岁的时候跑多快？”我问。

“呃，其实是这样的，”托马斯说，“五十五岁时我是个肥佬。换心以后我才开始认真保养身体。我想说的重点是，身体机能良好的七十五岁老人其实可以做很多事情，不是非得返老还童才行，但他的状态必须要很好。也许这支军队需要的就是这个。也许宇宙中的其他智慧种族都是软脚蟹。假如真是这样，年迈士兵这个概念虽说古怪，但也说得通了，因为年轻人对社会还有大用。他们面前摆着整整一个人生，而我们则是最合适不过的炮灰。”

“按你这么说，我们依然会是老人，只是非常、非常健康的老人而已。”哈利说。

“我就是这个意思。”托马斯答道。

“喂，别说这个了，让我心情很低落。”哈利说。

“把水果杯给我，我就闭嘴。”托马斯说。

“就算如你所说，我们能变成身体机能良好的七十五岁老人，”苏珊说，“但我们还是会继续衰老。五年后，我们就是身体机能良好的八十岁老人了。八十岁，那是我们作为士兵的年龄上限。”

托马斯耸耸肩："我们的服役期限是两年。也许只需要让我们正常运转两年就行。七十五岁和七十七岁的区别不如七十五岁和八十岁的区别那么大，甚至不如七十七岁和八十岁的区别那么大。每年有成千上万的老人志愿入伍。两年过后，用一批更新的新兵取代我们就是了。"

"服役期限上限是十年，"我说，"契约里有这一条，虽说很难读懂。要我说，这就意味着他们的技术能让我们正常运转那么多年。"

"还有，他们取了我们的DNA样本，"哈利说，"也许会克隆器官更换什么的。"

"有道理，"托马斯承认道，"不过，从克隆的躯体上把所有器官、骨骼、肌肉和神经移植到我们身上，这可是个浩大的工程。他们还得想办法处理大脑，那玩意儿没法移植。"

托马斯环顾四周，终于意识到他扫了全桌人的兴。"我可没说咱们不会返老还童，"他说，"单是在这艘船上的见闻，就足够让我知道殖民联盟的技术比地球先进得多了。然而，身为一名医生，我实在猜不透他们该怎么像我们想象的那样，戏剧化地逆转衰老过程。"

"熵是个婊子，"艾伦说，"能支持这个结论的物理理论有的是。"

"我倒觉得有个证据能证明，他们无论如何都会改进咱们的身体机能。"我说。

"别卖关子，"哈利说，"汤姆那个全银河系最衰老军队的理论很倒胃口。”

“这不就是吗？”我说，“如果他们没法修整我们的躯体，就不会供应这些脂肪含量足以在一个月内将大多数人斩杀殆尽的食物了。”

“这话不假，”苏珊说，“非常有道理，约翰，我的心情好起来了。”

“谢谢，”我说，“基于这个证据，我相信殖民防卫军有能力治疗我全部的病痛，因此，现在我要回去再吃一轮了。”

“帮我带些薄煎饼。”托马斯说。

“喂，利昂，”我说着推了推那坨肉山，“起床了。睡觉时间已经结束。八点钟安排了体检。”

利昂躺在床上，纹丝不动。我翻个白眼，叹了口气，弯腰去使劲推他。我马上注意到他的嘴唇是青紫色。

哦，糟糕了，我心想，然后拼命摇晃他。毫无反应。我抓住他的躯干，把他从铺位拽到地板上。我感觉到的是尸体的沉重感。

我抓起PDA，呼叫医疗救助。接着，我在他旁边跪下，朝他嘴里呼气，按压他的胸膛，直到两名医疗人员赶到，把我从他身上拖起来。

这时候，敞开的房门外已经聚集了一小群人。我看见杰西，伸手把她拉进房间。她看见地板上的利昂，立刻伸手捂住嘴。我飞快地抱了她一下。

“他怎么样了？”我问一个殖民联盟的医生，他正在查看他的

PDA。

“死了，”他说，“死了差不多一个钟头。像是心脏病发作。”他放下PDA，站起来，低头又看了利昂一眼。“倒霉蛋。都到这儿了，结果却散了架。”

“最后时刻志愿加入幽灵旅。”另一个医生说。

我恶狠狠地瞪着他。在这种时候说笑话真是太没品了。

4

“好，让我看看。”我走进医生的办公室，他瞥了一眼他的大号PDA。“约翰·佩里，对吧？”

“正是在下。”我说。

“我是拉塞尔医生。”他上下打量着我。“看你这脸色，像是家里的狗刚死了。”他说。

“其实，”我说，“死的是我的室友。”

“噢，对，”他又瞥了一眼他的PDA，“利昂·迪克。本来就排在你后面。他可实在太不赶巧了。嗯，让我把他从日程表上划掉。”他在PDA屏幕上敲打了几秒钟，然后皮笑肉不笑地咧了咧嘴。拉塞尔医生的临床态度有待改善。

“现在嘛，”他的注意力回到我身上，“咱们看看你的情况。”

房间里除了拉塞尔医生和我，还有一把给医生坐的椅子，一张小台子和两个容槽。容槽内部轮廓如人体，各有一扇带弧度的透明小门盖住内部区域。容槽顶端是个吊臂，吊臂尽头是个杯状物体，尺寸恰好能装下一颗人头。实话实说，这玩意儿让我心情紧张。

“请躺进去，姿势自便，舒服就行，然后咱们就可以开始了。”拉塞尔医生说着拉开靠近我的那个容槽的小门。

“需要脱衣服吗？”我说。据我所知，身体检查总得看见身体才行。

“不需要，”他说，“不过要是脱了衣服你更自在，那就脱吧。”

“既然不是非脱不可，难道还真有人脱？”我问。

“其实还真有，”他说，“要是多年来一直有人教你怎么做一件事情，到头来就会习惯成自然的。”

我没脱衣服，把PDA搁在桌上，走到容槽边，转过身，向后靠，躺了进去。拉塞尔医生关上门，退后两步。“稍等一下，让我调整容槽。”他在PDA上敲打了两下。我感觉到容槽的人形凹坑在改变形状，贴合了我的身体曲线。

“够瘆人的。”我说。

拉塞尔医生微微一笑：“你马上会感觉到振动。”他刚说完，我就感觉到了。

“问个事，”容槽在我身下微微地颤动着，“之前跟我一起在候诊室里的那些弟兄，他们进来以后去了哪儿？”

“走那扇门出去了。”他的眼睛没有离开PDA，抬起一只手朝背后挥了挥。“恢复区。”

“恢复区？”

“别担心，”他说，“这话是不是让体检听起来很可怕？事实上，你的扫描刚刚结束了。”他在PDA上敲打了两下，振动立刻停止。

“现在要我做什么？”我问。

“别乱动就行，”拉塞尔医生说，“还有别的项目要做，然后得复核你的检查结果。”

“意思是说检查已经结束了？”我问。

“现代医学很了不起吧？”他说。他把PDA的屏幕亮给我看，PDA正在下载扫描的结果概要。“连张嘴说‘啊——’都不需要。”

“没错，不过，这样的扫描能有多详细呢？”

“足够详细了，”他说，“佩里先生，你上次体检是什么时候？”

“六个月前。”我说。

“医生怎么说？”

“他说我保养得不错，就是血压稍微有点儿高。怎么了？”

“嗯，基本上没错，”拉塞尔医生说，“只是他漏掉了睾丸癌。”

“什么？”我说。

拉塞尔医生又把PDA转过来；这次屏幕上显示的是生殖器官的伪彩色图像。我这辈子第一次看见自己那玩意儿在面前挥舞。“看，”他指着左睾丸上的一块黑斑说，“结节。狗崽子很是不小。肯定是癌症。”

我怒视着他。“知道吗？拉塞尔医生，大部分医生宣布这种坏消息都会找个委婉些的法子。”

“很抱歉，佩里先生，”拉塞尔说，“我不想让你觉得我没心没肺的，但这根本不算什么问题啊。即便在地球上，睾丸癌也很容易治愈，特别是像你这样的早期。退一万步讲，顶多不过失去那颗睾丸而已，没什么大不了的。”

“可惜我凑巧是那颗睾丸的主人。”我咆哮道。

“这更多是个心理问题，”拉塞尔医生说，“总而言之，你已经到了我们这儿，别担心就是了。几天后，你将接受全方位的机体修复，到时候也会处理你的睾丸。这几天肯定不会有问题。癌细胞还在睾丸内部，尚未扩散到肺部和淋巴结。你挺健康。”

“我要和这粒卵蛋说再见吗？”我说。

拉塞尔医生笑了笑。“我认为你尽可以保得住，”他说，“再者说，要不要和它说再见，这根本就不需要操心。除了小事一桩的睾丸癌，七十五岁的人能有多健康，你就有多健康。这是好消息；现在不需要对你做任何处理。”

“要是发现了什么真的很严重的问题呢？”我问，“比方说，如果癌症已经到了晚期？”

“‘晚期’是个很不精确的用语，佩里先生，”拉塞尔医生说，“从最终结果看，每个人都是晚期病人。就这次检查而言，我们真正的目标是帮助面临即刻危险的新兵稳定病症，让他们撑过接下来的这几天。你那位不走运的室友迪克先生，他的例子并不罕见。有不少新兵熬了这么久，却死在体检之前。这对大家都不是好事。”

拉塞尔医生在PDA上查着什么。“你看，就迪克先生而言，他死于心脏病突发，按理说我们应该去掉他动脉内堆积的脂肪，给他能够增强血管壁强度的药物，防止血管破裂。这是我们最常用的治疗手段。大部分七十五岁老人的动脉都需要加固。就你而言，如果癌症已经开始扩散，我们会先压制肿瘤，不让维持生命的器官受到即刻威胁，然后清理浸润区域，以免你在接下来这几天里有什么三长两短。”

“为什么不干脆治好呢？”我问，“你们能‘清理’浸润区域，听起来似乎只要愿意就可以彻底治好。”

“可以是可以，但没这个必要，”拉塞尔说，“你们几天后就将得到更全面的修复。我们只需要让你们撑到那时候就行了。”

“‘全面修复’到底是什么意思？”我说。

“意思是等结束之后，你会觉得奇怪，你当初为啥那么操心睾丸上的一个小小黑斑，”他说，“我向你保证是真的。现在还有一件事情需要做。头部请向前倾。”

我照他说的做。拉塞尔医生伸手拉下吊臂，把可怕的杯罩放在我的脑袋上方。“在接下来这几天内，搞清楚你的大脑活动是我们最重要的任务。”他说着后退几步，“为了这个目的，需要把传感器阵列植入你的颅骨。”他一边说，一边在PDA屏幕上敲敲打打——我对他的这个动作已经不怎么放心了。杯罩套上我的脑袋，发出轻微的吸附声。

“怎么植入？”我问。

“嗯，这会儿你的头皮和脖颈应该有些刺痒。”拉塞尔说。我感觉到了。“那是注入器正在就位。它们就像许多微型皮下针头，会把传感器注射进去。传感器本身非常小，但数量很大。大约有两万个左右。别担心，它们有自我消毒能力。”

"疼吗？"我问。

"不太疼。"他点了点PDA的屏幕。两万个微型传感器钻进颅骨，感觉像是四把斧头同时砸在头上。

"我操！"我伸手去抓脑袋，双手却撞在容槽的门上。"狗娘养的，"我朝拉塞尔医生叫道，"你说不疼的！"

"我说'不太疼'。"拉塞尔医生说。

"跟什么比不太疼？大象踩脑袋？"

"和传感器互相连接的时候相比，"拉塞尔医生说，"好消息是连接一完成，疼痛就会停止。忍耐一下，顶多一分钟而已。"

他又点了点PDA的屏幕。八万根针头在脑袋里朝各个方向乱戳。

我这辈子从没这么想殴打医生。

"天晓得，"说话的是哈利，"我觉得这样子挺好玩。"他揉揉脑袋，和所有人一样，两万个侦测大脑活动的皮下传感器让脑袋布满了灰蒙蒙的小斑点。

早晨时成立的队伍在午餐时再次聚首，这次又加上了杰西和她的室友玛琪。哈利宣布我们正式结党，冠名"老屁帮"，他提出和隔壁餐桌来场食物大战的动议。投票结果否决了他的念头，其中托马斯居功至伟，他指出食物扔出去就没法进嘴了，而且虽说不太可能，但午餐确实比早餐更加丰盛。

"幸好如此，"托马斯说，"经过上午那场大脑注射，我愤怒得险些想绝食了。"

"难以想象。"苏珊说。

“请注意‘险些’两个字的语气，”托马斯说，“但我必须要说，真希望地球上也有那种容槽。肯定能节省我百分之八十的门诊时间。腾出更多时间让我打高尔夫。”

“你对病人还真够尽心尽力的。”杰西说。

“呸，”托马斯说，“高尔夫基本上都是陪他们打的。他们保证全心全意赞成。说起来很郁闷，但我不得不承认，容槽让医生对我做出了完美的诊断，我绝对不可能有这么厉害。诊疗医生做梦也想要那东西。它发现我的胰腺有个针头大的肿瘤。在地球上，肿瘤要再大上许多倍，或者患者已经出现了症状，否则怎么也不可能有所察觉。你们几位有什么惊喜吗？”

“肺癌，”哈利说，“几小块黑斑。”

“卵巢囊肿。”杰西说。玛琪说她也有。

“风湿性关节炎，早期。”艾伦说。

“睾丸癌。”我说。

男人纷纷倒吸凉气。“哎呀。”托马斯说。

“他们说我会活下去的。”我说。

“只是走路一边高一边低。”苏珊说。

“够了。”我说。

“我有一点不明白：他们为啥不解决掉这些问题，”杰西说，“医生说我的囊肿有口香糖球那么大，但又说我不用担心。我似乎还没超脱到不担心这种问题的地步。”

“托马斯，你号称自己是医生，对吧？”苏珊说着敲敲她灰光闪闪的眉头，“这些小杂碎是干什么的？为啥不直接做个大脑扫描了事？”

“要我说，只是乱猜的，因为我也毫无头绪，”托马斯说，“他们想监控我们训练时的大脑活动情况，但没法把我们捆在机器上训练，因此只能把机器装在我们身上了。”

“谢谢你的解释，深具说服力，虽说这一点我早就想到了，”苏珊说，“我想问的是，监测大脑活动的目的何在？”

“谁知道呢，”托马斯说，“也许真能给我们装上全新的大脑。或者想办法添补新的大脑组织，所以得预先知道哪些部分需要改善。反正我只希望别再给我安装一套这种鬼东西了，现在这套差点儿没疼死我。”

“说到这个，”艾伦对我说，“听说今天早上你的室友走了。你没事吧？”

“我还行，”我说，“不过的确挺让人郁闷。医生说他只要能撑到今天早晨的体检，他们多半就能救他一命。吃药去掉血管里堆积的脂肪什么的。我觉得都怪我没叫他起床吃早饭，否则他说不定就能熬到体检了。”

“别太自责了，”托马斯说，“你怎么可能预知未来？凡人终有一死。”

“话是这么说没错，但不该死在差几天就能接受‘全面修复’的时候，‘全面修复’是医生的原话。”

哈利插嘴道：“不是我这人缺少同情心——”

“接下来肯定没好话。”苏珊说。

“——但我念大学的时候，”哈利朝苏珊丢了一块面包，“若是室友去世，通常来说你就不需要参加期末考试了。你们懂的，心理创伤嘛。”

“说来有趣，你的室友也可以不参加了，”苏珊说，“原因差不多相同。”

“这一点我倒是没想到，”哈利说，“总而言之，你觉得他们会允许你不参加今天安排好的测评吗？”

“恐怕不可能，”我说，“即便他们允许，我也不会接受。否则我还能干什么？在舱室里傻坐一天？那才真叫压抑呢。他是死在房间里的。”

“你可以搬走，”杰西说，“说不定还有别人也死了室友。”

“这想法很病态，”我说，“再说我也不想搬走。利昂死了，我当然很惋惜。但现在我可以独霸整个房间了。”

“创伤显然已经开始愈合。”艾伦说。

“我只是想尽量忘掉痛苦罢了。”我说。

“你的话不多，对吧？”苏珊忽然对玛琪说。

“是的。”玛琪答道。

“哎，大家的日程表上接下来都是什么？”杰西问。

每个人都伸手去掏PDA，然后羞愧地齐齐停下。

“刚才还真有高中生活的味道。”苏珊说。

“唉，管他的，”哈利说着还是掏出了他的PDA，“我们连午餐帮派都组织好了。就一条路走到黑吧。”

结果，哈利和我一起参加第一项评测。我们被领进一间会议室，里面已经摆好了桌椅。

“妈了个巴子的，”坐下时哈利这么说，“这下真的回到高中了。”

一个殖民联盟的职员走进房间，这种印象愈发强烈了起来。“现在测试基本语言和数学能力，”监考官说，“你们的PDA正在下载第一份试卷。多项选择。请在三十分钟内尽可能多地回答问题。如果在三十分钟内完成测试，请坐在原处或检查答案。不要和其他受训者讨论。现在开始。”

我低头看PDA。上面是个词汇类比问题。

“开玩笑吧？”我说。房间里的其他人跟着咯咯直笑。

哈利举手示意。“老师，”他说，“想进哈佛，我得拿多少分？”

“这个笑话没创意了，”职员说，“诸位请认真答题。”

“我忍了六十年，就想在数学上多考几分，”哈利说，“给你们瞧瞧我的厉害。”

第二项评测更加难熬。

“请盯紧白色方块。只移动眼睛，头不要动。”职员调暗灯光。六十道视线射向墙上的白色方块。它开始缓缓移动。

“真不敢相信，上太空就是为了这个。”哈利说。

“会好起来的，”我说，“走运的话，还有另一个方块可以看呢。”

第二个白色方块出现在墙上。

“你莫不是进过这房间？”哈利说。

接着，哈利和我分道扬镳，我单独参加了下面的节目。

第一个房间里有一名殖民联盟的职员和一堆积木。

“请用积木搭个房子。”职员说。

“那你得多给我一杯果汁。”我说。

“我尽量。”职员许诺道。我用积木搭了房子，然后走进第二个房间，这个房间的职员取出一张纸和一支笔。

“从迷宫中央开始走，看你能不能出得来。”

“老天在上，”我说，“吸了毒的耗子都做得到。”

“但愿如此，”职员说，“不过，还是让我看看你的本事吧。”

走完迷宫，接下来那个房间的职员要我报数和背字母表。我已经懒得琢磨缘由了，他们要我做什么，我就做什么。

下午的稍晚些时候，我被惹怒了。

“我读过你的档案。”这次的职员是个瘦巴巴的年轻男人，一阵强风就能把他当风筝放上天。

“很好。”我说。

“档案说你结过婚。”

“是的。”

“你对结婚有什么看法？喜欢吗？”

“喜欢。比不结婚好上一万倍。”

他嗤笑两声。“那么，发生了什么？离婚？拈花惹草？”

这家伙原本还有几分让人厌恶的趣味感，此刻却也在飞速消散。“她死了。”我说。

“死了？怎么死的？”

“中风。”

“中风可真叫一个绝，”他说，“‘砰’的一下，大脑就成了脑壳布丁。还好她没活下来。否则现在肯定肥得不行，整个儿一卧床不起的大萝卜，对吧？你得用麦管什么的喂她吃东西。”他发出啧啧的吸吮声。

我没有搭腔。有一部分大脑在思考我能多快扑上去拧断他的脖子，但大部分的我只是坐在那里，陷入茫然的震惊和狂怒。我完全无法相信自己的耳朵。

意识的最深处，有一个声音在吩咐我赶紧呼吸，否则马上就会昏厥过去。

职员的PDA忽然嘀嘀嘀地叫了起来。“好了。”他说，随即立刻起身，“我们结束了，佩里先生，请允许我道歉，刚才不该那么评论你妻子的死因。我的任务是以最快速度激起新兵的愤怒反应。我们的心理学模型显示出，你对刚才那类言论的反应最为负面。请你理解，就我个人而言，我无论如何也不可能那么说你过世的妻子。”

我傻乎乎地瞪着他看了几秒钟。最后咆哮道：“哪会有那么变态的恶心测试啊？！”

“我承认这些测试极度令人不快，请允许我再次道歉。我只是在完成上面交代的任务，绝没有别的意思。”

“苍天在上！”我说，“知道我差一点儿就他妈地拧断了你的脖子吗？”

“说实话，我知道，”他的语气既冷静又克制，一听就明白他确实知道，“我的PDA在跟踪你的精神状态，赶在你爆发之前的那一刻发出响声。但就算它不提醒，我也知道。这份工作我做了有些年头了，很清楚应该会发生什么。”

我还在竭力平息怒火。“你对每个新兵做这种事情？”我问，“你是怎么活到今天的？”

“我明白你的意思，”他答道，“事实上，我是被特地挑来完成这个任务的，因为我的个头比较小，让新兵无论男女都会产生他能揍得我屁滚尿流的错觉。我是个非常称职的‘小爬虫’。然而，如果需要的话，我有能力制服任何一名新兵。尽管通常来说没这个必要。如我所说，我就是干这行的。”

“这份工作可不咋的。”我说。我终于让自己恢复了理性。

“‘佛不入地狱，谁入地狱。’”那家伙说，“我觉得挺有意思，每个新兵爆发的原因各自不同。但你说得对，这份工作压力很大，不适合所有人。”

“你在酒吧里恐怕不怎么受欢迎吧？”我说。

“其实，据说我挺有魅力的。前提是我不去存心触怒别人。佩里先生，这个环节结束了。请你走右边那扇门，接受下一项测验。”

“不会再想个办法惹我发火吧？”

“你也许还会发火，”他说，“但那就是你自己的事情了。这项测试只做一次。”

我朝右边那扇门走去，走了两步又停下。“我明白你是在完成工作，”我说，“但我还是想告诉你，我的妻子是个了不起的好人。她不该被这么利用。”

“我知道，佩里先生，”他说，“真的知道。”

我走过了那扇门。

隔壁房间里是个漂亮姑娘，凑巧全身赤裸，要我尽量回忆七岁生日派对上的事情。

“真不敢相信，居然赶在吃饭前放这么部电影给我们看。”杰西说。

“不算赶在吃饭前，”托马斯说，“然后还放了《兔八哥》的动画片呢。再说也不难看。”

“哦，是啊，肠部手术的片子大概没法让你倒胃口，医生大人，但我们其他人都恶心坏了。”杰西说。

“意思是说你不吃那几块肋排了？”托马斯指着她的盘子说。

“还有谁遇到裸体女人问童年往事了？”我问。

“裸体男人。”苏珊说。

“女人。”哈利说。

“男人。”杰西说。

“女人。”托马斯说。

“男人。”艾伦说。

大家一起看他。

“怎么了？”艾伦说，“我是同性恋。”

“这有什么意义呢？”我问，“我说的是裸体，不是艾伦喜欢男人。”

“谢谢。”艾伦干巴巴地答道。

“他们在努力激发各种特定反应，就是这样，”哈利说，“今天所有测试针对的都是最基本的智力和情感反应，它们是更复杂和微妙的情绪和智能的基础。他们只是想搞清楚我们最原始的思考和应对方式而已。裸体显然是想唤起性欲。”

“但从头到尾问的都是童年往事，这才是我疑惑的地方。”我说。

哈利耸耸肩：“没了负罪感，性爱又有什么意思？”

“最让我生气的是惹大家生气的那个环节，”托马斯说，“我发誓我要捶死那鸟人。他说小熊队活该降级小联盟，因为他们有两百年没拿过世界系列赛的冠军了。”

“这话不是挺有道理吗？”苏珊说。

“少招惹我，”托马斯说，“给我听清楚了，不许诋毁小熊队。”

如果说第一天是在全方位地侮辱你的智力，那么第二天就是在全方位地侮辱你的体能了——或者，侮辱你完全没有体能。

“给你一个球，”考官对我说，“拍球。”拍完，他说我可以去做下一项测试了。

我沿着小号跑道走了一圈，然后奉命跑了一小段，做了几下最简单的健美操，打了会儿游戏机，奉命用光枪打墙上的靶子，还游了会儿泳。这部分我喜欢，我向来喜欢游泳，只要脑袋能露出水面就行。他们让我和其他几十个人在一间休闲室待了两个钟头，爱干什么就干什么。我打了几局桌球，打了一盘乒乓球。上帝啊，我还玩了打圆盘。

从头到尾，我连一滴汗都没流。

“这他妈的究竟是什么军队？”吃午饭的时候，我问老屁帮。

“道理嘛，还是稍微有那么一点点的，”哈利说，“昨天是基础智力和情感评测。今天是基础运动能力。再说一遍，他们似乎对高级活动的基础很感兴趣。”

“乒乓球难道也能算是高级身体活动的指标？”我问。

“手眼协调，”哈利说，“对时间的把握能力。精确度。”

“很难说啥时候你得把手雷一拍子打回去。”艾伦插嘴道。

“没错，”哈利说，“再说了，你希望他们怎么做？让我们跑马拉松？一英里没跑完我们就全体阵亡了。”

“那是你，软面团。”托马斯说。

“允许我纠正一下，”哈利说，“我们的托马斯朋友要跑完五英里，心脏才会爆炸。前提是他没有因为吃多了而引发腹绞痛。”

“别傻了，”托马斯说，“谁都知道比赛前要用碳水化合物积蓄能量，所以我要再去拿些意大利细面条。”

“托马斯，今天不跑马拉松。”苏珊说。

“时间还早，难说得很。”托马斯说。

“说到时间，”杰西说，“我的时间表是空着的。今天后面没有任何安排了。至于明天，计划表上只有一条，0600到1200，‘完成机体增强’，然后是晚餐后2000的新兵集合。”

“我的时间表也是到明天结束。”我左右扫了两眼，发现大家今天都没事了。“那么，”我说，“咱们上哪儿找点乐子呢？”

“接着打圆盘。”苏珊说。

“我有个更好的主意，”哈利说，“1500诸位有安排吗？”

我们一起摇头。

“那好，”哈利说，“到时候在这儿碰头。咱们老屁帮去旅行考察。”

“允许咱们来这儿吗？”杰西问。

“当然，”哈利说，“为什么不允许？再说就算不允许，他们又能拿我们怎么办？我们还没有正式加入军队，军事法庭无法正式审判我们。”

“话是没错，但他们说不定会找个气闸把咱们扔出去。”杰西说。

“别说傻话，”哈利说，“那是浪费干净空气。”

哈利领着我们走上殖民地人员生活区的一处瞭望甲板。他说得对，谁也没有明确说过新兵不得登上殖民地人员生活区的甲板，当然也没有说过可以登上（或者应该登上）。站在这么一个空荡荡的甲板上，我们七个人感觉像是逃课去看西洋景的学生。

从某种意义上说，我们确实正在看西洋景。“做今天小小练习的时候，我和一个殖民联盟的人聊了起来，”哈利说，“他说亨利·哈德逊号将在今天1535跃迁。我想咱们谁也没真的见识过跃迁，因此我问他去哪儿看得最清楚，他说了这个地方，所以我就带大家来了。还有——”他看了一眼PDA，“——四分钟。”

“不好意思，”托马斯说，“我不想扫了大家的兴致。意大利细面条好吃极了，但我的结肠显然有不同的意见。”

“托马斯，以后遇到这种事情，求求你千万别告诉大家，”苏珊说，“咱们还没亲密到那个地步呢。”

“哦？怎样才能变得亲密到那个地步呢？”托马斯说。大家都懒得搭理他。

沉默了几秒钟，我开口问道：“有人知道我们现在的位置吗？我说的是在太空里的位置。”

“还在太阳系内，”艾伦指着舷窗说，“因为还能看见各个星座。看，那是猎户座。距离如果真的很远，那么恒星在我们眼中的相对位置就会改变。星座的形状会被拉伸，或者完全变了模样。”

“我们这是要跃迁到哪儿去？”杰西问。

“凤凰星系，”艾伦说，“但这个答案没有多少意义，因为‘凤凰’是颗行星，不是恒星。也有个叫‘凤凰’的星座，就在那儿——”他指着一簇星辰，“——但行星凤凰并不是那个星座的任何一颗恒星的行星。要是我没记错，行星凤凰其实位于天狼座内，在更北边——”他指着另外一簇更加黯淡的星辰，“——但现在我们不可能看见这颗行星。”

“你很懂星座，真厉害。”杰西钦佩道。

“谢谢，”艾伦说，“小时候我的理想是当宇航员，但宇航员的薪水少得可怜，所以我就改行搞理论物理去了。”

“发明什么新的亚原子粒子能挣大钱？”托马斯说。

“唉，不能，”艾伦坦白道，“不过我研究出了一套理论，帮助我效力的公司发明了用于海军舰艇的新型容能系统。公司的利润分享激励计划很不错，我能得到百分之一的利润。钱太多了，我根本花不完——相信我，我花钱如流水。”

“有钱的感觉肯定不错。”苏珊说。

“反正不坏，”艾伦承认道，“当然，我现在已经没钱了。入伍必须放弃财富。还得放弃很多其他东西。比方说，一分钟后，我花在记忆星座上的那许多时间就全都等于白费了。咱们去的地方没有猎户座、小熊座和仙后座。说来有些傻气，但比起金钱，我更怀念的是星座。钱总还可以再赚，但我们却没法回地球了。现在是我最后一次看见这些老朋友。”

苏珊走过去，搂住艾伦的肩膀。哈利低头看看PDA：“时间快到了。”他开始倒数读秒。数到“一”，我们抬起头，望向窗外。

根本没有什么戏剧化的场面。前一秒钟，我们盯着满天繁星。后一秒钟，满天繁星还是满天繁星，只是换了一幅画面而已。万一眨了眼，就有可能错过这个变化。然而，你看得出这完全是一片陌生的天空。我们在星座方面虽说没有艾伦那么丰富的知识，但大部分人都认得猎户座和北斗七星。此刻它们都已不见踪影，变化虽说细微，但又不容置疑。我看了一眼艾伦，他牵着苏珊的手，呆若木鸡。

“飞船在转向。”托马斯说。亨利·哈德逊号改变航向，群星在我们眼前逆时针旋转。忽然之间，行星凤凰出现在视野内，一段庞大的蓝色圆弧悬在我们头顶。行星凤凰的上空（或者脚下，从我们所见的方向而言）是个无比巨大、无比宏伟、无比繁忙的空间站，我们只能瞠目结舌地望着它。

最后，终于有人说话了。出乎意料的是，开口的居然是玛琪。“瞧瞧这个大家伙。”她说。

我们一起扭头看她。她显然有些生气。“我又不是哑巴，”她说，“只是话不多而已，但这东西值得我评论一句。”

“太他妈扯了，”托马斯扭头接着看空间站，“殖民空间站相比之下跟坨屎似的。”

“你数到了多少条飞船。”杰西问我。

“数不清，”我说，“几十条，搞不好有几百条。我都不知道居然有这么多星际飞船存在。”

“谁要是还以为地球是人类宇宙的中心，”哈利说，“现在是个修正看法的好机会。”

我们站在那里，望着舷窗外崭新的世界。

0545，我的PDA叮叮咚咚地叫醒了我，奇怪，闹钟明明设定在0600。屏幕在闪烁；有条标着“紧急”的消息。我点了一下那条消息。

通　知

0600至1200将对所有新兵进行最终的机体增强治疗。

为确保按时完成，全体新兵请留在舱室内，等待殖民联盟职员来陪同各位前去实施机体增强。为保证顺利进行，舱室门将在0600关闭。请利用现在这段时间去洗手间，或处理需要在舱室外完成的其他个人事务。0600之后如需使用洗手间，请通过PDA联络本层甲板的殖民联盟职员。

你将在约定时间前十五分钟得到通知；请在殖民联盟职员抵达门口前穿好衣服，做好准备。早餐取消，午餐和晚餐照常。

到了我这把年纪，不需要提醒两次就得撒尿。我踢踢踏踏地走向洗手间，前去解决个人问题，希望我的预约宁早勿晚，我可不想求得许可才能上厕所。

给我预约的时候不早也不晚。0900，我的PDA通知了我，0915，门上响起猛烈的敲门声，还有个男人扯着嗓子喊我的名字。打开门，两个殖民联盟的职员站在门口。得到许可，我飞快地去了趟洗手间，然后跟着他们从我那层甲板回到拉塞尔医生的候诊室。没等多久，我就获准走进了他的检查室。

“佩里先生，很高兴再次见到你。”他说着伸出一只手。陪我来的殖民联盟职员走对面那扇门离开了。“请进容槽。”

“上次我进去，你把几千根钢钉敲进了我的脑袋，”我说，“请原谅，可我真的不怎么有兴趣再爬进去了。”

“我能理解，”拉塞尔医生说，“不过今天保证不疼。另外，时间非常紧张，所以，请吧。”他对容槽打个手势。

我不情不愿地钻了进去。“哪怕有一丁点儿刺痛，我就揍你一顿。”我警告他。

“悉听尊便。”拉塞尔医生说着关上了容槽的门。我注意到，和上次不同，拉塞尔医生扣上了门闩，他也许把我的威胁当真了。我并不介意。“告诉我，佩里先生，”扣门闩的时候，他问我，“你对过去几天有何看法？”

“让我摸不着头脑，还挺生气，”我说，“早知道你们把我当学龄前儿童对待，我恐怕就不会志愿参军了。”

“人人都这么说，”拉塞尔医生说，“那就让我解释一下我们在做什么吧。植入传感器阵列有两个目的。首先，你大概已经猜到了，我们监控你在发挥各种基础功能和经历某些原始情感反应时的大脑活动。所有人的大脑都以近乎相同的方式处理信息和体验，但具体的方法和程序又是每个人独一无二的。这就好比每个人的手都有五根手指，却没有相同的一套指纹。我们所做的事情就是分离你的‘精神指纹’。明白了吗？”

我点点头。

“很好。你现在应该明白这两天为啥让你们做那些荒谬愚蠢的事情了。”

“比方说和裸体女人讨论七岁生日派对。”我说。

“那个环节让我们获得了很多非常有用的信息。”拉塞尔医生说。

“我看不出来。”我说。

“那是个技术问题，”拉塞尔医生言之凿凿，“总而言之，过去这两天让我们清楚地了解了你的大脑如何使用神经系统传递和处理各种各样的刺激，这些信息就是我们的模板。”

没等我问是什么东西的模板，拉塞尔医生就说了下去。“其次，除了记录大脑活动，传感器阵列还在实时传送大脑活动的表现内容。简而言之，它在广播你的意识。这一点很重要，因为和具体的脑内过程不同，意识是无法被记录下来的。想要传送，就必须实时传送。”

“传送。”我说。

“正是如此。”拉塞尔医生说。

“介意我问一下你到底在说什么吗？”我问。

拉塞尔医生笑了：“佩里先生，你志愿参军的时候，肯定以为我们会让你返老还童，对吧？”

“是啊，”我说，“谁不这么认为？老家伙没法上阵厮杀，但征兵征的都是他们。你们肯定有办法让他们焕发青春。”

“你认为我们的手段是什么？”拉塞尔医生问。

“不知道，”我说，“基因疗法。克隆器官，用什么办法把旧的全去掉，换上新的。”

“说对了一半，”拉塞尔医生说，“基因疗法和克隆器官，这两样我们的确使用。但我们并不‘去掉’任何东西——除了你。”

“我没听懂。”我说。我觉得浑身冰冷，像是现实世界忽然从脚下被人一把抽掉了。

“你的肉体已经老旧，佩里先生，用不了多长时间了。拯救或更新都是没有意义的事情。肉体这东西，老旧了不会增值，更换零部件也不会让它运转如新。当躯体衰老了，它就只会继续衰老下去。因此，我们将抛弃它，彻彻底底抛弃它。我们打算挽救的只有一个部分，是不曾衰老的那个部分——你的思维，你的意识，你的自我。”

拉塞尔医生走向职员刚才出去的那扇门，他敲了敲门，然后回头对我说：“好好看一眼你的肉体吧，佩里先生。”他说：“因为你就要和它说再见了。你的意识另有去处。”

“去哪儿？”我的嘴巴干得说不出话。

“这儿。”他说着拉开了门。

那两位殖民联盟的职员走进门，其中一位推着轮椅，轮椅上坐了个人。我伸长脖子去看，随即开始颤抖。

那个人是我。

五十年前的我。

5

“现在，请放松。”拉塞尔医生对我说。

职员已经把年轻的我推到了另一个容槽边，这会儿正忙着将那具躯体放进去。它/他/我没有丝毫抵抗。他们就像在搬动一个处于深度昏迷的人——或者，一具尸体。我被吸引住了，说被吓呆了也行。脑袋里有个细小的声音说还好来之前我去过厕所，否则肯定得尿在腿上。

“怎么——”我刚一开口就哽住了。我的嘴巴太干，没法说话。拉塞尔医生对一名职员说了句话，职员出去端了一小杯水回来。拉塞尔医生拿着杯子喂水给我喝，他真贴心，我恐怕根本拿不住杯子。我喝水的时候，他继续对我说话。

“‘怎么’通常来说能引出两个问题，”他说，“第一个：怎么弄出这个年轻的你的？答案是，十年前，我们取了你的基因样本，然后制造了你的新躯体。”他把杯子拿开。

“克隆体。”我终于能说话了。

“不，”拉塞尔医生说，“不完全是。DNA被大幅度修改过了。最显著的区别很明显，你一眼就看得出——肤色。”

我扭头又看了一眼，看见年轻版的自己让我刚才过于震惊，甚至没有注意到一个显而易见且分外刺眼的区别。

“他是绿色的。”我说。

“你应该说你是绿色的，”拉塞尔医生说，“或者是，大约五分钟后的你是绿色的。这是一个‘怎么’的答案。第二个问题：怎么把我弄进去？”他指着我的绿皮副本说：“答案是传送意识。”

“怎么传？”我问。

“获取传感器阵列跟踪所得的大脑活动表现，把它——也就是你的意识——传送过去，”拉塞尔医生说，“我们提取了过去几天内搜集的大脑活动模式，用这些信息让新大脑为容纳你的意识做好准备，因此，等我们把你送过去，一切都会显得非常熟悉。当然，这只是非常简化的描述而已，事实上要复杂得多。不过这会儿这么说就够了。现在，让我给你接上。”

拉塞尔医生抬起胳膊，去拉头顶上的吊臂。我忍不住把脑袋扭到一边，他停了下来。“佩里先生，这次不会放任何东西进去了，”他说，“注射帽已经换成了信号放大器。没什么好担心的。”

“对不起。”我把脑袋放回原处。

“没关系，”拉塞尔医生说着将帽罩盖在我的头上，“你比绝大多数新兵的表现好得多。前面那位老兄号得跟杀猪似的，最后还晕了过去。我们只好在他失去意识的时候传送了他。等他醒来，他会变成一个绿油油的年轻人，而且非常、非常困惑。相信我，你太帮忙了。”

我笑笑，望向即将属于我的那具躯体。“他的帽罩呢？”我问。

“不需要，”拉塞尔医生开始在PDA上敲打起来，“如我所说，那具躯体做过大幅度的修改。”

“听着怎么不太妙？”我说。

“等你进去以后，感觉就不一样了。”拉塞尔医生折腾完PDA，扭头面对我，“都准备好了。我给你说说接下来会发生什么吧。”

“求之不得。”我说。

他把PDA转给我看。“等我揿下这个按钮——”他指着屏幕上的一个按钮说，“——传感器阵列就开始将你的大脑活动信号传送进放大器，等得到了大脑活动的完整镜像，我把你的容槽连接上专用的电脑记忆库。与此同时，新大脑也会和电脑库建立类似的连接。三方连接校验通过，我们把你的意识播送进入新大脑。待意识在新大脑里扎了根，我们断开连接。然后嘛，你就拥有了新的大脑和新的躯体。有问题吗？”

“这套程序有没有出过岔子？”我问。

“就知道你会问这个，”拉塞尔医生说，“答案是出过。在非常罕见的情形下，的确有可能出问题。不过，这种事情极其罕见。我干这行二十多年了，转换过几千个人，只有一次失败记录。那位女士在传送过程中突发脑溢血，大脑活动模式一片混乱，意识没能传递过去。其他人则非常顺利。”

“只要没死，我就活着。”我说。

“这个说法很有意思。不过呢，差不多就是这样。”

“你怎么知道意识何时传送完毕？”

“通过这个——”拉塞尔医生敲敲他的PDA，“——再说你也会告诉我们。相信我，你肯定会知道传送已经结束了的。”

“你怎么知道？”我问，“你难道有过这种经历？也传送过？”

拉塞尔医生笑着答道：“正是如此，而且还是两次。”

“但你不是绿色的。”我说。

“因为我经过了第二次传送，你不是非得永远保持绿色不可。”他的语气有些怅然若失。接着，他眨眨眼，视线回到PDA上。“不好意思，佩里先生，咱们得长话短说了，你后面还有好几个新兵要传送呢。准备好了吗？”

“当然他妈的没有，”我说，“我吓得都快把肠子拉出来了。”

“让我换个说法，”拉塞尔医生说，“准备好一了百了了吗？”

“妈的，来吧。”我说。

“那就开始吧。”拉塞尔医生在PDA上敲打起来。

容槽发出细微的铿锵声，像是打开了什么开关。我扭头瞪着拉塞尔医生。“放大器，”他说，“一分钟左右就好。”

我咕哝着表示知道了，然后望向新的自己。那具躯体一动不动地躺在容槽里，活像在塑形过程中被人洒了绿漆的蜡像。躯体酷似多年前的我——说实话，比我当年更加像样。我年轻时身材不怎么像是运动员。这个版本的我拥有游泳健将的肌肉，还有一头浓密的好头发。

我将进入那具躯体，难以想象。

“解析度满格，”拉塞尔医生说，“打开连接。”他在PDA上敲了一下。

随着一阵轻微的摇晃，我的脑袋像是忽然成了个空旷有回音的巨大房间。“哇噢。”我说。

“回声室？”拉塞尔医生问。我点点头。“电脑记忆库，”他说，“你的意识觉察到了此处和彼处之间的细微延时。没什么好担心的。好了，现在连接新躯体和电脑记忆库。”他又在PDA上敲了一下。

房间对面，新的我睁开了眼睛。

“是我操纵的。”拉塞尔医生说。

“他有一双猫眼。”我说。

“你有一双猫眼，”拉塞尔医生说，“两条连接都很稳定，没有干扰。我这就开始传送。你会有点儿晕头转向。”敲PDA——

——我摔了

下————去

（感觉像被狠狠按进柔软的床垫）

所有记忆像失控的砖墙砸在我脸上

分外清晰的片段里我站在圣坛前

望着凯西沿着过道一步步走近

看见她的脚踩到了婚纱裙摆

她的步子微微地踉跄一下

接着她优雅地稳住身体

她抬头对我笑像是说

嘿嘿这可拦不住我

——另一段关于凯西的闪回里该死的香草放在哪儿了还有和面盆叮叮当当地落在厨房的瓷砖地上——

（天哪，凯西）

我又变回了我自己，瞪着拉塞尔医生的房间，头晕目眩，同时能看见他的脸孔和后脑勺，我心想：妈的，这个把戏有意思。这个念头以立体声的形式在脑海里回荡。

我忽然发觉：我同时身处两个地方。

我笑了笑，看见旧我和新我同时微笑。

"我打破物理定律了。"我用两张嘴对拉塞尔医生说。

他说："你进入新躯体了。"

接着，他在该死的PDA上敲打了起来。

又只剩下了一个我。

另一个我。我能分辨得出，因为我盯着的不再是新我，而是旧我。

旧我瞪着我，像是知道刚刚发生了什么非常奇异的事情。

目光像是在说：你不再需要我了。

然后，旧我闭上了双眼。

"佩里先生。"拉塞尔医生说，他又叫了一声，然后轻轻拍打我的面颊。

"什么，"我说，"我在这儿，不好意思。"

"佩里先生，请问你的全名。"

我想了一秒钟，然后说："约翰·尼古拉斯·佩里。"

"生日？"

"六月十日。"

"二年级老师叫什么？"

我直勾勾地瞪着拉塞尔医生："天哪，哥们，就算换了原先那具躯体，我也不记得这种事情。"

拉塞尔医生笑了："欢迎开始新生活，佩里先生。你顺利过关。"他解开容槽门的门闩，完全打开，"请出来吧。"

我用双手，绿色的双手，扶住容槽的侧边，撑着身体爬出来。我伸出右脚，略微踉跄了一下。拉塞尔医生上前扶住我。"当心，"他说，"你当老人当了很久。需要时间回忆年轻是什么感觉。"

"这话什么意思？"我说。

"呃，"他说，"比方说，你可以直起腰了。"

他说得对。我稍微有些佝偻（年轻人，记得喝牛奶）。我直起腰，又走了一步。然后再一步。好消息，我还记得怎么走路。我在房间里走来走去，笑得像孩子似的满脸开花。

"感觉怎么样？"拉塞尔医生问。

"感觉很年轻。"我的喜悦只泄露了一点点。

"理当如此，"拉塞尔医生说，"这具躯体的生理年龄是二十岁。实际上还要更加年轻，我们如今有办法快速培育躯体了。"

我试着跳了跳，觉得都快蹦回地球了。"我还没到饮酒年龄呢。"我说。

"心底里你仍旧七十五岁。"拉塞尔医生说。

听见这句话，我停止了蹦跳，走到躺在容槽里的旧躯体旁边。它看起来既悲哀又衰败，像个用旧了的手提箱。我伸手触摸自己昔日的面颊。温乎乎的，我感觉到了呼吸。我吓得一缩。

“它还活着。”我说着退开几步。

“已经脑死亡了，”拉塞尔医生赶忙说，“你的所有认知功能都被传送走了。传送完成，我就关闭了这副大脑。它现在不过是个自动机器——能呼吸，有血液循环，除此之外就没了，而且还是暂时性的。放在那儿不管，它几天内就会自然死亡。”

我犹犹豫豫地走回旧躯体旁。“准备怎么处理它？”我问。

“暂时先储存起来，”拉塞尔医生说，“佩里先生，我不得不催你了，请你返回自己的住处，好让我继续处理其他新兵。中午之前还有不少人要传送呢。”

“关于这具躯体，我有几个问题。”我说。

“有本普及手册，”拉塞尔医生说，“我下载一份到你的PDA里。”

“老天，多谢了。”我说。

“不客气，”拉塞尔医生朝那两名殖民联盟的职员点点头，“他们将陪你返回住处。最后再让我说声恭喜吧。”

我走向职员，转身刚准备离开，又停了下来。“等一等，”我说，“忘了一件事情。”我走到仍然躺在容槽里的旧躯体旁，抬起头看着拉塞尔医生，指指容槽的门。“我得解开门闩。”我说。拉塞尔医生点点头。我解开门闩，打开门，拿起旧躯体的左手。无名指上有个简朴的金戒指。我摘下戒指，戴在自己的无名指上。接着，我用新的双手捧着旧的脸庞。

“谢谢，”我对自己说，“谢谢你，为了所有一切。”

说完，我和两名职员一起离开。

崭新的你

新躯体指南

献给殖民防卫军新兵

殖民联盟遗传研究中心全体成员敬上

两百年，我们培育更好的躯体！

手册已经在PDA里等待我阅读了，上面这是扉页的内容。至于画面，请运用一下想象力吧，它模仿了达·芬奇的人体解剖图，只是那个裸体哥们儿被换成了一个裸体绿皮兄弟。咱们接着往下看。

现在，你已经从殖民防卫军手中得到了新躯体。谨致祝贺！这具新躯体是殖民联盟遗传研究中心的科学家和工程师几十年的心血结晶，并按照殖民防卫军的严格要求进行了优化。这份文件旨在简要介绍新躯体的重要特征及功能，并解答新兵对新躯体的部分常见问题。

躯体不止新，而且更好

你肯定已经注意到了新躯体的绿色皮肤。这不仅仅是为了美观。你的新皮肤（叶绿肤™）整合了叶绿素，成为额外的能量来源，能够优化躯体对氧气和二氧化碳的利用率。结果：你将感觉更加清新、更加耐久——更能承担殖民防卫军的职责！这只是个开始，更多改善还有待你的发现。举例如下：

- 血液组织已被“智能血™”替代，这个革命性的系统将携氧量提高了四倍，同时还能使躯体不受疾病和毒素侵害，也不用担心失血会导致死亡！
- 专利“猫眼™”技术对视觉的提高必须亲眼目睹方能相信！视杆细胞和视锥细胞数量的增加提高了成像清晰度，超过自然演化所得的绝大多数视觉系统。专门设计的光线放大器能让你在极度缺光的环境下拥有清晰的视觉。
- 成套的“非常感™”感官增强系统将触觉、嗅觉、听觉和味觉提升到了难以企及的高度，神经布局经过扩展，神经连接经过优化，各个感官的可感知范围都得到扩展。你立刻就能体验到个中区别。
- 你想变得多强壮？有了“铁臂™”技术，肌肉强度和反应时间均有大幅度提升，你甚至无法想象自己有多么强壮、多么迅速——事实上，强壮和迅速得甚至让政府颁布了法律，规定殖民联盟遗传研究中心不得在民用市场销售这项技术。这完全是面向新兵的“特惠”！
- 永不掉线！“脑伴™”电脑永远不可能遗失，因为它就位于大脑内部。我们独家拥有的“自适应辅助交互接口”帮助你访问“脑伴™”。“脑伴™”同时还能协调新躯体里的各个纳米科技系统，例如“智能血™”。殖民防卫军的军人极其信赖这项伟大的技术——你也不会例外。

创造更好的你

毫无疑问，这具新躯体的能力将让你叹为观止。你是否思考过它的设计过程呢？你或许有兴趣知道，殖民联盟遗传研究中心已经设计了一系列先进的改良躯体，你的这具只是其中最新的型号。通过使用独有的专利技术，我们采用了其他物种的基因信息和缩微机器人技术来改进这具躯体。尽管艰苦卓绝，但你的赞赏将是最大的鼓励！近两个世纪前，我们第一次改善了人体，从此以后，我们一直在积累工作成果。为了进行改变和改进，我们首先依靠先进的电脑模型技术，模拟每个改善方案对整个躯体造成的结果，然后使用生物体模型加以检验。只有在此之后，改善方案才会用于最终的躯体设计，同时与你提供的“起始”DNA进行整合。请放心，每项改善都经过了测试，非常安全，旨在塑造一个更好的你！

关于新躯体的常见问题

1. 新躯体是否有品牌？

有！这具新躯体是防卫者七系列之“大力神”型，技术全称CG/CDF 12型1.2.11版。这个型号归殖民防卫军专用。另外，每具躯体都有维护保养所需的序列号，你可以通过“脑伴™”获取自己的序列号。别担心，仍可在日常生活中继续使用原名！

2. 新躯体会衰老吗？

防卫者系列躯体的设计目标，是向殖民防卫军提供能在完整工作寿命内始终保持最优性能的产品。为了实现这个目标，我们在基因层级部署了最先进的再生技术，以降低自然损耗。只需最基础的摄生疗法，这具新躯体就能在操作年限内保持最佳状态。你还会发现伤害和残疾都将很快得到纠正——你马上就可以站起来重新飞奔了！

3. 这些了不起的改善能传给子孙后代吗？

不行。这具躯体及其生物和技术系统都是殖民联盟遗传研究中心的专利产品，未经允许，不得转让。而且，由于防卫者系列所实施的大量改善，其DNA在基因上与未经修改的人体已不再匹配，实验室测试显示，与防卫者系列交配将无一例外地导致对胚胎的致命伤害。另外，殖民防卫军认为传递基因信息的能力对现役军人而言并不必要，因此，防卫者系列没有生育能力，但其他相关功能并无变化。

4. 我对新躯体的神学含意有所担忧。我该怎么办？

殖民联盟遗传研究中心和殖民防卫军对意识传送所引

发的神学和心理学争论并无官方立场，我们理解许多新兵对此有所疑虑。每艘运兵船都配有地球各主要宗教的神职人员和心理医生。我们鼓励你向他们求助，和他们探讨你面临的问题。

5. 我将在新躯体里待多久？

防卫者系列专为殖民防卫军设计；只要你还在殖民防卫军服役，就可使用和享受新躯体内先进的技术和生物学成果。退役时，我们将提供一具根据原始DNA培养的未经修改的新躯体。

殖民联盟遗传研究中心的全体人员祝贺你获得了新躯体！我们相信，在你的殖民防卫军服役期间，这具躯体将极好地为你服务。感谢你为各殖民地作出的贡献，请享用——你的新躯体。

我放下PDA，走到舱室的水槽前，在镜子里端详着我的新面孔。

很难不去注意这双眼睛。旧躯体有一双棕眼——土褐色，有些可爱的金色斑点。凯西曾说书上讲虹膜色斑其实是多余的脂肪组织，所以我有一双“肥胖的”眼睛。

如果说那双眼睛有点胖，那么这双就绝对是痴肥了。从瞳孔到眼眶，颜色从纯金逐步变绿，虹膜边缘呈祖母绿色，这个颜色一缕一缕地刺向瞳孔。镜子正上方的灯光直射在脸上，瞳孔此刻是一条狭缝。我先关掉镜灯，然后关掉大灯；房间里唯一的光亮来自PDA

上一个小小的二极管。旧眼睛在这种环境中肯定伸手不见五指。

新眼睛瞬间就适应了。房间里很昏暗，但我能清清楚楚地辨认出每一个物件。我回到镜子前，发现瞳孔放大得像是颠茄素过量。我打开镜灯，看着瞳孔以惊人的速度缩小。

我脱掉衣服，第一次仔细打量新躯体。早些时候对体形的印象没错，我找不到恰当的说法，只能说我换了个人。我顺着胸膛和搓衣板一般的腹部摸下去。我这辈子哪儿见过自己这么结实强健。天晓得他们怎么把新我变得如此健康的。不知道多久以后我会回到真正二十多岁时的松垮模样。但紧接着我又想到一点：既然他们对新躯体的DNA都做了这么多手脚，它非常有可能根本不会变得松松垮垮的。希望如此。我挺喜欢这个全新的我。

还有，天哪，从眼睫毛往下，我一根毛也没有。

我是说，寸草不生——连半根毛发的影子都没有。胳膊光秃秃的，双腿光秃秃的，后背光秃秃的（咳咳，后面似乎本来就没长毛），私处也光秃秃的。我摸摸下巴，想看看是否有点儿胡须茬儿什么的，结果光滑得和婴儿屁股似的——或者是我现在的屁股。我低头端详自己的那玩意儿，实话实说，没了毛发，看着有点凄凉。头发很浓密，是没什么特点的棕色。这和上一个肉身没啥区别。

我把手举到面前，仔细打量我的肤色。绿色很浅，但不扎眼，还算好看，要是嫩黄绿色估计我就应付不来了。全身上下颜色均匀，只有乳头和龟头颜色稍深。大体而言，明暗对比和从前一样，只是换了个色调而已。我还注意到了一个细节：静脉血管更显眼了，而且泛着灰色。估计“智能血™”（天晓得那是什么鬼东西）

就是这个颜色，而不是血红色。我重新穿上衣服。

我的PDA哔哔哔地叫起来。拿起来，上面有条信息等着我。

你可以连接‘脑伴™’电脑系统了，信息这么读道，**是否要现在激活？**屏幕上有两个按钮，一个是“是”，一个是“否”。我点了“是”。

忽然之间，不知何处响起了一个浑厚、饱满而让人宽心的声音。我吓得险些从这身绿皮里蹿出去。

“哈啰！”那声音说，“你正在通过拥有专利的‘自适应辅助交互接口’接入‘脑伴’体内电脑！不要惊慌！感谢‘脑伴’集成系统的功能，你此刻听见的声音直接经由听觉中枢生成。”

好极了，我心想，脑袋里又多了一个声音。

“听完这段简要介绍，你随时可以关闭声音。现在开始，请你先通过回答‘是’或‘不’来决定几个选项，帮助电脑学习识别这两种答案。如果准备好了，请说‘是’。现在请说。”

声音停下了。我有些犹豫，不知如何是好。

“现在请说‘是’。”那声音重复道。

“是！”我答得有点神经质。

“谢谢你说‘是’。现在请说‘不’。”

“不。”我说。有那么一瞬间，我唯恐“脑伴”以为我拒绝了他的请求，忽然大发神经，用电流煎了我的大脑。

“谢谢你说‘不’。”那声音答道。原来是个拘泥于字面意思的家伙哪。“在接下来的过程中，你将了解到你不需要口述命令就可以让‘脑伴’作出回应。但是，在短时间内，你也许仍旧更愿意用语言和‘脑伴’沟通。现在，你可以选择继续使用音频还是切换成文字界面。你愿意切换成文字界面吗？”

“天哪，是。”我说。

我们以文字界面继续。一行文字浮现在眼前，与我直视的物体对比分明。我转动头部，那行字停留在视野中央，色泽对比不停改变，确保我每时每刻都看得一清二楚。牛逼。

第一次进行文字沟通时，建议你保持坐姿，以免弄伤自己。脑伴写道，**现在请坐下。**我坐了下去。

在你和“脑伴™”的最初几次接触中，你会发现口头交流更为容易。为了帮助“脑伴™”理解你的问题，现在教“脑伴™”理解你所说的内容。请读出以下这些音素。我从右到左念了一遍。脑伴接着让我念几个短句。我照办了。

谢谢。脑伴写道，**你的“脑伴™”现在可以根据你的声音执行命令了。你是否愿意人格化你的“脑伴™”？**

“是。”我答道。

许多“脑伴™”用户都会给他们的“脑伴™”起一个“脑伴™”之外的名字。你是否愿意立刻为你的“脑伴™”命名？

“是。”我说。

请说出你想给“脑伴™”起的名字。

“‘傻逼’。”我说。

你选择了“傻逼”这个名字。脑伴写道。不得不夸奖它一句，拼写正确无误。**请注意，许多新兵为他们的“脑伴™”起了这个名字。你是否愿意选择一个其他的名字？**

"不。"我说，这么多新兵对脑伴都有同样看法，我不禁倍感骄傲。

你的"脑伴™"现在更名为傻逼，脑伴写道，**你可以随时更换这个名字。现在，请激活傻逼的访问口令。虽然傻逼随时处于活动状态，但只在激活后才接受指令。请选择一个短语。傻逼建议你使用"激活傻逼"，但其他短语亦可。现在请说出你的激活短语。**

"喂，傻逼。"我说。

你选择了"喂，傻逼"。请重复一遍确认。我重复了一遍。脑伴接着要我选择一个结束短语。我（自然而然地）选择了"滚吧，傻逼"。

你是否希望傻逼用第一人称来称呼自己？

"那当然。"我说。

我是傻逼。

"废话。"

我在等待你的命令或查询。

"你有智能吗？"我问。

我配备有自然语言处理器和其他系统，可以理解问题和看法，并提供相应的答案，这往往使我看起来像是拥有智能，特别是当我接入更大的电脑网络之后。然而，"脑伴™"系统并不具备自然智能。举例来说，我只是在自动回答你的提问。这是一个常见问题。

"你是怎么理解我的话的呢？"

当前阶段，我在对你的说话声音作出响应，傻逼写道，**你说话时，我同时在监测你的大脑，学习大脑意欲和我交流时的活动状**

况。不用多久，你不必说话，我也能理解你的意思了。到时候，你也将学会在没有声音和视觉提示的情况下使用我。

“你有哪些功能？”我说。

我拥有大量功能，想查看按格式编排的列表吗？

“谢谢。”我说。

巨大的表单出现在眼前。**想查看子目录列表，请选择顶层目录并说，“展开（分类标题）。”想执行某项功能，请说，“打开（分类标题）。”**

我顺着列表一路读下去。显然，傻逼不会做的事情还真是少。他能向其他新兵发送消息，能下载各种报告，能播放音乐和视频，还能玩游戏。他能调阅系统中的任何文档，能储存海量数据，能执行复杂的运算。他能诊断病情并提供治疗建议，能和选定的其他脑伴用户创建局域网，能同声传译数以百计的人类和外星语言，甚至能在视野中标注其他脑伴用户的信息。我打开这个选项。我连自己都不太认得出，想认出老屁帮的其他成员恐怕就没希望了。总而言之，让傻逼呆在脑袋里确实用处多多。

我听见门闩解锁的声音，于是抬头去看。“喂，傻逼，”我说，“几点了？”

现在是1200。傻逼写道。我把一个半钟头的大部分时间花在了和他厮混上。够了，别沉迷。我得去见见真正的人类了。

“滚吧，傻逼。”我说。

再见。傻逼写道。我才读完，这行文字就消失了。

有人敲门。我走过去开门。多半是哈利，天晓得他现在啥模样。

他看着像个美若天仙的黑发美女，深（绿）橄榄色皮肤，两条腿挺拔修长。

“你不是哈利。”我蠢得不可思议了。

黑发美女先是瞪着我，然后上上下下打量我。“约翰？”她最后说。

我呆呆地看了一秒钟，她的名字忽然出现在脑海里——几乎就在同时，她的身份也像个鬼魂似的浮现在眼前。“杰西。”我说。

她点点头，我还在盯着她看。我张嘴想说什么。她一把抓住我的脑袋，恶狠狠地吻了上来，用力之大，直把我扑回了舱室里。推倒我的过程中，她居然还腾出工夫反腿踢上了门。我非常佩服她。

我都忘记年轻人有多么容易勃起了。

6

我也忘记年轻人能接连勃起多少次了。

“别误会，”搞完第三次（！），趴在我身上的杰西说，“我并没有完全被你吸引住。”

“感谢上帝，”我说，“否则我就要被榨干了。”

“别误会，”杰西说，“我很喜欢你。即便在——”她打着手势，想找个合适的字眼形容让人返老还童的全身移植，“——改变之前，你很睿智，也很友善，还挺好玩的。是个好朋友。”

“啊哈，”我说，“你知道，杰西，通常来说，‘咱们做个朋友吧’往往是不做爱的借口。”

“我只是不希望你产生什么不切实际的念头罢了。”

“我的感觉是这样的：被神奇地传送进了一具二十岁的躯体，任谁都会兴奋异常，非得找碰见的第一个人大干几场才行。”

杰西盯着我看了一秒钟，然后爆发出一阵大笑。“没错！就是这样。不过就我而言，是碰见的第二个人。我有个室友，你知道的。”

“对，玛琪也焕然一新了吗？”

“我的天哪，”杰西说，“跟她一比，约翰，我简直成了搁浅的鲸鱼。”

我伸手摸着她的侧腹：“这条搁浅的鲸鱼还挺好看的。”

“我知道！”杰西忽然坐了起来，骑在我身上。她抬起胳膊，在脑后交叉双臂，本已饱满而结实的胸部显得更加挺拔。我能感觉到她夹着我腰部的大腿内侧在放射热量。尽管我现在还没勃起，但我清楚恐怕马上就要重振雄风了。“我是说，看看我。”她这句话毫无必要，因为自从她起身的那一刻开始，我就再也挪不开视线了。“我美艳绝伦。这可不是过度自负。我在真实生活中从没有这么好看过。连个边儿都沾不到。”

“很难相信。”我说。

她抓起双乳，把乳头指着我的脸。“看见了？”她说着晃晃左边那只，“在真实生活中，这一只比另一只小一个罩杯，但还是大得出奇。我从青春期开始背疼了一辈子。它们只在十三岁那年的一个星期里才这么结实过。”

她抓起我的双手，放在她平坦完美的腹部上。“这儿也从来不是这个样子，”她说，“我的腹部一直有赘肉，生孩子之前就有。有了两个孩子以后——呃，就这么说吧，要是我又要了第三个，腰围恐怕还得翻倍。”

我的手滑向后方，捏住她的臀部。“这个呢？”我问。

“肥硕无比，”杰西笑道，“亲爱的朋友，我块头很大。”

“块头大又不是犯罪，”我说，“凯西块头就挺大。我照样喜欢。”

“当时我也并不在意，”她说，“为身体问题烦心很愚蠢。但反过来，现在也不肯交换回去了。”她伸手抚摸全身，场面刺激得很。“我很性感！”说完，她咯咯一笑，向后甩头。我哈哈大笑。

杰西俯下身子，盯着我的脸。“我觉得这双猫眼难以置信地迷人，”她说，“不知道他们会不会用了猫的DNA。你知道的，把猫的DNA和我们的嫁接起来。我倒是不介意半人半猫。”

“我不觉得这双眼睛真的来自猫的DNA，”我说，“咱们没有展现出其他的类猫属性。”

杰西又坐了起来。“比方说？”她说。

“呃，”我的双手在她的胸部游走，“比方说，公猫阴茎有倒钩。”

“胡扯。”杰西说。

“真的，”我说，“刺激母猫排卵的正是这些倒钩。自己查书去吧。总而言之，我那玩意儿没有倒钩。如果有，你应该早就注意到了。”

“这啥也证明不了，”杰西说，忽然把下半身向后一挺，上半身向前一扑，直接趴在了我身上。她的笑容很猥琐，“很可能咱们动作还不够猛烈，倒钩没有突出来。”

“我怎么觉得有人在挑战我。”我说。

“我怎么觉得有个奇怪的东西。”她说着蠕动起来。

“你在想什么？”云收雨散，杰西问我。

“我在想凯西，”我说，“想我们也经常这么躺在一起。”

“你是说在地毯上？”杰西微笑着说。

我轻轻敲了一下她的脑袋：“不是这个，只是在做爱后躺在一起，聊聊天，相依相伴。我们就是在这种时候第一次谈起参军的。”

“你为什么提出参军？”杰西问。

“不是我，”我说，“而是凯西。那是我的六十岁生日，我很沮丧，因为又老了一岁。她建议我们年龄一到就去签约。我有些惊讶，因为我们一辈子都对军队没有好感。我们参加了次大陆战争的抗议，而且还是在这种做法不怎么流行的时候。”

“很多人参加了那场战争的抗议。”杰西说。

“是啊，但我们是打心眼里反对，甚至有点成了镇子上的笑料。”

“那她是怎么让你们接受志愿参加殖民防卫军这件事情的呢？”

“她说她并不反对普遍意义上的战争和军队，只反对那场战争和我们的军队。她说人类有权保卫自己，而宇宙很可能环境险恶。她说除了这些冠冕堂皇的理由，更重要的是我们能重获青春。”

“但你们不能同时参军，”杰西说，“除非年龄相同。”

“她比我小一岁，”我说，“我也这么跟她说来着——我说，我一入伍就会被宣布死亡，你我就不再是夫妻了，宇宙茫茫，天晓得还能不能相见。”

“她怎么说？”

“她说那都是细节问题。她会再次找到我，像上次一样拖着我上圣坛。要知道，她真的会。碰到这种事情，她比野熊还凶猛。”

杰西用胳膊肘撑起半个身子，看着我：“她没能在这儿陪你，约翰，我很替你难过。”

我笑着说：“没事，只是我时不时地会想念老婆。”

“我明白，”杰西说，“我也想念我丈夫。”

我看看她。“记得他抛弃你找了个妹子，然后食物中毒了。”

“没错，然后也没错，他活该把肠子呕出来，”杰西说，“我并不想念那个男人，但我想念有丈夫的那种感觉。跟命中注定的人一起生活，那感觉真不赖。结婚真美好。”

“结婚真美好。”我赞同道。

杰西拱到我身边，一条胳膊搭在我的胸口：“当然，现在也不赖。我有段时间没干这档子事了。”

“躺在地上？”

这次轮到她打我脑袋了：“不对。呃，好吧，其实也对。但更确切地说，是做爱后躺在地上。其实说到底还是做爱本身。你可不想知道我有多久没做过爱了。”

“当然想知道。”

“狗东西。足足八年。”

“难怪一看见我就扑了上来。”我说。

“说得对，”杰西说，“谁让你的位置离我近呢。”

“位置就是一切，家母经常这么说。”

“你母亲很不寻常，”杰西说，“嘿，贱人，几点了？”

“什么？”

“我在和脑袋里的声音说话。”她说。

“起了个好名字。”我说。

“你管你那个叫什么？”

“傻逼。”

杰西点点头：“听着正是一对儿。贱人说现在刚过1600。还有两个钟头才吃晚饭。明白什么意思？”

“不明白。我觉得就算年轻，就算受过改造，四次也到极限了。”

“冷静。意思是咱们还有时间小睡片刻。”

“给你拿块毯子来？”

“别傻了。在地毯上做爱不代表我想在地毯上睡觉。你有张多余的床，我去那儿睡。”

“我岂不要自己小睡片刻了。”

“我会补偿你的，”杰西说，“等我睡醒记得提醒我。”

我提醒了她，她补偿了我。

“我的天老爷啊，”托马斯在桌边坐下，盘子里的食物多得可怕，他能搬得动就是个奇迹了，“咱们都漂亮得没法用语言形容了。”

他说得对。老屁帮有了天翻地覆的变化。托马斯、哈利和艾伦怎么看都是退役男模；我绝对是四个人里的丑小鸭，看着——呃，看着还是很赏心悦目。至于女人，杰西美得惊世骇俗，苏珊更胜一筹，而玛琪绝对是女神一尊。直视她会让你眼睛发疼。

直视我们任何一个人都会让你眼睛发疼，而且是头晕目眩的那种美妙疼痛。老屁帮花了几分钟面面相觑。漂亮的不止是我们几个。扫视整个房间，我连一个难看的人都找不到。这感觉既美妙，又令人不安。

“简直不可能。”哈利忽然对我说。我看着他。“我也左右看了看，”他说，“房间里所有的人年轻时不可能一个个都这么好看。”

“说你自个儿吧？哈利，”托马斯说，“别人我不知道，我还没当年青葱岁月的时候帅了呢。”

“你现在倒确实青得跟葱似的，”哈利说，“就算排除这位不怎么可信的托马斯——”

“我要哭着去找镜子了。”托马斯说。

“——大家也不可能都这么让人赏心悦目。我坦白，我二十岁的时候可够惨烈的。很胖，满脸粉刺，而且已经开始脱发了。”

“别形容了，”苏珊说，“我都开始性奋了。”

“我还想吃饭呢！”托马斯说。

“现在我可以随便嘲笑当年，因为我有了这具皮囊，”哈利从上而下摸着自己的身体，像是在展示今年的新款时装，“新我和旧我没啥关系，我向各位保证。”

“听起来这似乎让你很烦恼。”艾伦说。

“的确有点烦恼，”哈利承认道，“我的意思是说我愿意接受。但如果有人送我一匹马，我终归要掰开嘴巴看看牙齿的。请问，我们为何如此好看？”

“基因优良。”艾伦说。

“没错，”哈利说，“但这是谁的基因呢？咱们的？还是他们在哪个实验室里接合出来的？”

“咱们现在都体健貌端，”杰西说，“我刚才还和约翰说过，这具躯体比我过去真正的身体强得多。”

玛琪忽然开口。“我也这么说过，”她说，“想说‘旧身体’的时候，我的用词是‘真正的身体’。就仿佛这具身躯对我来说还不够真实似的。”

“姐们儿，够真实了，”苏珊说，“你总得拿它撒尿吧。我很清楚。”

“就是这个女人，居然批评我喜欢分享个人隐私。”托马斯说。

“要问我，我倒是有个看法，”杰西说，“那就是他们不但提高了身体的性能，在其他方面也有所改进。”

“同意，”哈利说，“但这不是原因。”

“让我们产生紧密的联系。”玛琪说。

大家都瞪着他。“瞧瞧，是谁从壳里钻出来了？”苏珊说。

“有本事咬我啊。”玛琪说。苏珊咧嘴笑笑。“你们看，每个人都倾向于喜欢我们认为有吸引力的人，这是最基础的人类心理。另外一方面，这个房间里的人，包括老屁帮在内，其实彼此之间都很陌生，短时间内很难被任何因素联系在一起。让大家都变成别人眼中的俊男美女，这能够增进联系，或者在训练开始后，将会因此增进联系。”

“大家都在互相抛媚眼，这对组织军队能有啥好处呢？”托马斯说。

“那并不是目的，”玛琪说，“性吸引只是副作用而已。重点在于快速建立彼此之间的信任和忠诚。无论是否存在性欲，大家都本能地愿意相信和帮助他们觉得有吸引力的人，这就是新闻播音员往往很迷人的原因，也是有魅力的人在学校里不需要好好念书的原因。”

“但我们现在都很有吸引力了啊，”我说，“在吸引力的汪洋大海里，仅仅还算好看的人都得遭殃。”

“哪怕是现在，有些人仍旧比其他人更好看，”托马斯说，“每次看玛琪，我都觉得这个房间正在被人抽真空似的。玛琪，我没有冒犯你的意思。”

“没关系，”玛琪说，“我们现在使用的基准线不是此刻的模样，而是过去的模样。短期之内，我们还将本能地使用这个基准线，而他们所需要的正是这个短期优势。”

“你的意思是说，看着我，你没有缺氧的感觉？”苏珊对托马斯说。

“那句话不是在侮辱其他人呐。”托马斯说。

“等我勒死你的时候，我会记起这句话的，”苏珊说，“好一个缺氧。”

“你们别打情骂俏了，”艾伦把注意力放回玛琪身上，“你的吸引理论挺有道理，但我觉得你还忘了最吸引咱们的那个人：我们自己。好坏不论，现在这具躯体对我们来说仍旧陌生。我是说，我现在是个绿皮人，脑袋里还有台叫‘二愣子’的电脑——”他停下来，看着我们。“你们怎么称呼你们的脑伴？”

“傻逼。”我说。

“贱人。”杰西说。

“鸡巴样。”托马斯说。

“缺心眼。”哈利说。

“撒旦。”玛琪说。

“甜心，”苏珊说，“显然只有我一个人喜欢我的脑伴。”

“脑壳里忽然冒出个声音，不为所动的估计只有你了，”艾伦说，“这正是我的看法。忽然变得年轻，在生理和机能方面忽然起了巨大的变化，这很容易让人心理失衡。虽说返老还童让人开心，至少我很开心，但我们还是会疏远这个新的自己。把我们造得漂亮些，这能帮助我们‘安顿下来’。”

“咱们在和一群诡计多端的家伙打交道。”哈利阴森森地做了总结。

“喂，高兴点儿，哈利，”杰西捅了捅他，“能把变得年轻性感理解成黑暗阴谋的人，我只认得你一个。”

“你觉得我性感吗？”哈利问。

“如梦似幻，亲爱的。”杰西说，对他夸张地眨巴了几下眼睛。

哈利露出一个傻乎乎的笑容：“本世纪你是第一个对我这么说的人。行，我接受了。”

剧场里挤满了新兵，站在大家面前的是个经过战火洗礼的老兵。脑伴告诉我们，他在殖民防卫军服役十四年，参与过许多战役，战役的名称此刻对我们尚无意义，但毫无疑问，我们迟早会明白的。他曾经开拓过新的疆土，遭遇过新的种族，而且一经发现就将对方悉数消灭。他看起来顶多二十三岁。

“晚上好，诸位新兵，”等我们都就座了，他开始训话，“我是布莱恩·希吉中校，在接下去的航程中，我将担任你们的指挥官。不过，就实际意义而言，这个头衔没多大意思——从现在到抵达罗盘座贝塔星三号行星，还剩下一周的时间，而给你们的命令只有一个。不过，听从这个命令，将让诸位记住：从今往后，你们必须服从殖民防卫军的规章制度。换上新的身体，新的责任随之而来。

“你们对新身体肯定有所疑问，想知道它们能做些什么，能承受多少压力，如何在殖民防卫军的服役期间使用它们。等在罗盘座贝塔星三号行星开始训练，诸位这些疑问很快就将得到解答。但现在，首要目标就是让你们熟悉这具新皮囊。

“因此，在剩下的航程中，给诸位的命令就是：尽情享乐。”

队伍中响起了嗡嗡的交头接耳声和零零落落的笑声。颁布的军令居然是尽情享乐，这未免过于违反直觉，简直到了好笑的地步。希吉中校皮笑肉不笑地笑了笑。

“我明白这个命令非同寻常。然而，用新躯体尽情享乐是熟悉新能力的最佳途径。训练一开始，军队就会要求你们拿出最无懈可击的表现。不存在什么‘逐步提高’——没时间干这种事情。宇宙是个危险的地方。训练期很短，也很艰难。没时间让你们慢慢熟悉情况。

“新兵们，请把本周视为旧生命和新生命之间的桥梁。你们以后会发现这段时间稍纵即逝，现在请尽情使用这些为军事用途设计的新躯体，享受普通人可以享受的一切欢乐。你们会发现亨利·哈德逊号满是你们在地球上喜闻乐见的娱乐和休闲设施。请随便使用。请尽情享乐。去熟悉你们的新躯体，稍微了解一下你们的潜力，看是否有可能摸到极限。

“女士们，先生们，训练开始前还会有最后一次简报会。在此之前，享乐吧！我不想说得太夸张，但是，尽管在殖民防卫军中的生涯自有其乐趣，这也许是诸位最后一次肆意使用你们的新躯体了。建议各位利用好这段时间。建议各位尽情享乐。就这样，解散。”

所有人都玩疯了。

一开始，当然是性爱。每个人都在和其他所有人亲热，全船被新兵用来做爱的地方多得数不胜数。过了第一天，任何半遮蔽的场所都成了疯狂亲热的爱巢，你走动时必须弄出很大响动才符合礼数，这样能确保你经过的情侣及时分开。第二天的某个时候，大家都知道了我有个单间，请求使用的人纷至沓来。我当场拒绝了所有人。我过去没有经营过妓院，往后也没有这种打算。唯一可以在我房间里乱搞的只有我和受到邀请的客人。

客人只有一位。不是杰西，而是玛琪。原来，我还是个皱巴老头的时候，她就对我有了情意。希吉中校训话结束，她差不多在我的房门口伏击了我，我怀疑这搞不好是受过改造的女人的标准求偶过程。总而言之，她其实很有意思，私下里更是一点也不羞怯。结果，她曾是奥柏林学院的教授，主讲东方宗教哲学，就这个课题写过六本专著。端的是真人不露相。

老屁帮的其他成员也各有乐子。和我放纵一番过后，杰西和哈利配成了一对儿。艾伦、汤姆和苏珊则达成了某种安排——汤姆处于核心位置。还好汤姆吃得多，他的确需要保持体力。

在外人眼中，新兵对于性爱的痴迷显然很不体面，但就我们的立场（更恰当的说法应该是“卧场”）而言，这却非常说得通。找一群由于缺少伴侣、身体衰弱、性欲减退而没什么性生活的人，把他们塞进富有魅力且能力非凡的全新躯体，再将他们扔进远离一切熟悉事物和至亲好友的遥远太空，这三者结合的成果必然是性爱。之所以做爱，是因为我们有这个能力，是因为这比孤独强得多。

当然，除了性爱，我们也做别的事情。这些耀眼夺目的新躯体如果只拿来做爱，那就像只用一个音符唱歌似的。新躯体据说不但全新，而且还经过改善，我们用简单而令人惊讶的方式证明了这一点。我和哈利打了一场乒乓球，最后不得不中途休战，因为显然谁也没法赢过对手——不是由于我们水平太次，而是我们的反应和手眼配合水平达到了难以想象的高度，谁都不可能失球。我们你来我往地打了三十分钟，要不是乒乓球在高速撞击中裂为碎片，我们恐怕还能继续打下去。太荒谬了。太神奇了。

其他新兵也找到了类似的事情。第三天，我挤在人群里，观看两个新兵打架，这恐怕是有史以来最吓人的武术格斗了。他们运用新躯体做的事情完全超出了普通人类的柔韧性和标准重力。有个场面，一个男人飞起一脚，另一个男人被踹出去了半个房间那么远。那家伙非但没有化为一堆碎骨瘫倒在地，反而先一个后空翻稳住身形，随即就扑向他的对手。怎么看怎么像是电影特效——从某种意义上说，的确是“特效”。

厮杀完毕，两个大老爷们深呼吸鞠躬，然后各自倒在对方怀里，歇斯底里地又哭又笑。能把一件事做到极致，甚至达到梦寐以求的高度，这感觉既怪异又美妙，同时也令人不安。

当然，有些人玩过了头。我亲眼看见一名新兵跃下高台，不知是以为她会飞，还是觉得她能毫发无损地落地。就我的观察，她摔碎了右腿、左臂和下颚，颅骨也有裂缝。然而，她居然活了下来，这在地球上完全是不可能的。更有甚者，两天后她又回来接着折腾了，但显然要归功于殖民联盟发达的医疗科技，而不是这蠢女人高超的复原能力。但愿有谁告诉她今后别再这么缺心眼了。

不玩弄身体的时候，人们玩弄各自的意识——或者脑伴，反正两者差不多。走在飞船上，经常会看见新兵坐在那里，闭着眼睛，慢吞吞地一下一下点头。他们或者在听音乐，或者在看电影，或者在做类似的事情，反正作品会被径直放进他们的脑袋。我自己也这么做。在搜索飞船的存储系统的时候，我凑巧发现他们有《乐一通》动画的完整大合集，不但包括华纳时期的经典作品，还包括那些角色进入公共领域后的后续作品。某天夜里，我花了几个小时欣赏大笨狼怀尔被狂殴乱揍，直到玛琪要我在她和飞奔鸵鸟之间作出选择为止。我选了她。飞奔鸵鸟毕竟随时都在那儿等着我。我把所有这些动画片都下载到了傻逼里。

在诱惑和朋友之间选择朋友，这是我经常做的事情。老屁帮的成员都清楚，这个小团体不过是过眼云烟罢了。我们只是偶然巧遇的七个人，处于不可能持久的一个环境之中。可是，我们还是成了朋友，而且是很亲密的朋友，在这段短短的时间内彼此相知相守。毫不夸张地说，我和托马斯、苏珊、艾伦、哈利、杰西还有玛琪的友情，绝不亚于我后半段“普通”生活中交往的任何密友。我们成了一个团伙，一个家庭，就连小小的摩擦争吵也同样拥有。我们是其他人关怀照顾的对象。我们不了解身边的这个宇宙，这个宇宙也不在乎我们的存在，在这里，我们需要这种温情。

我们有了紧密的联系。甚至在殖民联盟的科学家没有用生物手段迫使我们抱成一团之前，我们就有了紧密的联系。随着亨利·哈德逊号离终点越来越近，我知道我将很想念他们。

“这个房间里现在有一千零二十二名新兵，”希吉中校说，“两年之内，你们中有四百人将会死去。”

希吉又站在了剧院的讲台上。这次他背后多了个布景：罗盘座贝塔星三号行星漂浮在太空中，像个蓝白绿棕四色条纹的巨型弹珠。我们对其视而不见，眼神都汇聚在希吉中校的身上。他说出的数字吸引了所有人的注意力，这可真是个奇迹，因为我们又享受了一夜我们以为会永远如此的自由时光，这会儿才早上六点整，大部分人连站也站不稳。

“第三年，”他继续道，“另外一百人也会死去。第四、第五年，又是一百五十人。十年后，是的，各位新兵，军队肯定会要求你们服役满十年，你们当中将有七百五十人殒命战场。四分之三的人将一去不返。这就是殖民防卫军的存亡比例——不仅仅是过去十年、二十年，而是建军以来两百多年的记录。”

剧院里一片死寂。

“我知道你们在想什么，因为我站在台下的时候也想过同样的事情，”希吉中校说，“你们在想——我他妈的为啥站在这儿？那家伙说我十年内必死无疑！但是，请记住一点，即便留在地球上，你们也多半会在十年内逝世——而且是作为一个衰弱老人死去，死得毫无价值。在殖民防卫军，你有可能会牺牲，你很可能会牺牲，但你绝不会死得毫无价值。你的牺牲，是为了让人类在宇宙中存活下去。”

希吉背后的银幕一闪，罗盘座贝塔星三号行星被三维星图取而代之。“让我解释一下人类的处境吧，”他说，太空中零落散布着的几十颗星球亮起绿光，“这些是人类已经殖民的星系，我们在银河系算是有了立足之地。这些是拥有相似科技水准和生存条件要求的外星种族的已知存在地。”数以百计的星球燃起红光，完全包围了人类的光点。剧院里惊呼声不绝于耳。

“人类面临两个难题，”希吉中校说，“第一，殖民是一场竞赛，对手是与我们相似的其他智能种族。殖民是人类延续的关键。事情就这么简单。我们必须殖民，否则就会被其他种族包围封锁。竞争非常激烈。人类在诸多智能种族中仅有几个同盟。种族之间很少结成同盟，早在人类踏入太空之前，宇宙就一直是这个样子。

“你们或许会认为，从长远看，外交手段还是有可能见效的。但眼前的现实不一样，人类处于激烈而严酷的竞争之中。我们不可能停止扩张，寄希望于什么和平方案，让所有种族共享殖民成果。

止步不前等于给人类判死刑。因此，我们必须通过战斗进行殖民。

“第二个难题是，找到的适合殖民的行星往往居住着智慧生命。如果可能，我们愿意和当地族群混居，尽量创造和谐环境。但不幸的是，大多数时候，我们并不受欢迎。发生这种事情固然很遗憾，但满足人类的需求永远是、也必须是首要目标。因此，殖民防卫军也是一支侵略武装。”

他的背景切换回了罗盘座贝塔星三号行星。“在一个理想的宇宙里，我们不会需要殖民防卫军，”希吉说，“但这个宇宙并不完美。因此，殖民防卫军有三个使命。首先，保卫已经存在的人类殖民地，使其不受袭击和侵略所害。其次，寻找新的适合殖民的星球，使其不受竞争种族的掠夺、殖民和入侵。再次，让有原住民的星球为人类殖民做好准备。

“作为殖民防卫军的士兵，你们必须尽心尽力地执行上述三个使命。无论从什么角度说，这份职责都既不轻松，也不简单，更不干净。但却必须完成。人类的生存需要我们这么做，而我们需要你们这么做。

“你们中有四分之三的人将在十年内牺牲。尽管士兵的躯体、武器和科技都在持续改进，但这个数字恒定不变。然而，你们在身后留下的宇宙将供你们的子孙、他们的子孙和全人类的子孙成长繁衍。代价的确高昂，但值得为之献身。

“有些人也许在想，你们个人能从服役中得到什么。服役结束后，你们将得到从头再来的人生。你们可以找个殖民星球定居下来。殖民防卫军会尊重你的选择，提供你需要的一应物品。谁也不能保证你在新的人生中一定获得成功，因为成功与否取决于你本人。但是，你将拥有一个良好的开局，并且因为曾经服役保护殖民者而享受到同胞们的感激之情。或者，也可以像我一样重新参军。若是知道我这种人的比例，诸位肯定会大吃一惊。”

罗盘座贝塔星三号行星闪了闪，继而消失，希吉中校成了所有视线的唯一中心。“希望大家都听从我的建议，尽情享乐了整整一个星期，”他说，“现在，你们的职业生涯开始了。一小时后，你们将被送离亨利·哈德逊号，开始训练。这儿有好几个训练基地，我们将把每个人的指定去处发送到脑伴里。请返回舱室整理个人物品，衣服不用管了，基地将提供新的衣物。脑伴会通知你去哪里集合下船。”

“祝你们好运，新兵们。愿上帝保佑大家，愿你们带着光荣和自豪为人类战斗。”

说完，希吉中校对我们行了个礼。我不知所措，大家也都一样。

“命令传达完毕，”希吉中校说，“解散。”

我们七个人围着刚才的座位站在一起。

“他们显然没留下什么告别的时间。”杰西说。

“看看电脑，”哈利说，“说不定有些人要去同一个基地。”

我们查了脑伴。哈利和苏珊去阿尔法基地，杰西去贝塔，玛琪和托马斯去伽马，艾伦和我去德尔塔。

“老屁帮被拆散了。”托马斯说。

“别眼泪汪汪的，”苏珊说，“你早就知道会有这么一天。”

“我喜欢，我愿意，”托马斯说，“其他人我都不认识。老面袋子，我连你都会想念的。”

“我们忘了一件事情，”哈利说，“人也许不在一起，但还是可以保持联络。我们有脑伴，分别给其他人创建一个邮箱就行了。‘老屁帮’俱乐部。”

“在这儿行得通，”杰西说，“但开始执行任务后恐怕就成问题了。咱们到时候说不定一个在银河东头，一个在西头。”

“飞船通过凤凰星保持联络，”艾伦说，“每艘飞船都有可跃迁的无人机，定时返回凤凰星受领命令和上报飞船现状。无人机也装载邮件。一个人的消息送到其他人那儿也许需要花点儿时间，但到最后总是能送到的。”

“听着像是漂流瓶，”玛琪说，“带有超强火力的漂流瓶。”

“就这么办，”哈利说，“咱们是个小家庭，无论身处何方，都要互相照应。”

“这下轮到你眼泪汪汪了。”苏珊说。

“我倒是不怕想念你，苏珊，”哈利说，“你和我一起走，但我会想念其他几个人的。”

“那就说好了，”我说，“同甘共苦，永远的老屁帮。宇宙，当心点儿。”我伸出手，老屁帮的其他成员依次把手压在我的手上。

“天哪，”苏珊把手压在其他人的手上，“现在轮到我眼泪汪汪了。”

“很快就会好的。”艾伦说。苏珊用另一只手轻轻打了他一拳。

我们尽可能长久地站在那里。

第二部

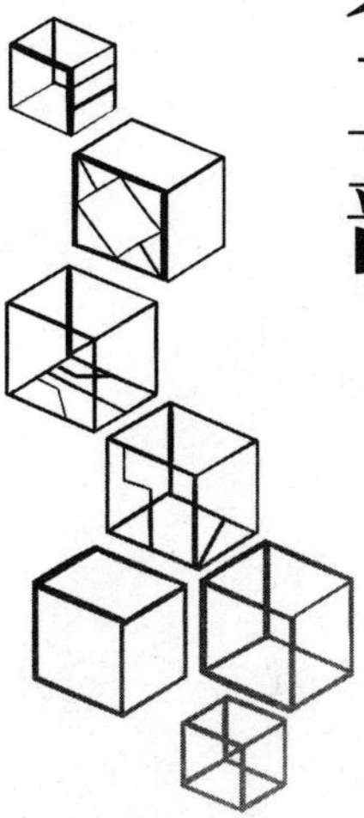

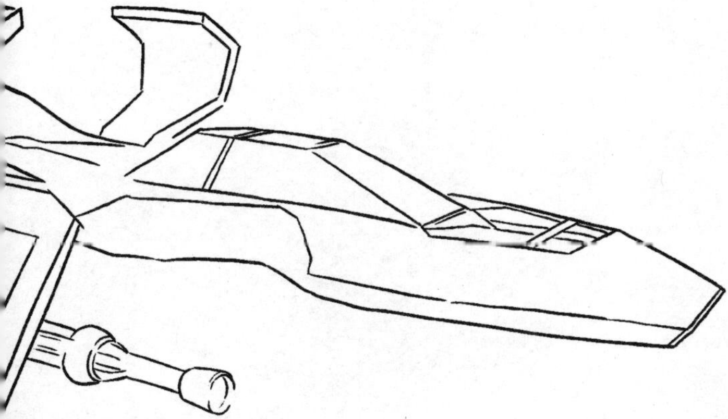

7

罗盘座贝塔星三号行星上，这里的太阳，也就是罗盘座贝塔星，刚刚开始爬上一片荒僻的平原，向东而去；天空被大气成分染上了一丝浅绿色，青色比地球的天空更重，但仍旧在蓝色的范围之内。绵延起伏的平原上，紫色和橙色的野草随着晨风摇曳；有两对翅膀的类鸟动物在半空中嬉戏，用狂野而毫无规律的猛扑和俯冲测试气流和气旋。这是我们在新世界度过的第一个早晨，我和同船战友都是第一次踏上其他星球的表面。风景很漂亮。若不是有个怒气冲天的大块头军士长冲着我的耳朵直嚷嚷，简直就可以用完美来形容了。

唉，可惜啊。

“耶了个稣的冰棍棒啊！”安东尼奥·鲁伊兹军士长喊道，他刚检阅完六十个新兵排成的方阵，我们立正站在德尔塔基地航空港的停机坪上（希望姿势还算标准）。“我们绝对要在他妈的宇宙里吃败仗了。看一眼你们这群货色，‘九流废物’这几个字就他妈蹿出了我的脑壳。你们如果已经是地球能提供的最像样的人了，那咱们还不如赶紧弯下腰，让敌人把触须往屁眼里捅算了。”

几个新兵忍不住嘿嘿地笑了。安东尼奥·鲁伊兹军士长怎么看都像来自演员培训中心，完全一副你心目中的教官模样——体型硕大，怒气冲天，打一露面就满嘴稀奇古怪的污言秽语。毫无疑问，在接下来的几秒钟之内，他将走到一名被逗乐了的新兵面前，先是劈头盖脸一顿羞辱，然后让那家伙俯卧撑一百次。看了七十五年的战争戏，这就是收获。

“哈哈哈！”安东尼奥·鲁伊兹军士长连看都懒得看我们，“别以为我不知道你们在想什么，一群痴呆二愣子。我知道你们正在欣赏我的表演。太好笑了！我和电影里的教官一模一样！这家伙太他妈的有意思了！”

笑声停了下来。电影里没有最后这几句。

“你们还不明白，”安东尼奥·鲁伊兹军士长说，“你们以为，我这么说话，是因为教官就应该这个德性。你们以为，训练上几周，这个粗暴但公正的外表就会开始剥落，我会隐约表现出被大部分人打动了的样子。到训练结束，我虽然不情愿，但你们能赢得我的尊重。你们以为，我会满怀爱意目送你们出发，期待诸位去把宇宙变成人类的乐土，心知我把你们教导成了更优秀的战士。女士们，先生们，你们以为的这些事情，完全是彻头彻尾的扯鸡巴淡！”

安东尼奥·鲁伊兹军士长沿着队列踱着步子：“你们这些想法他妈的根本不沾边，因为我和你们不一样，我真的去过宇宙。我见过我们的敌人，亲眼目睹过跟我有私交的人变成热烘烘的肉块，但仍旧活着，还在企图惨叫。在我第一次出任务的时候，我的指挥官成了他妈的外星人的自助餐。我看着那些狗玩意儿抓住他，把他按倒在地，扯出他的内脏分给大家，狼吞虎咽地吃个干净——还没等我们任何一个人有他妈的任何反应，他们就已经钻回了地下。”

我背后有人从嗓子眼儿里嗤笑一声。安东尼奥·鲁伊兹军士长停下脚步，昂起头。“哦。有人觉得我在开玩笑。总是存在这种狗日的傻逼，所以我一直留着这东西。激活。”他说。所有人眼前都忽然出现了一个视频窗口。我晕头转向地迟疑了一秒钟，这才意识到鲁伊兹可以远程激活我的脑伴，接入他提供的视频流。这个视频应该来自头盔上的小型摄像机。我们看见几个士兵蜷缩在散兵坑里，正在讨论明天的行程。一名士兵安静下来，忽然用巴掌一拍地面。他抬起头，用充满恐惧的眼神看着同伴，大喊：“敌袭！”顷刻间，他屁股底下的土地拱了起来。

紧接着发生的事情太快了，摄像机的主人尽管在惊恐中出于本能转过身去，却还是没能避开那一幕。场面非常令人不快。新兵中有人开始呕吐，讽刺的是，这正好响应了摄像机主人的行为。谢天谢地，军士长随即关闭了视频流。

“我现在没那么好玩了吧？”安东尼奥·鲁伊兹军士长嘲笑道，“不再他妈的是个标准的快活教官了吧？你们不再是军旅喜剧的演员了吧？欢迎来到操蛋的宇宙！宇宙是个操蛋的鬼地方，朋友们。我这么说，不是因为我在表演教官训话的戏码。被撕成碎片的家伙是我有幸认识的最优秀的战士。你们谁也摸不着他的脚后跟，但你们都看见了他的结局。考虑一下你们的下场吧。我这么说，是因为我真心诚意地相信，打心底里相信，如果人类顶多只能提供你们这种货色，那我们就他妈的毫无机会了。你们相信我吗？”

有几个人憋出一句“相信，长官”或者类似的话。其他人虽说没有脑伴的协助，但开膛破肚的那一幕仍旧在眼前不停上演。

“长官？长他妈的官？我他妈的是军士长，你们这群二球。老子就是干这个的！回答问题的时候，表示肯定就说‘是，军士长’，否定就说‘不，军士长’。听懂了吗？”

“是，军士长！”我们答道。

“你们就这点儿本事？再说一遍！”

“是，军士长！”我们叫道。有些人险些被后面这一嗓子震出眼泪。

“在接下来十二周内，我的任务就是把你们训练成士兵。我对天发誓，老子要疯狂操练你们。虽说我已经看得很清楚了，你们这些狗日的都是软蛋，但我还是要疯狂操练你们。你们都给我听清楚了：这不是地球上老掉牙的军队，教官不需要让胖子减肥，让瘦子长肉，让没脑子的长脑子——你们每个人都有一辈子的经验和一具处于巅峰的全新身体。你们肯定会以为这会让我的任务变得轻松些。可！惜！并！没！有！

“你们每个人都有七十五年的坏习惯，都有自以为是的观念，都需要我在他妈的三个月里清洗得一干二净。你们每个人都觉得新躯体是什么高级玩具。是的，我知道你们上个星期都干了什么。你们跟猴子得了狂犬病似的乱搞。猜猜看怎么了？跟玩乐时间说再见吧！接下来这十二周内，你要是趁着冲澡还有精神打手枪就算你狗运昌盛了。诸位漂亮男女，这个高级玩具将被用于工作。因为我要把你们变成士兵，而士兵是个二十四小时的工作。”

鲁伊兹继续在新兵面前踱步：“有一点我要说清楚：我现在不喜欢，以后也不可能喜欢你们中的任何人。原因？因为我很清楚，不管我和我的同伴有多努力，到头来你们还是会让我们难堪。这让老子很不爽，让我睡不着觉，因为我知道，无论我怎么教导你们，到头来你们还是会让战友失望。我只想尽量确保你们完蛋的时候，不会拖累整个小队跟你们一块完蛋。没错——你们要是只弄死自己，就算老子成功了！

“呐，你们肯定觉得我只是对你们大多数人心怀泛泛的仇恨罢了。请允许我向诸位保证，事情不是这样的。你们每个人都会完蛋，但完蛋的方式各有不同，因此我会基于每个人的不同情况厌恶你们所有人。妈的，即便是这会儿，你们每个人就都各有让我烦得牙痒痒的地方。相信我的话吗？”

“是，军士长！”

“放屁！肯定还有谁觉得我只会讨厌其他人。”鲁伊兹猛地伸出一条胳膊，指着那片平原和初升的太阳，“用你们漂亮的新眼睛看看远处的发射塔！只能勉强瞅见罢了，女士们，先生们，它在十公里之外。我这就在你们每个人身上找找让我生气的地方，等我找到了，你们就他妈的给我朝发射塔飞奔。如果一小时内回不来，明天早上全排集体再跑一遍。听懂了吗？”

“是，军士长！”我看得出有人在脑子里做算术，军士长的意思是我们要以五分钟一英里的速度跑去跑回。我有个强烈的预感：明天早上大家还得再跑一遍。

“谁在地球当过兵？现在出列。”鲁伊兹问。七个新兵上前一步。

“真他妈的该死，”鲁伊兹说，“全宇宙我最恨的新兵莫过于当过兵的了。必须花费额外的时间和精力打磨这些狗崽子，让你们忘掉在地球上学到的每一件操蛋事。你们这些龟孙子只学过和人类作战！即便这样也打得鸡屎不如！哈，没错，次大陆战争我们从头到尾都在看。妈的，花了六他妈年才打败连火器都没有的敌人，而且最后还是靠作弊赢的。娘娘腔才用核弹。娘！娘！腔！殖民防卫军要是和美国军队一路货色，知道人类今天在哪儿吗？躲在哪个小行星上，在隧道墙壁上刮他妈的藻类植物吃！你们当中谁是海军陆战队？”

两个新兵又上前一步。“最糟烂的下三滥，”鲁伊兹对着他们的面门说，“死在你们这些狗养的杂种手上的防卫军士兵比随便哪个外星种族杀的都多——不按常理出牌，就知道用海军陆战队的作风办事。旧躯体的什么地方估计还有‘永远忠诚’[1]的文身呢，对吧？对吧！”

“是，军士长！”两人答道。

“算你们走运，现在身上没文身，否则老子发誓肯定会把你们按倒在地，亲手拿刀子割掉那块肉。哦，你们觉得我不会这么干？哈，和你们特宝贝的傻缺海军陆战队，还有地球上的任何其他军队不一样，在这儿教官就是他妈的上帝。我可以把你们的屌肠子掏出

1 Semper Fidelis，通常缩写成Semper Fi，是美国海军陆战队的格言。

来做香肠馅饼，上头只会叫我找个新兵收拾干净地上那堆碎肉。”鲁伊兹退后两步，目光灼灼地盯着几个当过兵的新兵。“这是真正的军队，女士们，先生们。不是陆军、海军、空军或海军陆战队。你是殖民防卫军的一员。每次忘记这一点，我就会跳出来踢爆你的屌脑袋。现在给我开始跑！”

他们拔腿就跑。

“谁是同性恋？”鲁伊兹问。四个新兵上前一步，其中包括艾伦，他就站在我旁边。我注意到他上前时皱起了眉头。

“历史上有不少最伟大的战士是同性恋，”鲁伊兹说，“亚历山大大帝。狮心王理查。斯巴达有一个特别连队，其中只接纳同性情侣，建制理念是说，为了保护恋人，而不止是同袍，士兵作战会更加勇猛。和我有交情的几位最优秀的士兵是骨子里的同性恋。都是他妈的没得比的优秀战士。

“但请让我告诉你们，你们这种人有什么地方惹我冒火：总是选择最他妈不恰当的时候表白。三次，完全不同的三次，我和同性恋并肩作战，情况变得不妙，结果他妈的三次，他都选择在这个时刻说他有多爱我。该死的，太他妈的不是时候了。外星人正打算吸我的脑子，战友却想探讨感情关系！就好像我没事可做似的。行行好帮战友一个忙，要是看上了谁，记得选个不打仗的时候表白，千万别挑怪兽要活撕了你的紧要关口。现在给我跑吧！”他们也绝尘而去。

“少数民族？”十个新兵上前一步。“放他妈的屁。仔细看看自己，一群呆逼。这儿每个人都是一身绿皮。不存在什么少数民族。想当他妈的少数民族？行啊，宇宙里有两百亿人类。其他智能物种加起来超过四万亿，他们都想把你变成下午茶的点心。这些还只是我们已经知道的！谁他妈的再给我唧唧歪歪什么他是少数民族，老子就挥起绿皮拉丁大脚，踢爆你那个没完没了放屁的屁股。滚！”他们拼命奔向平原。

事情就这么继续下去。鲁伊兹挑出基督徒、犹太人、穆斯林、无神论者、政府雇员、医生、律师、教师、蓝领、养宠物的、有枪支的、修炼武术的、摔跤迷和——奇怪的来了，跳木鞋舞的。这东西惹他生气已经够奇怪了，队伍里居然真有人跳这个更是怪上加怪。新兵或者三五成群，或者成双成对，或者形单影只，离开队伍，奔向远方。

最后，我意识到鲁伊兹在直勾勾地瞪着我。我竭力保持立正姿势。

“让雷劈了我吧，”鲁伊兹说，“居然还漏了一个二杆子。”

“是，军士长！”我几乎喊破喉咙。

“难以置信，你居然不在我讨厌的那些鸟人之中！”鲁伊兹说，“你莫非想逃过明天早上颐神养性的小小慢跑？”

“不，军士长！”我吼叫道。

“你身上竟然不存在我讨厌的地方，老子拒绝相信，”鲁伊兹说，“哪儿人？”

“俄亥俄，军士长！”

鲁伊兹做个鬼脸，没有其他的反应了。俄亥俄是个人畜无害的无聊地方，到头来居然拉了我一把。“靠什么过日子？”

“自由职业，军士长！”

“具体是什么的？”

“作家，军士长！”

鲁伊兹凶残的笑容回来了，他显然对摇笔杆子的没什么好感。“快说你是写小说的，新兵，”他说，“小说家特别不顺眼。”

“不，军士长！”

“天哪，我操！你写什么？”

“广告文案，军士长！”

“广告！你都写过什么王八蛋广告？”

“最有名的作品是小轮威利，军士长！”小轮威利是涅槃轮胎公司的吉祥物，这家公司为特种车辆制造轮胎。我琢磨出了这个形象和他的口头禅，交给公司的形象设计师发挥。小轮威利的诞生赶上了摩托车的复兴风潮，这阵狂热持续了好些年，威利给涅槃公司挣了不少钱，一方面是广告象征物，另一方面通过授权制造毛绒玩具、T恤衫、酒杯和诸如此类的东西。曾经有计划要制作儿童娱乐节目，可惜后来不了了之。小轮威利挺傻气的，但大获成功使得我从此不缺客户。它给我带来了很多好处，不过此刻似乎行不通了。

鲁伊兹忽然跳上来，对着我的脸吼道：“新兵，你是小轮威利的幕后黑手？”

“是，军士长！”对几毫米之外的一张脸大吼大叫确实能带来异常的快感。

鲁伊兹在我面前又停留了几秒钟，仔细打量我，逼着我退缩，他甚至还号叫了两声。接着，他后退几步，开始解衬衫。我仍旧保持立正姿势，但忽然非常、非常地惊恐。他剥开衬衫，把右肩亮给我看，然后走到我面前。“新兵，说，你在我肩膀上看见了什么！”

我低头望去，心想，他妈的不可能啊。“小轮威利的文身，军士长！”

“太他妈对了，”鲁伊兹喝道，“我给你讲个故事吧，新兵。当初在地球上，我娶了个坏心眼的恶婆娘。不折不扣是条响尾蛇。尽管跟她过日子就像用软刀子慢慢捅死你，但她提出离婚的时候，我还是痛苦得想自杀。心情最低落那会儿，我站在巴士站台上，准备等下一班车进站时一头撞死算了。可是，一抬头，我看见了车上的小轮威利广告。知道上面说什么，对吧？”

“‘有时候你需要的只是上路。’军士长！”这句台词花了我整整十五秒构思。世界真奇妙。

“没错，”他说，“看着那个广告，我的感觉就是‘醍醐灌顶’——我明白了，我需要的只是上他妈的路。我跟那个恶婆娘离了婚，唱着歌儿说珍重再会，收拾好行李塞进行囊，开门扬长而去。从那个幸运日开始，小轮威利就成了我的化身，代表我对自由和个人实现的渴望。他救了我一命，新兵，我这辈子都会心怀感谢。”

“不客气，军士长！”我吼道。

“新兵，遇见你是我的荣幸。另外，你也是我上任以来头一个一眼挑不出毛病的新兵，让我一肚子不痛快和烦闷。但是，我基本上可以肯定，不用多久，估计顶多几个钟头，你就会做点儿让我不高兴的事情。事实上，为了确保你能惹老子生气，我决定让你担任排长。这个活儿非常操蛋，一丁点儿好处都没有，因为你必须耗费比我多一倍的力气折磨那群废物，因为他们将会犯下数不尽的过失，而你必须承担责任。他们会憎恨你，厌恶你，拆你的台，万一他们成功了，我还会落井下石。你感觉如何，感觉如何了，新兵？允许自由发言！”

“我似乎要倒大霉了，军士长！”我喊道。

“废话，新兵，”鲁伊兹说，“从你落进我的手掌心那一刻，你就已经开始倒霉了。现在给我跑。排长怎能不和士兵一起跑呢？快滚！”

“不知道该说恭喜还是该替你担心。”艾伦说，我们正走向食堂去吃早饭。

“一边恭喜一边担心吧，”我说，“不过更有道理担心。我就很担心。啊哈，看见他们了。”我指着聚在食堂门前的三男两女五个新兵说。

昨天早些时候，冲着通信发射塔狂奔的路上，脑伴忽然让一条文本信息在视野正中闪烁起来，我险些没一头撞上大树。我及时拐弯，只撞疼了一侧肩膀，然后吩咐傻逼在我弄死自己之前赶紧切换成语音模式。傻逼接受命令，开始朗诵那条消息。

“安东尼奥·鲁伊兹军士长任命约翰·佩里担任第六十三预备排排长的议案已获通过。恭喜你得到晋升。你现在有权读取第六十三预备排各新兵的人事档案和脑伴信息。请注意：这些信息仅供公务使用；非军事目的的使用将导致立即撤销排长职位，并由基地司令官决定是否交付军事法庭处理。”

“妙极了。”我说着越过一条小沟。

“在本排结束早餐之前，你需要向安东尼奥·鲁伊兹军士长报告你的班长人选，”傻逼继续说道，“你是否需要浏览本排人员的档案，以帮助你完成挑选？”

当然需要，这就看吧。我跑着步，脑伴高速朗读每个新兵的具体情况。到我跑到通信塔的时候，我把候选名单缩减到了二十个人。到我快要回到基地的时候，我已经把整个排分成六个班，并且向其余五个班的班长发送了邮件，让他们到餐厅和我碰面。脑伴真是越用越顺手。

我还注意到我仅用五十五分钟就回到了基地，一路上没有超过任何一个新兵。我问了问傻逼，发现跑得最慢的新兵好死不死居然是个前海军陆战队队员，而他也只花了五十八分钟一十三秒。明天不需要跑通信塔了，就算跑，至少理由也不会是跑得太慢。毫无疑问，鲁伊兹军士长有能力换个借口修理我们，我只希望那个借口不是我的表现。

五位新兵看见我和艾伦走近，赶忙“啪”的一声立正——虽说姿势不尽标准。三个人立刻敬礼，另外两个怯生生地跟上。我回了礼，露出笑容。“别害怕，”我对慢了一拍的两个人说，“这对我也很新鲜。来吧，先排队，边吃边说。”

“要不我先回去？”排队的时候，艾伦问，“你恐怕有很多话要和他们说。”

“不，”我说，“你还是留下吧，帮我判断一下这几个人。另外，我有个消息要告诉你，你是咱们这个班里我的副手。我得照看一整个排，所以这个班实际上将由你指挥——如果你不介意的话。”

“我搞得定，”艾伦笑着答道，“谢谢你把咱俩分在一个班里。”

“喂，”我说，“要是连这么无伤大雅地照顾一下朋友都不行，当头儿还有啥意思呢？再说了，万一我完蛋，还有你给我垫背。”

“正是本人，”艾伦说，“阁下军旅生涯的安全气囊。”

食堂人满为患，但我们七个人还是占领了一张桌子。“先介绍一下，”我说，“通报一下各自姓甚名谁。我是约翰·佩里，至少就此刻而言，是本排的排长。这是我所在的班的副手，艾伦·罗森萨尔。”

“安琪拉·莫琴特，”正对着我的女人说，“来自新泽西的特伦顿。”

“泰瑞·邓肯，”她旁边的男人说，“蒙大拿州的密苏拉。”

“马克·杰克逊，圣路易斯。”

“萨拉·奥康纳，波士顿。”

“马丁·加拉贝迪安，加州‘阳光城’弗雷斯诺。”

“啊哈，我们来自五湖四海。”我说。大家咯咯轻笑，效果不错。“我就说几句，因为要是耽搁太久，就说明我根本不清楚我在干什么。总而言之，之所以挑选你们五位，是因为你们的经历说明你们有能力担任班长。选安琪拉是因为她当过首席执行官，泰瑞经营过牛场，马克当过陆军上校——绝无对鲁伊兹军士长的不敬之意，但我确实觉得这挺有用的。”

“很高兴听见你这么说。”马克答道。

“马丁进过弗雷斯诺的市议会。萨拉教了三十年幼儿园，显然是我们里面最适合这个职位的。”又是一阵笑声。哥们，兄弟我旗开得胜哪。

“跟诸位实话实说，”我说，“我不打算跟大家唱黑脸。鲁伊兹军士长已经做到头了，我再怎么学也学不像。再说那也不是我的风格。我不了解诸位的领导风格，但希望你们能尽量身体力行，帮助新兵熬过接下来的三个月。我不怎么在乎这个排长位置，但我希望能确保排里的每个新兵都能经过应有的训练，学到足够的技能，好在宇宙里生存下去。鲁伊兹那段家庭小电影镇住我了，希望你们也一样。”

“老天在上，我反正被镇住了，”泰瑞说，“外星人把那倒霉蛋像杀牛似的开膛破肚。”

“参军前他们怎么不播放那段录像？”安琪拉说，“估计我会宁可老死地球上。”

“那是战争，”马克说，“难免伤亡。”

“咱们尽量不让排里的弟兄落得如此下场吧，”我说，“我把整个排分成六个班，每个班十个人。我带A班，安琪拉B，泰瑞C，马克D，萨拉E，马丁F。我授予你们用脑伴调取手下新兵档案的权限。副手你们自己选，明天午餐时把人选发给我。你和副手必须维持纪律，让训练顺利进行。要我说，我选你们几位就是让自己啥也不干。”

“除了带领自己那个班。”马丁说。

“所以他找了我。”艾伦说。

“咱们每天午餐时碰头，”我说，“其他两顿饭和各自的班一起吃。如果有什么事情需要我处理，随时联系我就行了。不过，我真心希望诸位能尽量自己解决问题。如我所说，我不想跟你们唱黑脸，但无论如何我都是排长，因此请照我说的做。如果我觉得有谁不够格，那我会首先知会他一声，要是再不管用，那就撤换。这与个人感情无关，只是想确保大家得到应有的训练，进了宇宙能活下去。你们都同意吗？”众人纷纷点头。

“很好，”我举起水杯，“为第六十三预备排干杯，祝全体顺利过关。”我们碰杯，然后边吃边聊。形势一片大好嘛，我心想。

可惜好景不长。

8

罗盘座贝塔星三号行星的一天是二十二小时十三分钟二十四秒，其中只有两个小时供我们睡觉。

第一天夜里我就搞清楚了这件令人愉快的事情。傻逼号丧似的在我脑子里拉响警报，我醒得太快，结果从铺位（当然，是上铺）上摔了下来。确认鼻子被碰破之后，我开始阅读漂浮在脑袋里的文字。

佩里排长，请注意，再过——这里是个正在一秒一秒变小的数字，现在正显示为一分四十八秒——鲁伊兹军士长和他的副手就将进入你的兵营。他们进来的时候，全排士兵都应已经醒来并立正站好。任何没有立正的新兵都算违反军纪，并给你留下不良记录。

我立刻把这条消息通过前一天建立的通讯群组转发给各位班长，然后向所有人的脑伴广播警报，同时打开营房的照明灯。接下来的几秒钟挺搞笑，新兵被只有自己能听见的轰然噪音猛地吵醒，多数人晕头转向地跳下床，我和班长把还躺在铺位上的几个人拽到地上。没过一分钟，所有人都立正站好，剩下的几秒钟则花费在了说服几个脑筋格外慢的新兵上，让他们知道现在不是撒尿或穿衣服的时候，只需要站在床边就行了，还有就是别在鲁伊兹进门的时候惹他生气。

但惹不惹他反正都要生气。“老他妈的天啊，”鲁伊兹叫道，“佩里！”

“是，军士长！”

“两分钟前发了警报，你他妈都干什么了？打手枪吗？你的排没有准备好！他们没有穿好衣服，怎么完成接下来的训练？你有什么借口？”

“军士长，通知说全排应在你和副手抵达时立正站好！没有说应该穿衣服！”

“天哪，佩里！你以为立正不包括穿衣服吗？”

“我不敢冒昧以为，军士长！”

“‘冒昧以为’？嘴皮子挺利索嘛，佩里？”

“不，军士长！”

“好吧，那就冒昧请你的排去演兵场吧。给你四十五秒，快！”

“A班！”我吼道，拔腿就跑，祈祷上帝让整个班跟上步伐。出门的时候，我听见安琪拉在吆喝B班的人跟她跑。选她算是选对了。来到演兵场，A班在我背后站成一列。安琪拉带着她的人排在我右边，泰瑞和其他三个班有样学样。F班的最后一个人踩着第四十四秒就位。太惊人了。演兵场上还有其他预备排在列队，和第六十三排一样，他们也没穿衣服。心头大石暂时落地。

还没喘上一口气，鲁伊兹就带着两名副手溜溜达达地出现了。

“佩里！现在几点！”

我接上脑伴：“本地时间0100，军士长！”

“了不起，佩里，居然会查时间。几点钟熄灯的？”

“2100，军士长！”

“说对了！现在肯定有人在琢磨，为啥只睡两个钟头就要被叫起来跑步。我们很残忍？是虐待狂？非得把你们搞垮才行？说对了，没错！但这还不是弄醒你们的原因。原因很简单——你们不需要更多的睡眠了。感谢这些漂亮的新躯体，两个钟头就能得到充足的睡眠！一晚上睡八个钟头不过是习惯成自然。不需要更久，女士们，先生们。睡得太久就是浪费老子的时间。从今天开始，你们只需要睡两个钟头，也只能睡两个钟头。

“好了。谁跟我说说，我昨天为什么叫你们一小时内跑完二十公里？”

一个新兵举起手。“说说看，汤普森。”鲁伊兹说。他要么记住了全排每个新兵的姓名，要么是打开了脑伴，实时提供这些信息。我的胆子还没大到敢去揣测真正原因的地步。

“军士长，是因为你有原因憎恨我们每一个人！”

“答得好，汤普森。不过，只对了一部分。让你们一小时内跑完二十公里是因为你们做得到。连最慢的人也比规定时间快了两分钟抵达终点。这意味着即便不经过训练，即便不费什么真正的力气，你们每个龟孙子的速度都赶得上地球的奥运冠军。

“知道这是为什么吗？知道吗？因为你们都不是人类了。你们比人类更优秀，只是自己还不清楚而已。妈的，你们花了一个星期在飞船墙上跟发条玩具似的弹来弹去，却多半还不清楚你们是什么材料制成的。好吧，女士们，先生们，你们很快就会改变看法。训练第一周就是让你们相信这一点。你们肯定会相信。你们没有第二个选择。”

接着，我们穿着内衣跑了二十五公里。

二十五公里长跑，七秒百米短跑，六英尺跳高，十米跳远，两百公斤自由举重，数以百计的仰卧起坐、引体向上和俯卧撑。正如鲁伊兹所说，困难的不是做这些事情，而是相信你能做这些事情。一路上每个环节都有新兵失败，其原因只能形容为勇气不足。鲁伊兹和副手会扑向倒下的新兵，逼着他们重新投入训练（然后让我做俯卧撑，因为我和班长显然没有给予新兵足够的恐吓）。

每个新兵，每一个新兵，都有他或她的疑虑时刻。我在第四天遭遇到了同样的事情。六十三预备排绕着基地的游泳池站成一圈，每个新兵都抱着一个二十五公斤的沙袋。

“人体的弱点是什么？”鲁伊兹一边绕着我们走，一边训话，“不是心脏，不是大脑，不是双脚，也不是你们能想到的任何部位。我告诉你们是什么——血液，这是个坏消息，因为血液在体内无处不在。血液既携带氧气，也携带疾病。受伤时血液会凝固，但速度往往不够快，结果是你因为流血过多而死。所谓流血过多而死，真正的死因是供氧不足，因为血液都他妈喷到地上去了，对你来说毫无他妈的用处。

“感谢老天赐予的聪明才智，殖民防卫军一脚踢开人类血液，换成智能血。智能血由数以十亿计的纳米机器人组成，血液能做的它都能做，而且做得更好。智能血不是有机体，因此不受生物威胁的侵害。智能血和脑伴协同，能在几毫秒内凝结——砍了你的腿，你连一滴血也不会流。更重要的是，智能血所谓‘细胞’的携氧量四倍于普通红血球。”

鲁伊兹停下脚步。“此时此刻，这一点至关重要，因为诸位即将抱着沙袋跳进游泳池。你们将沉到池底，停留不少于六分钟的时间。六分钟足以杀死普通人类，但你们憋气六分钟连一个脑细胞都杀不死。为了鼓励你们留在底下，第一个浮上来的打扫厕所一星期。如果谁没到六分钟就浮上来，那么，诸位每个人都将和基地某处的某个粪坑发展一段亲密关系。听懂了？那就下去吧。”

我们跳进泳池，正如军士长所说，立刻沉到了三米深的池底。我险些立刻精神崩溃。小时候我曾经掉进过一个封了顶的游泳池，我撕破了封泳池用的塑料膜，晕头转向、惊恐万状地在水里挣扎了一两分钟，拼命想钻回水面。时间并没有长到足以让我溺水，但已经足以让我一辈子不愿意被水淹过头顶了。忍了三十秒，我开始觉得我需要深吸一口新鲜空气了。一分钟我都看不到头，更别提六分钟了。

有人拽了拽我。我扭过头——动作有些过于剧烈——看见身边的艾伦伸过一只手来。水底光线昏暗，但我还是看见他敲了敲他的脑袋，然后指了指我。这时候，傻逼说艾伦请求联机。我在心底默念一声接受。脑伴模拟的艾伦说话声缺乏感情，此刻在脑袋里响起。

怎么了？——艾伦问。

恐惧症——我默然道。

别慌——艾伦答道。忘记你在水底下——

不他妈可能——我答道。

那就假装你不在水里——艾伦答道。查看一下各个班，看是否还有人遇到了麻烦，需要帮助——

脑伴模拟的艾伦说话声有种古怪的镇定感觉，在我身上起了作用。我打开联络各位班长的频道，先确定他们都没问题，然后命令他们检查自己的部下。每个班都有一两名新兵处于崩溃边缘，班长尽量安慰他们。我能看见身边的艾伦也在检查A班情况。

三分钟，四分钟。马丁那组人里有个新兵开始挣扎，身体前后摇摆，但沙袋锚定了他。马丁扔下他的沙袋，游到那名新兵面前，粗暴地抓住他的肩膀，强迫对方盯着他的脸。我接通马丁的脑伴，听见他在对新兵说——看着我的眼睛。这句话似乎起了效果，新兵停止挣扎，渐渐放松。

五分钟，无论供氧能力是否有所提高，大家显然都憋得慌了。新兵有的不停换脚，有的原地蹦跳，有的挥舞沙袋。角落里有个女兵拿脑袋使劲撞沙袋。我有一半心思哈哈大笑，另一半则在考虑是不是也撞两下试试看。

五分四十三秒，马克班里的一个新兵扔掉沙袋，浮向水面。马克扔掉沙袋，悄无声息地扑上去，抓住新兵的脚腕，用体重把新兵拽回水底。

我正在想马克的副手怎么不去帮忙，脑伴扫了一眼却告诉我，那个企图上浮的新兵就是他的副手。

六分钟。四十个新兵扔下沙袋，蹿向水面。马克放开副手的脚腕，从下面推着他上浮，确保副手第一个出水，心甘情愿地去替全排打扫厕所。正准备扔掉沙袋，却看见艾伦在摇头。

排长——他的消息这么说。应该坚持到最后——

玩蛋去吧——我答道。

对不起，你不是我喜欢的类型——他答道。

我坚持到了七分三十一秒，觉得肺就快爆炸了，这才浮向水面。但我熬过了我的疑虑时刻。我相信了，我已经不止是人类了。

第二周，我们拿到了武器。

“这是殖民防卫军标准配发的MP35步兵步枪。”鲁伊兹端起他的枪，我们的则还套着保护袋，摆在演兵场我们脚边的泥地上。“MP代表着‘多用途’。根据需要，它能随时制造和发射六种不同的子弹或波束，其中包括爆炸性和非爆炸性的步枪子弹，可以半自动也可以全自动开火，还可以发射低当量枪榴弹、低当量制导导弹、高压可燃液体和微波能量束。让大家梦想成真的就是这东西。”鲁伊兹举起一块似乎是金属的亚光物体，我脚边的步枪旁边也有这么一块，“高密度纳米机器弹药，能在开火前即刻完成自我组装。因此这种武器非常灵活，不需要多少训练，你们那几坨不开化的脑子肯定最喜欢这一点。

“以前当过兵的肯定记得部队里怎么教你定时拆装武器。绝对不许这么对待MP35！MP35是高度复杂的机械设备，你们没那个本事跟它乱搞！它具有自我诊断和修复能力，还能接入脑伴，把遇到的问题通知你们——前提是有问题，其实根本不可能有，因为投入使用这三十年来，还没有一把MP35出过任何故障。这是因为，不像地球上那些二愣子军事科学家，我们有能力制造出好用的武器！你的任务不是乱搞你的武器，而是拿着武器开火。信任你的武器，它无疑比你们聪明。记住这一点，你们就有机会活下去了。

“将MP35从保护袋里取出来，用脑伴接通，你的MP35就会立刻被激活。一旦这么做了，这把MP35就会完全属于你。在训练基地期间，只有你能用你的MP35开火，但首先必须得到排长或班长的许可，而排长和班长又必须先得到教官的许可。在战场上，只有装备了殖民军配发的脑伴的殖民军士兵才能使用你的MP35。因此，只要你别惹恼队友，就永远不需要担心会有谁用你的武器对你开火。

“从现在开始，你们必须随时随地携带MP35，就连拉屎也不许放下。就连洗澡也不许放下——别担心弄湿，它能排出任何判定为外来物的东西。就连吃饭也不许放下。就连睡觉也不许放下。要是你们不知怎的找到了时间打炮，也得让你的MP35在旁边大饱眼福。

“你们要学会如何使用这种武器，因为它能救你的小命。美国海军陆战队虽说是五等残废不假，但他们的步枪誓词还是很有道理的，其中有一段这么说：‘这是我的步枪。虽有很多相似的，但这一把是我的。我的步枪是我的挚友，如同我的生命。我将运用它如同运用我的生命。步枪没了我便是废物，我没了步枪便成废人。我将准确地发射我的步枪，我将比敌人打得更准，我将在他击中我之前击中他，我一定能击中。’

“女士们，先生们，牢牢记住这段誓词。这是你的步枪，请拿起来激活吧。”

我跪下来，摘掉步枪的保护袋。尽管鲁伊兹把MP35形容得天花乱坠，但其外表实在不太起眼。它有点分量，但并不笨重，整体重量很均衡，尺寸非常适合操作。枪托一侧有块胶贴：“脑伴激活过程：启动脑伴，语音输入‘激活MP35，序列号ASD-324-DDD-4E3C1’。”

“喂，傻逼，”我说，“激活MP35，序列号ASD-324-DDD-4E3C1。”

序列号为ASD-324-DDD-4E3C1的MP35已经被殖民防卫军新兵约翰·佩里激活，傻逼答道，现在请装弹。一小方示意图在视野的角落里浮现出来，告诉我如何为步枪装载弹夹。我弯下腰，拿起那个长方形的所谓弹夹——险些失去平衡摔个狗吃屎。弹夹重得夸张，“高密度”三个字当之无愧。我按照指示把弹夹插进步枪，示意图随即消失，取而代之的是一份数量清单：

可用射击类型

注意：使用一种类型的弹药将减少其他类型的可用数量

步枪：200

霰弹枪：80

枪榴弹：40

导弹：35

火焰喷射：10分钟

微波：10分钟

现在选择：步枪

“选择霰弹枪。”我说。

霰弹枪已选择。傻逼答道。

“选择导弹。”我说。

导弹已选择，傻逼答道，请选定目标。忽然之间，排里的每个人都多了一圈贴身的绿色轮廓线，朝谁看，谁的轮廓线就开始闪烁。管他妈的，我心想，随便选定了一个人，是马丁班上姓丰岛的新兵。

目标已选定，傻逼确认道，你可以射击、取消或选择第二个目标。

“哇噢。”我取消了目标，低头盯着手里的MP35。我扭头看着艾伦，他拿着枪站在我旁边。“我很害怕我这把枪。”我说。

“没错，”艾伦说，“两秒钟前，我险些用枪榴弹崩了你。”

我正要对他这番令人震惊的坦白作出回应，却被队伍另一头的风波打乱了步伐，鲁伊兹忽然冲到一个新兵面前。“你刚才说什么？”鲁伊兹逼问道。大家安静下来，一起扭头去看是谁触怒了鲁伊兹。

这个新兵是萨姆·麦凯恩。记得某次午餐碰头时，萨拉·奥康诺形容他的嘴巴大过脑子。难怪他当了大半辈子销售员。即便离他鼻尖仅有几毫米的地方就是鲁伊兹，但他仍旧满脸谄媚，尽管谄媚中带着惊讶，但依然是谄媚不假。他显然不清楚鲁伊兹为啥这么生气，但直到此刻还指望着全身而退。

“我只是在赞赏我的武器，军士长，”麦凯恩说着举起他的枪，“我刚才在对弗洛里斯新兵说，我都快替未来将在战斗中遭遇的王八羔子感到抱歉了——”

麦凯恩还在唠叨，鲁伊兹一把夺过他的枪，轻轻一转，枪托就砸在了麦凯恩的太阳穴上。麦凯恩像堆脏衣服似的瘫倒在地。鲁伊兹冷静地抬起腿，一靴子踩住吃惊不小的麦凯恩的喉咙。他调转枪口，麦凯恩惊恐地盯着自己那杆枪的枪口。

“小屎球，这会儿没那么拽了吧？”鲁伊兹说，“就当我是你的敌人好了。现在快替我感到抱歉啊？你他妈的还没喘完一口气，我就缴了你的械。宇宙里那些王八羔子更是快得难以置信。你还在瞄准，他们就已经扯开你的肚子，把肝撕成碎片摆在脆饼上吃干净了。千万别替那些王八羔子感到抱歉。他们不需要你的怜悯。新兵，记住了吗？”

“是，军士长！”麦凯恩在靴子底下哑着喉咙说。他都快吓哭了。

“我看还没记住。”鲁伊兹用枪口抵住麦凯恩的眉心，咔嗒一声扣动了扳机。所有人都吓得一缩，麦凯恩尿了裤子。

“白痴，”等麦凯恩意识到他还没死，鲁伊兹开口说道，“刚才你没有认真听讲。MP35在基地内仅供所有者使用，那就是你个傻逼。”他站直身体，轻蔑地把步枪扔给麦凯恩，然后转身对着全排的人。

“你们这些新兵比我想象中更没脑子，”鲁伊兹大声道，“给我听清楚了：人类历史上没有哪支军队上阵带的武器低于克敌下限。战争很昂贵，消耗金钱和生命，没有哪个文明拥有无限量的金钱和生命。因此，打仗必须节省。给你们只配备了最必要的武器，不可能更多。”

他凶巴巴地瞪着我们：“听明白了吗？有谁理解了我的意思吗？崭新的身体和牛逼的新武器无法让你们拥有不公平的优势，只是在宇宙里战斗求生的最低要求罢了。你们这些猪脑子，我们并不想给你们这些新躯体，但是如果不给你们，人类恐怕早就绝种了。”

“都听明白了吗？终于搞清楚你们将会面对什么了吗？清楚了吗？”

训练不光是在室外为了人类而修炼杀戮技巧，偶尔也在室内上课。

“体能训练让诸位学习了如何克服你们对新躯体能力的先入之见，”第六十到六十三预备排的新兵坐满了课堂，奥格尔索普中尉对大家说，“现在，你们的意识也需要同样开开眼界，清洗掉某些深植心底的预判和偏见，你们或许甚至没有意识到自己拥有这种东西。”

奥格尔索普中尉按下讲台上的一个按钮。他背后的两面视频板亮了起来。出现在我们左手边的画面恍如噩梦，是个浑身节瘤、黑黢黢的鬼东西，几副带锯齿的龙虾钳子下流兮兮地盘踞在一个湿答答的黑窟窿里，单是看着就能闻到扑鼻恶臭了。这堆无以名状的玩意儿算是躯体，上头还伸出了三根眼柄或者触角之类的东西，还滴着褐色的汁液。H. P. 洛夫克拉夫特[1]见了也要尖叫奔逃。

右手边是个有点像鹿的动物，一双手挺漂亮，和人类的差不

1 H. P. 洛夫克拉夫特（Howard Philips Lovecraft，1890—1937），美国著名恐怖小说家，代表作《克苏鲁神话》。

多，脸上有几分好奇神色，透着智慧和祥和。就算没法跟这家伙相亲相爱，至少也能学点宇宙真理什么的。

奥格尔索普中尉拿起教鞭，指着噩梦说：“这位是巴松嘉人。巴松嘉人是彻头彻尾的和平主义者。他们的文明已经延续了几十万年，数学造诣让我们的数学简直像是一加一等于二。他们生活在海洋里，过滤浮游生物为食，和人类在好几颗行星上友好相处。他们是好人，而这家伙——”他敲敲视频板，“——在他的种族里是个帅得不寻常的家伙。”

他挥起教鞭，猛敲第二块视频板上友善的鹿头人：“告诉你们，这个王八蛋是萨隆人。我们和萨隆人的初次正式接触发生在我们搞清一个非法殖民地的下落之后。联盟禁止自由殖民，至于为什么，这就是原因。他们降落的那颗行星也是萨隆人的殖民目的地。一来二去不知怎的，萨隆人觉得人类很好吃，于是袭击人类殖民地，建起人肉养殖场。成年男人只留下几个取种，其他的统统遇害。女人被人工授精，新生儿则被抱走，像小牛似的关在圈里养肥。

“我们过了好些年才找到这个地方。殖民防卫军的突击队将萨隆人的殖民地夷为平地，活烤了他们的殖民首领。不消说，从此以后，我们一直在和那群吃小孩的龟孙子打仗。”

“明白我的意思了吧？”奥格尔索普说，“对谁好谁坏有先入之见会要你的命。拟人偏见的代价非常高昂，因为某些外形最像我们的外星人更愿意吃人肉汉堡包，而不是跟我们和平共处。”

另外一堂课上，奥格尔索普让我们猜地球士兵比殖民军士兵多了哪个优势。“肯定不是体能和武器，”他说，“因为这两项殖民军显然领先。地球士兵的优势在于他们清楚敌人是谁，也大体知道战斗如何进行——有哪些兵种参战，使用哪些武器，战斗的目标是什么。因此，即便战争起因和战役目标完全不同，在战争或战役中得到的经验也可以直接用于另一场战争或战役。

“殖民防卫军就没这么幸运了。举例来说，我们最近和艾弗格人打了一场。”奥格尔索普敲敲一块视频板，画面中出现了一只鲸鱼状的动物，身体两侧长出巨大的触须，触须分叉，末端变成未充分发育的许多只手。“他们最长能达到四十米，拥有让水聚合的技术。我们的船开着开着，周围的水忽然变成了像是流沙的泥状物，把船连同船员一起拽下去。和他们战斗的经验该怎么用于……呃，比方说，芬威人呢？”另一块视频板亮了起来，显示出一只类似蜥蜴的怪物。“他们居住在沙漠里，体形很小，喜欢发动远程生物袭击。

“答案是用不上。然而，殖民防卫军的战士还是转战四方。这是防卫军战损率如此之高的原因之一：因为每一场战役都是全新的，每一次战斗的环境都与以往不同，至少对于具体的士兵个体来说是这样。如果我这番话能总结出什么道理，那就是：诸位请把脑子里对战争如何进行的所有想法都扔出窗外。在这儿的训练能让你们开阔视野，对未来将在宇宙里碰到什么有个概念。但千万要记住，身为步兵，你们往往是首先遭遇敌对种族的一群人，对方的手段和动机都是未知数，有时候根本不可能被了解。脑子转得要快，不能想当然地以为先前的法子这次也能奏效。那是找死的捷径。”

再有一次，一个新兵问奥格尔索普，殖民防卫军为啥要在乎殖民地和殖民者。“你们反复灌输，我们都已经不再是人类了，”她这么说，“如果真是这样，我们为何要关心殖民者的死活呢？他们毕竟只是普通人类。为什么不把繁衍防卫军士兵看作人类进化的下一步，我们自己另觅出路呢？”

“别以为你是第一个有这种想法的人，”奥格尔索普的话引来一片笑声，“简而言之三个字：做不到。殖民军士兵受过大量的基因和机体改造，导致他们在基因层面就是绝育的。你们的模板中使用了最普通的遗传材料，所以DNA携带了过多的致命隐性基因，受精卵不可能得到发育。再者说，你们还有许多非人类的基因片段，因此不可能和普通人类混血生殖。殖民防卫军士兵是了不起的基因工程成就，但也是进化道路上的死胡同。所以你们也没啥好自鸣得意的，虽说三分钟就能跑一英里，却谁也生不出小孩。

“另外一方面，从更广义的角度来说，没这个必要。人类的下一步进化已经开始。和地球一样，大部分殖民地相互隔绝。几乎所有殖民者都在自己的殖民地度过一生。人类在适应他们的新家园，这在文化上已经有所体现。最初几个殖民星球的语言和文化跟地球比已经有所区别。过上一万年，基因也将发生变化。假以时日，有多少个殖民星球，就将有多少种不同的人类。多样性是人类繁衍的关键所在。

“从哲学上说，你们之所以应该对殖民地有感情，也许是因为改变后的你更能体会到人类的潜力，人类可以继续演化，成为能在宇宙中存活下去的种族。换个通俗的说法，你之所以应该关心，是因为殖民者代表着人类的未来，而无论你们改变了多少，比起宇宙间的其他智慧种族，你们仍旧最接近人类。

“但归根结底，你们之所以应该在乎，是因为你们已经足够成熟。这也正是殖民防卫军选择老人当兵的原因之一，而不仅仅因为你们都退休了，早就成为社会的负担。你们的年龄已经够大，足以清楚有些东西比自己那条命更重要。你们大部分人成过家，儿孙满堂，明白有些事情比一己私利更有价值。就算你们最后没能当上殖民者，也仍旧认同殖民有利于人类并且值得为之战斗的观点。很难把这种观点灌输进十九岁年轻人的大脑，但你们凭借阅历已经明白了。在宇宙中，阅历很重要。”

我们接受灌输。我们开枪射击。我们不停学习。我们突飞猛进。我们很少睡觉。

第六周，我撤掉了萨拉·奥康诺的班长职位。团队训练中，E连总是落后，在连队练兵中拖了六十三排的后腿。每次有奖杯落到别人手里，鲁伊兹都会咬牙切齿地折磨我。萨拉很有风度地接受了处罚，她是这么回答我的：“真抱歉，和带小孩毕竟不一样。”艾伦接替了她的位置，在他的鞭策之下，E班振奋起来。第七周，六十三排从五十八排手中夺过射击奖杯。好笑的是，萨拉到头来却是个一流射手，帮助我们登上冠军宝座的正是她。

第八周，我不再和脑伴交谈。傻逼研究我有很长时间了，已经能够理解我的脑波模式，正确预测我的需要。我在某次模拟实弹训练中第一次意识到这件事情，当时我把MP35从步枪子弹切换成制导导弹，瞄准开火，击中两个远程目标，然后切换成火焰喷射器，及时烧死了忽然从附近石头缝里蹿出来的六英尺长的恶心虫子。等我发觉我并没有口述命令时，只觉得全身上下一阵悚然。可没过几天，开口吆喝傻逼做这做那却变得让我很不耐烦了。你看，让人发毛的事情这么快就变得理所当然。

第九周，我、艾伦和马丁·加拉贝迪安不得不教训了一顿马丁手下的一个新兵，那家伙企图坐上马丁的班长位置，甚至不惜搞些小动作来达到目的。他曾经是个有点名气的流行明星，习惯了不择手段地往上爬。他本事不小，拉拢了几个战友参与阴谋，但倒霉的是，他不够聪明，未能意识到班长马丁有权阅读他私下传递的消息。马丁找到我，我说没必要惊动鲁伊兹或其他教官，咱们自己解决。

就算谁注意到基地有艘浮空艇昨夜曾擅离职守一小会儿，他们也啥都没说。同样的，如果有谁看见一个新兵倒挂在船外，被两双手分别抓住两只脚腕，脑袋离树梢近得可怕，他们也还是保持了缄默。当然了，更不会有谁说他听见了这个新兵绝望的惨叫声，又或者马丁对这位前明星最著名的专辑所发表的激烈品评。不过第二天早餐时，鲁伊兹军士长倒是刺了我一句，说我看着有点儿狼狈。我说也许和饭前您让我跑的那轻松愉快的三十公里有点关系。

第十一周，第六十三排和其他几个排被空降进基地北方的群山。目标很简单：在四天内找到并干掉其他排，然后让幸存者返回基地。为了让整件事情变得更刺激，每个新兵都佩戴了一种装置，它能确定佩戴者是否被击中了。一旦电路接通，被击中的新兵就会疼得全身瘫痪，倒地不起（在附近观战的教官晚些时候会送他回基地）。我很清楚被击中的滋味，因为鲁伊兹想在基地先展示一番它的威力，于是拿我当了试验品。我向全排士兵强调再强调，你们绝对不想体验那种感觉。

我们刚落地，就遭受到了第一波攻击。没等我找到枪手，提醒全排注意，手下有四个新兵已经倒地不起。我们干掉两个敌人，另外两个逃之夭夭。接下来的几个小时，我们遇到数次零星攻击，这表明其他几个排大多拆分成了三四个人一组的小队，此刻正在追猎其他排的类似小队。

我的想法不一样。脑伴能让我们时刻无声地保持联系，彼此之间的距离根本不是问题。其他排似乎没有注意到这其中的奥妙，那可就是他们的不幸了。我先让全排每人都在脑伴里向其他战友打开一条保密的通讯链路，然后下令就地解散，各自为战，一边行进，一边记录地形，标出他们发现的敌方小队的踪迹。这样，我们就有了一张不断扩大的地形图，而且还标注了敌人的位置。就算我手下的哪个新兵出局，他提供的情报也能让战友为其复仇（至少也能确保战友不会立刻遭难）。单兵作战速度更快、更无声无息，可以不时滋扰其他排的小队，遇到合适的机会还可以协同作战。

这套战术起了奇效。打得过就打，打不过就躲起来传递情报，碰到好机会就集体作战。第二天，我和一个叫雷利的新兵干掉了敌方两个小队；他们忙着交火，却被我和雷利躲在远处一一狙杀。他干掉两个，我干掉三个，另外三个显然死于互射。干得真是漂亮。完事以后，我和雷利连个招呼也没打，就双双遁入森林，继续追踪敌人，分享地形信息。

后来，其他几个排搞清楚我们的战术，妄图依葫芦画瓢，可惜那时候六十三排的人数已经占了上风。中午时分，我们干掉最后几个人，把敌方一扫而光，然后慢跑差不多八十公里返回基地。我们排的最后一个人也在1800之前赶了回去。清点数字，最开始的那四个包括在内，我们统共只牺牲十九个人，战损率不到三分之一，却消灭了其他七个排半数以上的士兵。这下连鲁伊兹军士长都没话可说了。基地司令官把作战竞赛的奖杯颁给他，他那张老脸居然挤出了半个笑容。天晓得这么一笑能让他死掉多少个细胞。

“孽缘难断啊，”刚刚当上二等兵的艾伦·罗森萨尔在登船区朝我走来，“又分到同一艘船上了。”

的确如此。我们将搭乘弗朗西斯·德雷克号运兵船回凤凰星，然后等待殖民防卫军莫德斯托号的召唤。随后，我们将加入殖民防卫军第233步兵营D连2排。每艘船一个营，差不多一千名士兵。熟人很容易失散。能继续和艾伦做伴，我很开心。

我打量着艾伦，欣赏着他干净整洁的殖民军蓝色制服，欣赏的原因很大一部分是我也穿了这么一身。“该死的，艾伦，”我说，“咱们肯定很帅。”

“我对穿军服的男人情有独钟，”艾伦对我说，“现在我穿上军服，诱惑就更大了。”

“啊哈，”我说，“鲁伊兹军士长驾到。”

鲁伊兹瞄到正在等交通艇的我，看见他走近，我放下装了军便服和最后几件私人物品的桶包，干净利落地对他行了个军礼。

“稍息，二等兵，”鲁伊兹回了个礼，“你们去哪儿？”

“莫德斯托号，军士长，”我说，“罗森萨尔二等兵和我都是。”

“太他妈的扯了，”鲁伊兹叫道，“233营？哪个连？”

“D连，军士长。二排。”

“他妈的了不起，二等兵，”鲁伊兹说，“你们要享受亚瑟·凯耶斯中尉的指挥了，希望那个狗日的还没被什么外星人操了屁眼。见到他替我问好，顺便告诉他，安东尼奥·鲁伊兹军士长认为你脑子里的屎少过他带的大部分新兵。”

“谢谢你，军士长。”

“不是说给你听的，二等兵。你还是一坨屎，只是不太大的一坨罢了。”

“那是当然，军士长。”

“很好。说够了，失陪。有时候你需要的只是上路。”鲁伊兹军士长行个军礼，我和艾伦连忙还礼。鲁伊兹盯着我和艾伦，露出半个干巴巴的笑容，然后头也不回地走了。

“这家伙吓得我都快拉裤子了。”艾伦说。

“我倒有点喜欢他。”

“你当然喜欢他了。他觉得你的脑子里不全是屎。这在他的世界里算是赞扬。”

“你以为我听不懂吗？”我说，“现在我得努力做到这一点了。”

“好好努力，”艾伦说，“你毕竟仍旧是一坨屎。”

“这话我爱听，”我说，“至少我还有个伴儿。”

艾伦咧嘴一笑。交通艇打开舱门。我们抓起行李，走了进去。

9

“我能打中，”沃森在他躲藏的那块石头背后张望，“让我做掉一个试试看。”

“不行，”带队的比韦洛斯下士说，“他们的防护盾还开着，别浪费弹药。”

“妈的，”沃森说，“我们来了几个钟头了。我们坐在这儿，他们坐在那儿。等他们放下防护罩，我们该怎么办？走过去朝他们开火？这他妈又不是十四世纪。杀人用不着事先预约。”

比韦洛斯面露怒色：“沃森，让你当兵不是请你思考的。闭上他妈的鸟嘴，给我做好准备。再说也等不了多久了，他们的仪式还剩下最后一个环节，然后就办正经事。”

“真的？最后一个节目是啥？”沃森说。

“唱歌。”比韦洛斯说。

沃森嗤笑道：“唱什么？音乐剧？”

“不，”比韦洛斯说，“我们的死亡。”

话音刚落，就像约定好的一样，包裹康苏人基地的半球形防护盾开始闪烁。我调整视力，聚集在几百米开外的防护盾上，一个康苏人正巧走了出来，防护盾黏在他巨大的硬甲上，直到他走出一段距离，宛若细丝的静电场才落回防护盾上。

他是第三个也是最后一个在开战前走出防护盾的康苏人。差不多十二个小时前出现了第一个康苏人，那是个低级普通小兵，吼叫着向我们挑战，正式声明康苏人想要打仗的意图。信使的级别低下说明康苏人不怎么看得起我们，如果真把我们当回事，他们就会派出高级官员了。我们没有谁觉得受到了冒犯。无论对手是谁，康苏人的信使基本上都是小角色。再者说，除非你对康苏人的费洛蒙格外敏感，否则他们的模样都非常相似。

几小时后，第二个康苏人从防护盾后冒出来，像一群母牛被打谷机碾到了似的嚎叫几声，紧接着就“砰”的一声爆炸了，粉红色的血液、内脏和硬甲碎片如小雨般落下，洒在防护盾上被烤得嘶嘶作响。康苏人显然认为，若是一名士兵在战前如此献祭，他的灵魂就能先勘察敌情一段时间，然后去往康苏人的灵魂该去的地方。这在我眼中是让最优秀的士兵白白送命，但考虑到我是他们的敌人，很难觉得这么做有什么不好的。

第三个康苏人级别最高，他扮演的角色只是解释我们为何要死和我们将会怎么死。这个环节结束，我们就可以开始杀人或被杀了。如果在此之前朝防护盾开枪，想让他们别这么啰唆，那只是白费力气罢了。除非能把康苏人的防护盾扔进恒星内核，否则谁也敲不开这东西。杀死信使的唯一结果就是让开场仪式重头来过，进一步推迟战斗和杀戮。

必须要说清楚，康苏人可不是龟缩在防护盾后面，他们只是有很多战前仪式要折腾，不希望子弹、粒子束或爆炸物不合时宜地出现，打断了按部就班的步骤而已。事实上，康苏人最喜欢的就是痛快淋漓大战一场。他们的脑子里只有一个念头，那就是冲上某个星球，安营扎寨，发起挑战，让当地人用战争手段赶走他们。

这次的情形也没有区别。康苏人根本没兴趣在这颗行星殖民。他们只是把一个人类殖民地轰成碎片，借此通知殖民防卫军他们就在附近，非常想活动活动筋骨。对康苏人置之不理是不可能的，他们会没完没了地杀害殖民者，直到有人出来正式开战为止。另外一方面，你也无法理解他们心目中的正式宣战是什么样子。你只能不停增兵，直到康苏信使走出防护盾，宣布开战为止。

除了刀枪不入的牛逼防护盾，康苏人的战斗科技和殖民防卫军差不多。这根本没有你想象中的那么乐观，因为根据多方搜集的情报显示，康苏人和其他种族战斗时，武器和技术也总是和对手差不多。这足以证明一个观点：康苏人玩的不是战争，而是体育运动。跟踢足球没啥区别，只是把正常观众换成了惨遭屠戮的殖民者。

率先进攻康苏人则是痴心妄想，他们所在的整个恒星系都被防护盾笼罩，所需能量来自康苏恒星的白矮星伴星。这颗白矮星被完全裹在某种能量吸收装置内，全心全意为防护盾服务。换句话说，千万别招惹有这个本事的人就是了。然而，康苏人有一种稀奇古怪的荣誉体系。在战斗中将他们赶出某个星球，他们就永远不会回来了。这就仿佛战争是接种疫苗，而我们好比抗体。

以上内容均由战斗任务数据库提供，指挥官凯耶斯中尉在战前命令我们阅读这些情报。沃森似乎对此一无所知，这说明他根本没读报告。我并不惊讶，因为打第一眼我就知道他属于那种固执而愚蠢的自大狂，迟早要害队友和他一同丧命。问题在于，他的队友里有我一个。

康苏人展开利刃般的胳膊，这东西多半是在进化过程中，为了对付母星上的某些难以想象的恐怖动物而产生的，底下更像胳膊的附肢指向天空。“要开始了。”比韦洛斯说。

“我一枪就能干掉他。”沃森说。

“你敢开枪，我就亲手毙了你。”比韦洛斯说。

天空中噼噼啪啪地爆发出上帝亲手开枪的巨响，紧接着传来的声音像是链锯在锯铁皮屋顶。那是康苏人在唱歌。我接通脑伴，让它从头翻译给我看。

请听，尊贵的敌手
我们是你欢欣往生的工具
我们用我们的方式感谢你
我们已经献祭最好的灵魂
我们将踏着尸体赞美你们
为你们的灵魂得救而歌唱
你们无福未能生而为“人”
因此我们送你们走向救赎
请鼓起勇气投入激烈战斗
重生就可能回归我等怀抱

受祝福的战斗让土地神圣

在此生死之人都获得解脱

“真他妈吵。”沃森说着伸出手指挖左耳。估计他都没费神请脑伴翻译唱词。

“老天在上，这既不是打仗，也不是踢足球，”我对比韦洛斯说，“而是一场洗礼。”

比韦洛斯耸耸肩：“殖民防卫军可不这么想。他们每次都是这么开战的。上头觉得这像是他们的国歌，只是过场仪式而已。看，防护盾开始降下了。”她朝防护盾打个手势，防护盾正在闪烁，前后左右都开始减弱。

“操他妈怎么还没完，”沃森说，“我都快睡着了。”

“你们两个给我听清楚了，”比韦洛斯说，“冷静点，集中精神，别冒头。我们的位置很有利，中尉要我们在那群龟孙子冲过来的时候狙杀他们。少玩花的，瞄准胸口开枪就是了。那儿是他们的大脑。干掉一个，意味着其他人就可以少担心一个。只准用步枪，其他弹药都会让我们过早暴露。不许说话，从现在开始只能用脑伴。听懂了？”

“听懂了。”我说。

“懂他妈的了。”沃森说。

“很好。”比韦洛斯说。防护盾终于完全失效，几小时前就已瞄准目标的导弹悉数发射，人类和康苏人之间登时全是一道道导弹尾迹。爆炸的冲击波过后，紧接着是一阵人类的号叫声和康苏人带有金属质感的吱喳声。有几秒钟，万籁俱寂，唯有烟雾升腾；然后，康苏人发出刺耳的长长喊声，向人类发起冲锋，人类守住原位，尽量在短兵相接前多撂倒几个康苏人。

“动手。”比韦洛斯说。说完，她抬起MP，瞄准原处的一个康苏人开火。我们立刻跟上。

备战步骤描述如下：

一、让系统检查你的MP35步兵步枪。这是最简单的第一步。MP35具有自我检测和修复能力，必要时还可以用弹药块为原料制造零件，排除故障。想彻底毁掉一支MP，唯一的办法是将它放在运行中的火箭发动机后面。不过考虑到士兵多半总把武器带在身边，所以你遇到的麻烦恐怕也不小。

二、穿上战斗服。这是标准配发的自封闭弹力紧身服，除面部外覆盖全身，设计主旨是让你在战斗期间忘记身体的存在。由纳米机器人构成的“织物”不但隔热，还能进行光合作用。无论你在北极浮冰还是在撒哈拉沙漠，身体能体验到的差异只有景色不同。紧身衣能通过毛细作用吸走汗水，过滤后将水分储存起来，等你有空了灌进水壶。尿液也可以这么处理，不过一般不提倡穿着紧身衣大小便。

腹部——或者其他任何地方——挨上一枪，紧身衣受到冲击的部位会瞬间硬化，将动能沿着紧身衣表面传递出去，而不是让子弹钻进体内。你会疼得哭爹喊娘，但总比让子弹欢快地打穿你的肚肠强得多。可惜的是，紧身衣有其阻挡上限，因此避开敌方火力仍旧至关重要。

系上腰带，腰带容纳了格斗刀、多用途工具（瑞士军刀长大后原来是这个样子）、可以折叠得让你认不出来的单人帐篷、水壶、一周分量的高能饼干和三个弹药块。在脸上涂满富含纳米机器人的面霜，它能接通紧身衣，共享环境信息。进入伪装模式，看你能不能在镜子里找到自己。

三、为全部队友打开一个脑伴频道，在返回舰船或翘辫子之前不要关闭。在新兵训练营里想到这一点的时候，我还挺沾沾自喜的呢，却没料到这早就是战斗期间非正式惯例中最神圣的一条了。脑伴通讯意味着不会存在不明确的命令或信号，而且不会因为说话而暴露位置。如果在战斗期间有殖民防卫军士兵开口，那么他不是太愚蠢就是中了弹在惨叫。

脑伴通讯只有一个缺点，那就是稍不留神就会把情绪一同广播出去。忽然觉得你要尿裤子了，转瞬间却发现即将失禁的不是自己，而是某个战友，这种事情会让你分神。如果犯错的是你，队友绝对不会轻饶你。

只和队友保持联系，要是向全排开放频道，突然就会有六十个人在你的脑袋里咒骂、战斗和死去。你不需要这个。

最后一点，丢掉幻想，服从命令，消灭所有不是人类的东西，保住自己那条小命。殖民防卫军的做法非常简单。服役头两年，每个人都是步兵，无论你在地球上是守门人、外科大夫、参议员还是流浪汉。熬过这头两年，你就有机会专业化，混个永久性的殖民军工作，而不是辗转战场，扮演每支军队中必须存在的支持性炮灰。

但是，在两年时间里，上面送你去哪儿，你就必须去哪儿，抱着枪，杀敌求生。简单归简单，但简单和容易是两码事。

干掉一名康苏士兵需要两枪。这是新发现，关于他们的情报从没提过单兵防护盾，但的确有什么东西能挡住第一枪，让他们四仰八叉屁股（从部位上看像是屁股）着地，但几秒钟后就会起身。因此，你必须开两枪：第一枪撂倒，第二枪让他们再也起不来。

连续两枪击中同一个移动目标，这在纵深数百米的混乱战场上可不容易做到。发现这个问题以后，我让傻逼创建了一套特定射击程序，扣一次扳机，就射出两颗子弹，第一颗是空尖弹，第二颗携带炸药。我在两次开枪间把程序送到MP上，前一瞬间我还在单发射出标准步枪子弹，下一个瞬间我就用上了“康苏杀手”特别程序。

我爱我的这杆枪。

我把这套射击程序转发给沃森和比韦洛斯；比韦洛斯按照指挥链向上级转发。不到一分钟，战场上就噼噼啪啪地充斥着快速双发的枪声了，几十个康苏人随即去见阎王，炸药炸烂了他们的内脏器官，碎肉噗噗地打在硬甲内侧。听着很像崩爆米花。我看了一眼比韦洛斯。她正在无情地瞄准射击。沃森边开枪边咧嘴大笑，活像刚在农场气枪比赛中赢了毛绒玩具的小男孩。

啊哈——比韦洛斯发来消息。被发现了，卧倒——

“什么？”沃森探出头去。我抓住他，把他拽倒在地，导弹恰好击中我们刚才用作掩护的巨石，将其化为无数碎石，雨点般砸在我们身上。我抬起头，及时看见一块保龄球大小的石头疯狂地旋转着落向我的脑袋。我想也没想就挥起手臂打了过去，整条胳膊的紧身衣瞬间硬化，那块石头像垒球似的懒洋洋地飞远。胳膊疼得要命。要是还在地球上，我的手臂恐怕已经骄傲地断成三截了。我再也不会这么干了。

“我操，好他妈险。”沃森说。

“闭嘴。”我说，同时发消息给比韦洛斯：现在怎么办？——

坚持住——她回复道，取下腰带上的多用途工具，命令它变成镜子，然后把镜子举过石块边缘偷看。六个，不，七个，正在上来——

附近忽然“噼啪”一声。五个了——她更正道，然后收起工具。切换成枪榴弹，然后待命——

我点点头，沃森咧咧嘴，比韦洛斯发送动手——我们同时隔着石块发射枪榴弹。我数了数，一人三颗；九声爆炸后，我吐一口浊气，祈祷一句，接着一跃而起。我看见一个康苏人成了尸体，一个拖着残躯在晕头转向地逃跑，另外两个在手脚并用地找掩护。比韦洛斯干掉了受伤的那个，我和沃森分别干掉另外两个。

“欢迎参加派对，宇宙爬虫！”沃森陷入狂喜，叫喊着跳出他躲藏的那块巨石，恰好和第五个康苏人撞了个照面。这个康苏人的动作比枪榴弹快了一步，在我们屠杀它的伙伴时卧倒了。它举起武器，对着沃森的鼻子就是一枪；沃森的脸先是向内凹陷下去，紧接着向外鼓起，曾经构成沃森头部的身体组织和智能血如间歇泉喷发般洒了康苏人一身。子弹穿过沃森的脑袋，击中紧身衣的头罩，紧身衣瞬时硬化，压力使得子弹、智能血、颅骨碎片、脑浆和脑伴顺着唯一的开口喷了出去。

沃森不知道他被什么击中了。他最后通过脑伴频道发送的是一个浪头般的情绪，大致可以形容为茫然和迷惑，就像某个人知道他看见了出乎预料的东西，但还没搞清楚那究竟是什么东西时的惊讶感觉。接着，他的链接中断了，仿佛数据源突然被切断似的。

沃森的面门炸成碎肉，开枪的康苏人开始唱歌。我的翻译功能一直开着，因此沃森的死亡场面在我眼中被配上了字幕，“得救赎了”这几个字不断重复，而他的头颅碎块在康苏人的胸口汇成涓涓细流。我尖叫着扣动扳机。康苏人猛地向后飞出去，一颗又一颗子弹穿过胸骨，在他体内引爆，他的身体随即炸开了花。到我住手的时候，估计我已经在这具康苏人的尸体上浪费了三十发子弹。

“佩里，”比韦洛斯重新开始用自己的声音说话，把我从难以自持的状态中拉了出来，“康苏人的大部队上来了。咱们得走了，快！”

“沃森呢？”我问。

“别管他，”比韦洛斯说，“他已经死了，你还活着，没空哀悼他了。打完仗回来取尸体。快，咱们得活下去。”

我们获得了胜利。双发射击的技法让康苏人严重减员，他们后来也学聪明了，改换战术，收缩战线，没有再次正面进攻，而是改用导弹袭击，但这时战局已定，他们无力回天。过了几个钟头，康苏人全线撤退，启动防护盾，留下一个小队举行自杀仪式，这代表康苏人承认了战败。等这几个康苏人把仪仗刀插进脑腔，我们的任务就只剩下了收敛尸体和救护伤员。

今天二排的表现相当不错。阵亡两人，有一个就是沃森；受伤四人，重伤员只有一个，她将把接下来的几个月用在培植下半段肠子上，另外三个人几天内就能归队。大体而言，情况原本有可能糟糕得多。康苏人的一艘装甲浮空艇撞进了四排C连的人堆里，随即引爆，收割了十六条人命，其中包括排长和两个班长，四排剩下的大部分人也不同程度地受伤。要是四排的副排长不是已经阵亡，经历这么一场惨事，他恐怕也得自杀。

凯耶斯中尉发布了解除警报的命令，我回去给沃森收尸。一群八条腿的食腐动物已经开始聚餐。我毙掉一个，剩下的四散奔逃。就这么一小会儿，它们就吃掉了好些肉。我暗地里有些惊讶：一个人没了脑袋和大部分软组织后，身体居然会轻那么多。我把沃森的残骸装进运尸袋，前往几公里外的临时停尸处。路上我只停下呕吐了一次。

走进半途，艾伦看见了我。“要帮忙吗？”他赶上来和我并排而行。

“我没事，”我说，“他反正也没多重了。”

“里面是谁？”艾伦说。

“沃森。”我答道。

“哦，他啊，”艾伦做个鬼脸，“好吧，什么地方还是会有人想念他的。”

“别弄得我掉眼泪，”我说，“你今天怎么样？”

“还行，”艾伦说，“大部分时候缩着脑袋，时不时举起枪，朝着敌人的大致方向开几枪。也许干掉了几个，天晓得。”

“听见战斗开始前他们的死亡圣歌了吗？”

“当然听见了，”艾伦说，“听着像两列火车在交配。那声音可不是你想不听就能不听的。”

“是啊，”我说，“我想问的是，你看翻译过来的文字了吗？明白那段东西是什么意思吗？”

“看了，”艾伦说，“我不怎么喜欢他们的计划，逼着我们皈依他们的宗教，其中似乎牵涉到很多死亡什么的东西。”

“殖民防卫军觉得那只是个仪式，就像在念一段按照他们以往行径制定的祷文。”我说。

“你怎么想？”艾伦问。

我朝沃森的尸体甩甩头：“杀死他的康苏人使劲尖叫‘得救赎了，得救赎了’，他要是把我开膛破肚，估计也要这么嚷嚷。我觉得殖民防卫军低估了形势。康苏人在战斗后之所以不再返回，我认为原因并不是他们承认了战败。他们并不为输赢而战。在他们眼中，这颗行星已经被鲜血封圣。我想他们认为这颗行星已经归他们所有了。”

“那他们为什么不占领它？”

“也许不到时候，”我说，“也许在等待什么末日大决战。但我的看法是这样的：我觉得殖民防卫军并不清楚康苏人是否把自己看作这里的主人。等到未来某个时候，大家搞不好会大吃一惊的。”

“好吧，我相信你的话，”艾伦说，“就我所知，每支军队都有自以为是的光荣传统。不过，你有什么提议吗？”

“妈的，艾伦，我屁也想不出，”我说，“只希望等这种事情发生时，咱们都已经死了很多年。”

“换个不这么压抑的话题吧，”艾伦说，“你能在战斗中想出克敌制胜的射击程序，真是了不起。看到被击中的龟孙子爬起来继续前进，我们有不少人当时非常恼火。接下来这几个星期，每天都会有人请你喝酒。”

“喝酒本来就不要钱，”我说，“别忘记了，这趟地狱之旅全程免费。”

“呃，如果喝酒要花钱，肯定有人会请你。”艾伦说。

“我觉得没那么了不起。”话刚出口，我却发现艾伦已经停步立正了。抬起头，我看见比韦洛斯、凯耶斯中尉和一位我不认识的军官在大步流星地走向我。我停下脚步，等他们走近。

“佩里。”凯耶斯中尉说。

“中尉，”我说，“对不起，长官，我现在无法敬礼。我正在送尸体前往停尸处。”

“尸体还能去哪儿呢？”凯耶斯对尸体打个手势，“是谁？”

“沃森，长官。”

“唉，他啊，”凯耶斯说，“没能活多久，对吧？”

“他容易兴奋，长官。”我说。

“我也这么觉得，”凯耶斯说，“唉，管他的。佩里，这位是里比斯基中校，第223营的指挥官。”

“长官，”我说，“对不起，我现在无法敬礼。”

“是啊，你拿着尸体呢，我知道，”里比斯基说，“小伙子，我只是想祝贺你今天想出了那个射击方案。你节省了许多时间，救了不少条性命。狗日的康苏人变着法地折腾我们。单兵防护盾是个新点子，他妈的给我们添了很多麻烦。二等兵，我要申请通报嘉奖你。你有什么想法？”

“谢谢你，长官，”我说，“但我相信总有人会想到这个法子的。”

“有可能，但你是第一个，这就很重要了。”

“是，长官。”

“等我们回到莫德斯托号，小伙子，希望你不介意我这个老步兵请你喝一杯。”

“荣幸之至，长官。”我说。我看见艾伦在背后嘲笑我。

“好了，再次祝贺你。”里比斯基对沃森打个手势，“替你的朋友感到难过。”

“谢谢你，长官。”艾伦替我们俩敬礼。里比斯基还礼，带着凯耶斯转身离去。比韦洛斯转身面对我和艾伦。

“你似乎很开心。”比韦洛斯对我说。

“我只是忽然想到，有五十年没人喊我‘小伙子’了。”我答道。

比韦洛斯笑了笑，指着沃森说：“知道送他去哪儿吗？”

“停尸处就在山脊那头，”我说，“我把沃森放下，然后搭第一艘运兵船回莫德斯托号，希望你能批准。”

“妈的，佩里，”比韦洛斯说，“今天你是英雄，爱怎样就怎样。”她转身离去。

“嘿，比韦洛斯，”我说，“总是这样的吗？”

她又转回来：“什么总是这样的吗？”

“这个，”我说，“战争。战役。战斗。”

“什么？”比韦洛斯嗤之以鼻，“见鬼了，才不是呢，佩里。今天只是小菜一碟。能有多轻松，就有多轻松。”她放声大笑，小跑着离开了。

这就是我参加的第一场战役。我的战争生涯刚刚拉开序幕。

10

老屁帮损失的第一个人是玛琪。

她死在一个名叫“节制”的殖民星球的上层大气中，“节制”这名字很讽刺，因为和大部分采矿工业发达的殖民星球一样，这地方也是酒吧和妓院星罗棋布。节制星的地壳富含金属，使得人类一方面很难在此定居，另一方面也很难守住阵脚。常驻此处的殖民防卫军是普通殖民地的三倍，还得不时派兵增援。玛琪所在的代顿号接到的就是这种增援任务，因为奥胡军队突降节制星上空，把无人机大军撒向星球表面。

离节制星主要太空港墨菲城一百公里处有个铝矿，玛琪的那个排属于前去夺回这个铝矿的部队，但他们连着陆都没能做到。在降落的过程中，奥胡人的导弹击中了她乘坐的交通艇。导弹撕开船壳，几个士兵被吸入太空，玛琪就在其中。这几个人几乎都立刻丧命，不是死于巨大的冲击力，就是被船壳碎片刺穿了身体。

但玛琪没有死。她被吸入太空时意识完全清楚，紧身战斗服自动封闭了她的脸部，以防肺部排尽空气。玛琪立刻向班长和排长发送消息，但班长的残躯正在下落中垂死挣扎，而排长也帮不上什么忙。这不能怪他，交通艇没有配备太空救援装置，本身也受到了严重损伤，已经燃起大火，正在歪七扭八地飞向最近的殖民防卫军太空船，帮助幸存者逃生。

向代顿号求救同样徒劳无功。代顿号正在和几艘奥胡飞船交火，无法派人营救她。其他船只的情况相同。此刻哪怕没有开战，她的目标本来也已经够小的了，而且还彻底落入了节制星的重力控制范围，离节制星的大气层太近，只有最英勇的拯救方案才有可能奏效。现在战火正酣，她难逃一死。

玛琪的智能血达到了供氧极限，身体迫切地需要氧气，她却端起MP，瞄准最近的一艘奥胡飞船，计算好弹道，接二连三地射出导弹。每颗导弹的发射都给了玛琪同等大小的反作用力，让她加速坠入节制星深邃的夜空。战役结束后搜集的数据显示，她的导弹虽说早早耗尽了燃料，但都击中了那艘奥胡飞船，造成了一些轻微伤害。

接着，玛琪转过身，面对即将杀死她的那颗星球，变回了原来那位优秀的东方宗教哲学教授，用俳句的形式写了首辞世歌。

友人勿哀伤

吾乃坠落一流星

早早往生去

她把这首诗连同生命的最后几秒钟一起发送给我们，然后就在节制星的茫茫夜空中化作了熊熊燃烧的流星。

她曾是我的朋友，和我有过一段短暂的情缘。换了我面对死亡，肯定不如她勇敢。我敢打赌，这颗流星肯定亮得耀眼。

“殖民防卫军的问题不在于战斗力不够优秀，而是太容易被动用了。”

撒迪厄斯·本德如是说，他是马萨诸塞州选出的两届民主党参议员，曾在不同时期担任过驻法大使、驻日大使和驻联合国代表；在克劳总统任期间担任国务卿曾力挽狂澜。他是作家和演说家，还是最近被补充进D排的一个小兵。跟我们关系最大的当然是最后这个头衔，而我们都觉得参议员大使国务卿本德二等兵是个一肚子狗屎的鸟人。

从鲜肉到老鸟的变化速度快得惊人。艾伦和我第一次登上莫德斯托号时，凯耶斯中尉的欢迎虽说挺诚恳，但多少有些敷衍了事（听我们传达完鲁伊兹军士长的赞许，他挑了挑一侧眉毛），其他士兵的态度则是和颜悦色但视而不见。班长在需要的时候向我们训了话，队友把我们应该知道的事情告诉我们。除此之外，我们被排除在外。

这个态度并不针对我们俩。其他三个新人，沃森、盖曼和麦凯恩，得到的待遇完全相同。起因有两点。第一，新人之所以报到，是因为有旧人走了——“走了”一般代表着“死了”。从军队的层面说，士兵的替换就和齿轮差不多。但从排和班的层面说，你所代替的就是一个朋友，一个战友，一个曾经一起并肩战斗、克敌制胜但不幸死去的人。无论你是谁，你都取代了某个人的朋友，替换了某些人的战友，这对认识死者的人来说，终归是个不大不小的冒犯。

第二，非常简单，你还没有上过战场。没上过战场，你就不是他们中的一员。怎么也不可能是。这不是你的错，就算是，很快也将得到纠正。在你踏上战场之前，你只是路人甲乙丙丁，凑巧占据了一个比你出色的人的位置罢了。

和康苏人打完，我立刻注意到了区别。他们称呼我的名字，而不是姓氏，在食堂里邀请我一块吃饭，拉着我打桌球和聊天。比韦洛斯班长开始询问我的意见，而不是吆喝我做这做那。凯耶斯中尉讲了个鲁伊兹军士长的段子，其中包括浮空艇和殖民地居民的女儿，我压根儿就不信这是真事。简而言之，我成了他们当中的一员——不对，我们当中的一员。对付康苏人的射击程序和继之而来的嘉奖对我很有帮助。不过，艾伦、盖曼和麦凯恩也被接纳了，他们除了作战和没有死掉之外啥也没做，但这其实就足够了。

在过去的三个月期间，又有几批新肉加入了我们的排，看着他们取代朋友的位置，我们理解了排里其他人看着我们取代朋友的感受。我们的反应完全相同：没上过战场，你只是个物体，占据了一块空间，仅此而已。大多数新肉明白这个道理，顶着压力熬过最初几天，直到我们见到他们的表现为止。

参议员大使国务卿本德二等兵却是个不懂事的。从露面那一刻起，他就在拍全排人的马屁，一个一个人问候过去，拼命想建立深厚的私人感情。太烦人了。“他莫非想竞选什么不成？”艾伦抱怨道，这话虽不中亦不远矣。一辈子往上爬就有这种效果，你甚至不知道啥时候该闭嘴装孙子。

参议员大使国务卿本德二等兵还有个坏毛病，他一辈子都以为其他人对他的话打心底里感兴趣，这就是他嘚吧嘚吧说个没完的原因，连显然没人在听他说话的时候也不例外。因此，他在食堂公开抨击殖民防卫军存在什么问题，其实相当于自言自语。但即便如此，他的话还是激怒了正在和我吃饭的比韦洛斯。

“不好意思，”她说，“你能重复一下最后那句话吗？”

“我说，殖民防卫军的问题不在于战斗力不够优秀，而是太容易被动用了。”本德重复道。

“真的假的？”比韦洛斯说，“这我就想听个究竟了。”

“其实道理很简单。”本德说着换了个姿势，我立刻认出这是他在地球时最喜欢的姿势：双手展开，两臂略略向内弯曲，仿佛是想牢牢把握住他正在宣讲的观念，好让他传递给其他人。亲身成为这个动作的接收方，我才意识到这有多么居高临下。“毫无疑问，殖民防卫军的战斗力非常强大。但是，从现实意义上说，这并不是问题的关键。问题的关键是——我们采取了哪些措施去避免使用这支力量？是否存在一些时候，用外交谈判可以获得更多的成果，我们却动用了武力呢？”

“你肯定错过了我听过的一场讲演，”我说，“知道是哪个吗？就是关于宇宙并不完美、地产业竞争非常激烈的那一场。”

“噢，我听过，”本德答道，“我只是不确定是否该相信。银河系有多少颗恒星？一千亿，差不多吧？大部分都有某种类型的行星系统。地产从根本上说是取之不竭的。不，我认为真正的问题是，我们之所以使用武力对付其他种族，是因为武力使用起来最简单。武力很迅速，很直接，比起复杂的外交谈判来说，武力太简单了。一块土地，你要么占领，要么不占领。这和外交手段大相径庭，外交从智力上说是困难得多的一项事业。”

比韦洛斯瞥了我一眼，然后扭头对本德说：“你觉得我们做的事情很简单？”

“不，当然不，”本德笑着做了个安抚的手势，“我说的简单是相对于外交手段而言的简单。给你一把枪，叫你从原住民手中抢占一个山头，这个情况相对而言比较简单。但如果我让你去找原住民，商谈出一个解决方案，让他们允许你获取那个山头，事情就复杂得多了——你怎么处理现有的居民，如何补偿他们，他们对山头继续拥有哪些权利，等等。”

“前提是你拎着外交邮袋露面时，山头上的原住民没有立刻开枪崩了你。”我说。

本德对我一笑，有力地朝我一指：“看，正是如此。我们假定对手和我们一样好战。但是，假如，我说的是假如，还存在通往外交谈判的一扇门，哪怕这扇门只开了一条缝呢？有理性的智能种族难道就不可能选择这扇门吗？举例来说，韦德人。我们即将和他们开战，对吧？”

的确如此。艾恩哈特星系有三颗同时适合双方的宜居行星，韦德人和人类已经为此缠斗十多年了。一个恒星系拥有多个宜居行星实属罕见。韦德人很顽固，但实力稍弱。他们的行星网络不大，工业基本上还集中在母星。韦德人没有退出艾恩哈特星系的意思，因此我方的计划是跃迁至韦德人的大本营，砸烂太空港和主要工业区，让他们的扩张能力倒退个几十年。包括第233营在内的特遣部队将在韦德人的首都登陆，破坏那个地方。我们尽量不杀害平民，但必须在国会和宗教聚集场所的墙上打几个窟窿。这种行为对他们的工业并无影响，但可以传达一个信息：只要愿意，我们可以随时搞死他们。他们的信心肯定会被动摇。

“韦德人怎么了？”比韦洛斯问。

“这个嘛，我研究了一下他们，”本德说，“他们的文化很引人入胜。最高艺术形式是弥撒大合唱，有点像格里高利圣歌——整个城市的韦德人聚集在一起，然后开始吟唱。据说几十公里之外都能听到歌声，而且一唱就是几个钟头。”

“所以呢？”

“所以呢，我们应该赞赏和探索这种文化，而不是因为被挡了路就把他们困在母星上。殖民者有没有哪怕稍微尝试一下和他们达成和平协定呢？我没有看到这么做的记录。我认为我们应该尝试一下。也许咱们能缔造和平呢。”

比韦洛斯嗤之以鼻：“本德，谈判超出了命令范围。”

“我在第一个参议员任期内曾经随贸易访问团前往北爱尔兰，结果促使天主教徒和新教徒缔结了和平协定。上面没有授权我达成协议，美国国内因此引发了好一场论战。可是，和平的机会出现在面前，你怎么可以不去把握住呢？”本德说。

“我记得这件事，”我说，“紧接着就是两个世纪以来最血腥的游行季节。你那个和平协定可不怎么成功。”

“不是协定本身的错，”本德自我辩解道，“有几个天主教的年轻人吸毒吸坏了脑子，往奥兰治人的游行队伍里扔了颗手雷，然后就全都完蛋了。”

“现实中的人类真可耻，居然妨碍了你的和平理念。”我说。

“你看，我说过了，外交谈判并不容易，”本德说，“但我认为与这些人和平共处所能得到的，到最后肯定比抹杀他们所能获得的更多。这个选择好歹也值得讨论一下。”

“谢谢你的布道，本德，”比韦洛斯说，“如果你肯暂时让出讲台的话，我有两点意见想表达一下。首先，你没上过战场，因此，对我和其他所有人来说，你知道的和自以为知道的所有东西都是臭狗屎。这儿不是北爱尔兰，不是华盛顿特区，更不是地球。参军意味着你现在是一名士兵，你给我记清楚了。其次，无论你怎么想，二等兵，你现在担负的职责并非宇宙和全人类，而是我、你的队友、你的排和殖民防卫军。上头下命令，你就服从。要是胆敢做什么超出命令范围的事情，那我跟你就有的谈了。听懂了吗？”

本德镇定自若地看着比韦洛斯。“‘奉命行事’，有多少邪恶假汝之名而行？”他说，“希望我们不要遇到使用这种借口的时候。”

比韦洛斯眯起眼睛。“我吃完了。”她说，端着餐盘起身离开。

看着她的背影，本德扬起眉毛。“我没想冒犯她。”他对我说。

我上下打量着本德。“我说本德，你对‘比韦洛斯’这个姓难道完全没有印象？”

他皱着眉头想了想。“不怎么耳熟。”他说。

“往小时候想，”我说，“那会儿咱们也就五六岁。”

他的脑袋里灵光一现。“有个秘鲁总统姓比韦洛斯，记得他是遇刺身亡的。”

“没错，佩德罗·比韦洛斯，”我说，“死的不止是他，还有他的妻子、弟弟、弟弟的妻子和大部分家庭成员，是在军事政变中被残杀的。只有佩德罗的一个女儿活了下来。士兵扫荡总统官邸，搜寻家庭成员的时候，保姆把她塞进了扔脏衣服的通道。顺便说一句，他们先强奸了保姆，然后割了她的喉咙。”

本德绿色的脸庞染了一层灰色。“她难道就是总统的女儿？”

“正是她，”我说，“猜猜怎么着？政变被扑灭后，杀害她全家的士兵上了法庭，借口就是他们只是‘奉命行事’而已。因此，你的观点有没有道理暂且不提，刚刚听你说教的这个人正是全宇宙最不需要听这番邪恶屁话的人。她知道得再清楚不过了。这个借口屠杀她全家人的时候，她就躲在地下室的脏衣服堆里，流着血，尽量不哭出声来。”

“天哪，太抱歉了，”本德说，“我什么也不该说的，我真的不知道。”

“你当然不知道，”我说，“这正是比韦洛斯的观点。到了宇宙里，你啥也不知道，完全不知道。”

“听好了，”降落的时候，比韦洛斯说，“我们的任务仅限于破坏。我们将在他们的政府机构中心附近降落，然后摧毁建筑物，但除非被人瞄准，否则请勿射击有生命的目标。我们已经一脚踢中了他们的卵蛋，不需要在他们倒霉的时候继续激怒他们。动作要迅速，搞完破坏就撤退。都明白了？”

到此刻为止，这次行动还宛如小菜一碟；二十四艘殖民防卫军的军舰忽然冲进韦德人的母星星域，他们被打了个措手不及。殖民防卫军几天前在艾恩哈特星系发动佯攻，诱使韦德战舰前去增援，因此他们的母星要塞几乎无人把守，剩下那几艘在突袭中也很快被击沉了。

我们的驱逐舰迅速打击了韦德人的主要太空港，这个建筑物长达几公里，炸断几处关键连接点，太空港就被它自己的向心力撕碎了（不需要浪费超出必要的过多弹药）。我们没有探测到他们发射了小型跃迁舱去通知仍在艾恩哈特星系的韦德飞船。因此那些韦德战舰不可能及时知道受骗上当。就算有韦德人的战舰侥幸逃生，回到母星也会发现没有港口供它停靠和修理。等他们赶到，我们早就远走高飞了。

本地空域没有了威胁，殖民防卫军从容不迫地瞄准了工业中心、军事基地、采矿场、精炼厂、脱盐厂、水坝、太阳能发电机组、海港、太空发射设施、主要公路和其他重建星际飞行所必须建造的设施。六小时毫不留情的连续轰炸过后，我们行之有效地把韦德人推回了内燃机时代，他们多半要在这个时代停留一段时间了。

殖民防卫军没有大面积轰炸主要城市，肆意屠杀平民并不是我们的目标。防卫军的情报部门认为，炸毁水坝有可能导致下游出现大量伤亡，但这个结论不足以改变计划。韦德人没有任何办法阻止防卫军把主要城市夷为平地，但我方认为韦德人的工业和技术基地被定点清除后，不可避免的瘟疫、饥荒、政治和社会动荡将让他们忙得焦头烂额。因此，攻击平民不但不人道，而且是在浪费资源——对于殖民防卫军高层来说，两者一样重要。除了把首都当作心理战目标发动突袭之外，防卫军没有考虑其他的地面行动。

在首都居住的韦德人似乎并不领情。我们还没落地，导弹和激光束已经乒乒乓乓地打在了交通艇的船壳上，听起来像是有谁顶着冰雹在船壳上煎鸡蛋。

“两人一组，”比韦洛斯把手下配成对，“不许单独行动。跟着地图走，别被堵进死胡同。佩里，你带本德。可千万别让他去签什么和平协定。作为奖励，你们俩先登陆。去高处对付狙击手。”

“本德。”我示意他过来，“把MP换成导弹，给我走。打开伪装。只用脑伴联络。”登陆斜梯放了下去，我和本德冲出舱门。我前方四十米处是一尊什么抽象雕塑；我一边带着本德飞奔，一边举枪轰掉了它。这辈子就没喜欢过抽象艺术。

我奔向西北方向的一幢大型建筑物。隔着大堂的玻璃，我能瞥见几个爪持长形物体的韦德人，我朝他们发射了两颗导弹。导弹击中玻璃，也许无法杀死里面的韦德人，但肯定能吸引他们的注意力，让我和本德有时间藏匿起来。我给本德发消息，叫他轰掉建筑物二楼的一扇窗户；他这么做了，我们蹿进那扇窗户，看见了一屋子的办公小隔间。妈的，连外星人也得上班。不过，房间里没有活着的韦德人。估计今天大部分韦德人都躲在家里不想上班。唉，不是他们的错。

本德和我找到了一条盘旋向上的坡道。大堂里的韦德人没有追上来。估计他们正忙着应付其他的防卫军士兵，已经把我们忘干净了。坡道的终点是屋顶，我及时拦住本德，没让他冒冒失失地跑出去。我慢慢地爬了上去，看见三个韦德狙击手控制了大楼的这一侧。我干掉两个，本德干掉剩下那个。

现在呢？——本德发送信息。

跟我走——我答复道。

标准韦德人像是黑熊和杀气腾腾的超级大飞鼠的混种产物，被我们打死的韦德人像是端着来复枪的杀气腾腾的超级大飞熊，只是后脑勺被炸飞了。我们以最快速度横着走到屋顶边缘。我示意本德去一个死掉的韦德狙击手那里，我则是旁边的另一个。

钻到下面去——我发送道。

什么？——本德回复道。

我对其他几幢建筑物的屋顶打个手势。其他屋顶还有韦德人——我发送道。先伪装，让我干掉他们——

我呢？——本德发送道。

盯紧屋顶的入口，别让咱们重蹈这几个倒霉蛋的覆辙——我回复道。

本德做个鬼脸，钻到韦德人的尸体底下。我也钻了进去，马上后悔不迭。不知道活着的韦德人散发什么味道，但死了的绝对顶风臭十里。本德换个姿势，瞄准屋顶入口。我接通比韦洛斯，通过脑伴把头顶视图发给她，接着开始逐个敲掉其他屋顶上的韦德狙击手。

我干掉了四个屋顶上的六个韦德人，他们这才发现我的小动作。有个狙击手举起武器瞄准了我，我脑子里稍动念头，MP步枪就抹杀了他。我发消息给本德，叫他扔掉尸体，跟我离开屋顶。刚下屋顶不到几秒钟，导弹就落在了刚才的位置上。

下楼的路上，我们迎面撞上了我早知道肯定要上楼的那几个韦德人。谁更吃惊这个问题的答案很快揭晓，我和本德抢先开枪，然后退回上一层楼。我顺着斜道往下射了几颗枪榴弹，让韦德人有事情可以琢磨，而我和本德则拔腿就跑。

“现在他妈的怎么办？”本德对我喊道，我们奔过这层楼面。

脑伴，白痴——我发送道，然后拐过一个转角。别暴露位置——我跑到玻璃幕墙前，向外望去。离地面至少有三十米，即便躯体经过增强，跳下去也得送命。

他们来了——本德发送道。背后传来的声音估计来自几个杀气腾腾的韦德人。

躲起来——我发送道，把MP对准离我最近的玻璃幕墙，开了一枪。玻璃粉碎，但没有坍塌。我抓起估计是韦德人座椅的东西，扔向窗户。接着，我躲进本德旁边的办公小隔间。

妈的怎么办——本德发送道。冲着我们来了——

等着——我回复道。别乱动。准备开火，等我的命令。自动模式——

四个韦德人拐过转角，小心翼翼地走向破碎的玻璃幕墙。我听见他们叽里咕噜的交谈声，于是打开翻译程序。

“——从墙上的洞跳出去了。”一个韦德人对另外一个韦德人说，他们走近了玻璃幕墙。

“不可能，”另外一个说，“太高了。他们会摔死的。”

“我见过他们跳出很远距离，”前一个说，“也许跳下去也没事。”

“那些（无法翻译）再厉害，也不可能摔下130德格（度量单位）还活着，”第三个走到前两个身边，“那些（无法翻译）吃（无法翻译）的还在附近什么地方。”

“看见坡道上的（无法翻译——可能是名字）了吗？那些（无法翻译）用他们的枪榴弹把（它）炸成了碎片。”第四个说。

“我们和你走的是同一条坡道，”第三个说，“当然看见了（它）。安静，搜查这片区域。如果他们还在，咱们就能为（无法翻译）报仇了，然后就地庆祝。”第四个拉近他和第三个之间的距离，伸出一只大爪子，像是表达同情。非常好，这四个韦德人现在都站在玻璃幕墙上的窟窿前了。

动手——我向本德发送，然后跃起开火。四个韦德人像牵线木偶似的抽搐了几秒钟，然后被子弹的冲击力推出了墙上的窟窿。本德和我等了几秒钟，然后轻手轻脚地返回坡道。除了（无法翻译——可能是某人的名字）的碎肉，坡道上空无一人，弥漫着的味道比他在屋顶上的狙击手同胞还可怕。不得不承认，到目前为止，我对韦德母星的全部印象就是鼻子很受折磨。我们回到二楼，沿着进来的路出去，走过被我们送出窗外的那四个韦德人。

“这和我想象中的可不一样。”经过尸体的时候，本德呆呆地看着他们。

“你想象中是什么样？”我问。

“我也不完全清楚。”他答道。

“呃，那就谈不上和你想象中的不一样了。”我把脑伴切换到比韦洛斯。我们下来了——我发送道。

来我这儿——比韦洛斯回复道，同时发来她的位置信息。带上本德，太难以置信了——她话音未落，我就听见了：那声音压过了混乱的枪响和枪榴弹的爆炸，是从喉咙深处发出的低沉吟唱，正在政府中心的建筑物之间回荡。

“我说的就是这个意思。”本德都有点喜出望外了，我们拐过最后一个转角，走向底下天然形成的圆形剧场。剧场里聚集了几百个韦德人，一边吟唱，一边摇晃身体、挥舞棍棒。他们周围有几十个防卫军士兵已经抢占了有利位置，若是开火，那就是一场集体打靶。我打开翻译程序，但没有得到任何结果。要么是因为吟唱的内容毫无意义，要么是他们使用的方言还没有被殖民地语言学家破译。

我看见比韦洛斯，走了过去。“这是在干什么？”我压过喧嚣器对她喊道。

“我也想知道，”她答道，“我只是观众。”她对左手边点点头，凯耶斯中尉正在和其他军官商量。“他们在讨论我们该怎么做。”

“为什么没人开枪？”本德问。

“因为他们没朝我们开枪，”比韦洛斯说，“我们接到的命令是只在必要时朝平民开枪。他们看起来像是平民。虽然拿着棍棒，但没有用棍棒威胁我们，仅仅是边吟唱边挥舞而已。因此，没有必要杀死他们。本德，还以为你知道了会高兴呢。”

“我的确很高兴，”本德显然大喜过望，举手一指，“看，领头的那个人。他是伏伊，宗教领袖，拥有崇高的地位。正在唱的这首歌很可能就是他写的。有谁翻译出来了吗？”

“没有，”比韦洛斯说，“他们使用了一种我们不懂的语言。完全不知道他们在唱什么。”

本德走上前去。“祈祷和平，”他说，“肯定是。他们无疑知道我们对他们的星球干了什么，亲眼看见了我们怎么破坏城市。遇到这种事情，谁会不哭求老天呢？”

“唉，你这家伙真能胡扯，”比韦洛斯怒道，“你他妈又不知道他们在唱什么。他们也许在唱打算怎么扯掉我们的脑袋，然后怎么往脖子里撒尿。也许在唱歌送别他们的死者。甚至有可能在唱他妈的购物清单。我们就是不知道，你也不可能知道。”

“你错了，”本德说，“我在地球为和平奔走了五十年。我知道人们何时准备迎接和平。我知道他们何时会渴望和平。”他指着吟唱不休的韦德人。“他们准备好了，比韦洛斯。我能感觉到。证明给你看。”本德放下MP，走向圆形剧场。

“该死的，本德，”比韦洛斯喊道，“给我回来！这是命令！”

“我不再‘奉命行事’了，下士！”本德也喊道，突然跑了起来。

“糟糕！”比韦洛斯惊呼，追了上去。我伸手去抓她，却扑了个空。

这时，凯耶斯中尉和其他几名军官终于抬起头，看着本德跑向韦德人，比韦洛斯紧追不舍。我看见凯耶斯喊了句什么，比韦洛斯忽然站住。凯耶斯肯定同时通过脑伴下达了命令。本德应该也接到了停下的命令，但他反正没有理会，而是继续跑向韦德人。

本德在剧场边缘停步，默不作声地站在那里。最后，领唱的伏伊注意到了这个孤零零地站在集会人群边缘的地球人，停止了吟唱。跟唱的那些人没了带领，困惑地交头接耳了一分钟左右，随即也注意到了本德，于是都扭头看着他。

这正是本德期待的那个时刻。本德肯定在等待韦德人注意到他的那段时间里把想说的话翻译成了韦德语，因为当他开口的时候，他在尽量使用对方的语言，从各种职业的角度来说，他做的都还不错。

“我的朋友，寻求和平的伙伴们。”他伸出双手，两臂略向内弯曲。

事后多方搜集的数据显示，在不到一秒钟内，有超过四万根细针被射进了本德的身体，韦德人管这种针叫艾夫奇，是从那些看似棍棒的东西里射出来的，它们根本不是棍棒，而是韦德人的传统枪械，形状模仿韦德人奉为圣物的一截树枝。每一根艾夫奇都穿透了本德的紧身衣和躯体，将他切成碎渣，他这个人简直就像忽然融化了似的。后来大家都承认，这是我们亲眼见过的最不同寻常的死法。

本德的躯体化为一团红雾，殖民防卫军的士兵朝圆形剧场开枪。这的确是一场集体打靶，没有哪个韦德人逃出剧场或对任何防卫军士兵（除了本德）造成伤害。屠杀不到一分钟就结束了。

得到停火命令之后，比韦洛斯走向曾经是本德的那团血污，发疯般的拼命践踏。“狗娘养的，现在觉得你的和平怎么样啊？”本德化为血泥的内脏器官染红了她的小腿，比韦洛斯哭了起来。

“知道吗？其实本德说得对。”返回莫德斯托号的路上，比韦洛斯对我说。

“说对什么了？”我问。

“殖民防卫军被使用得太快、太频繁了，”比韦洛斯说，“开战比谈判容易。”她朝韦德母星的大致方向挥挥手。“其实没这个必要，你也清楚。把这些可怜虫轰出宇宙，接下来的几十年他们只能忍饥挨饿，自相残杀。今天固然没有杀害平民——好吧，干掉本德的那群人除外。但接下来的很长一段时间，会有很多韦德人死于瘟疫和内乱，因为他们没有别的办法。这和种族灭绝没有多大区别。我们之所以能够心安理得，是因为事情发生时我们早就离开了。”

“你以前可从没同意过本德的意见。”我说。

“不对，”比韦洛斯说，“我只是说他屁也不知道，说他只应该对我们负责。但我没说过他错了。他应该乖乖听我的。如果他肯奉他妈的命行事，这会儿就还活着呢，而不是让我从鞋底把他往下刮。”

“他多半会说他死得其所。”我说。

比韦洛斯嗤之以鼻。“少胡扯，”她说。“本德那是自己找死。妈的，我们刚摧毁了他们的星球，他却像朋友似的走向那群人。王八蛋。我要是他们中的一员，肯定也会开枪。”

“现实中的人类真可耻，居然妨碍了他的和平理念。”我说。

比韦洛斯笑了笑。“如果本德真在关心和平，而不是想满足自我，他就应该学习我，佩里，你也一样。”她说，“服从命令。尽量保命。熬到步兵役期结束。参加军官培训计划，一路往上爬。成为发布命令而不是服从命令的人。然后，尽量缔造和平。否则我怎么可能耐住性子‘奉命行事’？只是因为我知道，我迟早要改变这种命令。”她靠回去，闭上眼睛，睡完了剩下的归途。

两个月后，路易莎·比韦洛斯死在一颗名叫“深水”的狗屁烂泥星球上。我们班受命清除汉伊人殖民地底下的天然洞穴，结果却误入陷阱。我们在战斗中被逼进了一个有五条隧道连通的岩室，其中四条隧道里站满了汉伊人的步兵。比韦洛斯先命令我们退回原先那条隧道，然后独自对洞口开火，岩石坍塌，封死隧道。脑伴数据显示，她随即转身开始朝汉伊人开火，但没能坚持多久。班里的其他士兵杀出一条血路，回到地面上。我们本来就是被逼进陷阱的，杀出来实在谈不上轻松，可总比死于伏击强得多。

比韦洛斯死后获颁英勇奖章。我被提升为下士，领导本班。比韦洛斯的行军床和储物柜交给了一个名叫惠特福德的新人，到目前为止，这个人还不错。

组织更换了一个齿轮。我很想念她。

11

托马斯被他吞进肚子里的东西弄死了。

这东西新得连殖民防卫军都还没有给它命名，所在的殖民地也新得连个名字都没有，只有一个官方代码：大熊座47[1]，殖民地622。殖民防卫军沿用了基于地球的星座名称，原因和继续规定一天二十四小时和一年三百六十五天相同：这是最简单的办法。按照标准工作程序，新殖民地必须每天汇总全部数据，装入跃迁无人机，无人机返回凤凰星，以便殖民联盟政府掌握最新情况。

殖民地622在过去六个月内始终保持联络，除了新殖民地草创初期常见的争执、困难和混乱之外，他们没有报告任何值得关注的情况，只说当地有一种黏菌爬得到处都是，会突然出现在机械、电脑、畜栏，甚至殖民者居住的房间里。他们把这东西的基因分析结果送往凤凰星，同时恳求技术部门发明能根除问题的杀真菌剂。从那天以后，发往凤凰星的跃迁无人机就空无一物了，殖民地没有上

1　大熊座47的中文名是天牢三，天文学家现已确认这颗类似太阳的黄矮星拥有至少两颗行星。

载任何信息。

防卫军调遣托马斯和苏珊驻扎的图森号前去调查。图森号尝试从轨道上呼叫殖民地；无人回应。视频信号显示殖民地建筑物之间没有任何活动，包括人和动物在内，什么动静都没有。然而，那些建筑物本身却似乎完好无损。托马斯所在的排受命登陆侦察。

黏糊糊的东西覆盖了整个殖民地，到处都是一层厚达数厘米的黏菌，从电线上滴滴答答地往下淌，通讯器材上也全是这玩意儿：似乎是个好消息——有可能只是因为黏菌阻断了信号发射。乐观情绪来得快，去得更快，托马斯所在的班走近畜栏，发现牲口全死了，而且在黏菌的辛苦劳作下都已深度腐烂。他们没过多久就找到了那些殖民者，状态和牲口差不多。几乎所有人（或者说所有尸体的残骸）都在床上或床边；有家小的和值夜班的除外，有家小的往往死在孩子的房间里，或者倒毙在去孩子房间的走廊上，值夜班的都在岗位上或附近。无论发动攻击的是谁，攻击的时间都选得很晚，而且下手异常迅速，殖民者完全没有时间作出反应。

托马斯建议搬一具尸体去殖民地的医务室，他可以做个快速解剖，看看是什么杀死了殖民者。班长点头同意，托马斯和一名队友在一具还算完整的尸体边蹲下，托马斯从腋窝底下抱住尸体，队友抓住双腿。托马斯说数到三一起抬，才数到二，尸体上的黏菌就一蹿老高，“啪”的一下湿乎乎地打在他脸上。他张嘴惊呼，黏菌顺着嘴巴钻进喉咙。

托马斯的其他队友立刻让战斗服升起面罩，几秒钟后，黏菌就钻出了每一条缝隙，向他们发动进攻。攻击在整个殖民地的范围内几乎同时开始。托马斯所在的排还有六名士兵也被塞了满嘴黏菌。

托马斯拼命想把黏菌从嘴里拽出来，但那东西滑进了他的喉咙深处，兵分两路，一方面堵住他的气管，钻进肺部，另一方面顺着食道进入胃部。托马斯用脑伴请队友带他去医务室，那里也许有办法能吸出足够多的黏菌，好让他重新呼吸。在托马斯遭受永久性脑损伤之前，智能血可以支持他十五分钟。这个点子很不错，或许也有可能奏效，可惜黏菌开始在托马斯的肺部分泌辅助消化的酸液，由内而外活生生地吃他。托马斯的肺部随即溶解，几分钟后死于休克和窒息。另外六位战友也是这么死的，大家事后认为这同样是那些殖民者的死因。

托马斯的排长下令留下托马斯和其他所有罹难者，全排撤退回交通艇，然后返回图森号。图森号拒绝交通艇登舰。全排人被一个个带进飞船，先用绝对真空杀死仍旧附着在战斗服上的黏菌，再接受高强度的体内和体外灭菌处理，这套过程听起来有多可怕，经历起来就有多痛苦。

后续的无人机侦察结果显示，殖民地622没有任何幸存者。那种黏菌拥有足以协同发动两场攻击的智力，基本上不受传统武器的伤害。子弹、枪榴弹和导弹只能消灭很小一部分黏菌，剩下的大部分则毫发无损；火焰喷射器能烧死表层的黏菌，但对底下的那许多层则束手无策；激光武器能切开黏菌群落，但造成的损伤却小得可怜。军队发现黏菌几乎占领了这颗星球，于是中止了应殖民者要求而开始的杀真菌剂研究。寻找其他宜居星球比消灭一整颗星球的黏菌要便宜得多。

托马斯的死亡提醒了我们，在宇宙里，我们非但不清楚我们将要对抗什么，有时候我们根本想象不到可能会对抗什么。托马斯犯了个错误，他以为敌人总是和人类存在相似之处。他错了。他因此而死。

征服宇宙开始对我造成影响。

心神不定的感觉肇生于金达尔星球。我们埋伏起来，伏击一群返回高处巢穴的金达尔士兵，用激光束和导弹炸烂他们巨大的翅膀，他们尖叫着翻翻滚滚摔落两千米的悬崖绝壁。到了乌达斯普利星，这种感觉真的对我造成了影响。当时我们穿着有助于控制身体的惯性缓冲能量服，从尘环的一块石头蹦到另一块石头上，正在和形如蜘蛛的文迪人玩捉迷藏。文迪人最喜欢把尘环中的岩石朝星球表面扔，而且精心计算好降落轨道，让落石不偏不倚地砸中哈尔福德人类殖民地的顶棚。抵达科瓦班达的时候，我已处于癫狂边缘。

也许要怪就怪科万度人自己。科万度人在许多方面和地球人非常相似：两足哺乳动物，艺术天赋非同寻常，尤擅诗歌和戏剧，繁殖速度飞快，而牵涉到宇宙和地盘时，态度极其咄咄逼人。人类和科万度人常常争夺同一颗尚未开发的宜居星球。科瓦班达在成为科万度人的殖民地之前，曾经是人类的殖民地，但当地的一种病毒让定居者长出了难看的多余肢体和嗜血的多余性格。可是，这种病毒连让科万度人头疼都做不到，他们自顾自地住下了。六十三年后，殖民联盟终于开发出疫苗，想回来继续居住。不幸的是，科万度人和人类实在是一路货色，他们对“分享”这个概念缺乏兴趣。就这样，我们来了，向科万度人宣战。

个子最高的科万度人还不到三厘米。

科万度人并不愚蠢，没有让他们的微小士兵去攻击体型足有其六七十倍的人类。他们首先动用的是飞行器、远程迫击炮、坦克和其他有可能伤害我们的武器装备，也确实给我们带来了一些麻烦——想击中时速达到数百公里但只有二十厘米长的飞行器并非易事。但一方面你只需要让他们难以使用这些武器就行了（我们在科瓦班达主城的公园降落，炮弹如果没有击中我们，就会伤害他们自己的人），另一方面，你反正很容易就能除掉这些烦人的东西。我方士兵在摧毁科万度军队时格外用心，不但因为他们个头很小，需要投入更多的注意力，更因为谁也不想被三厘米高的敌人杀死。

但是，到最后，击落了所有飞行器，干掉了所有坦克，你必须开始对付科万度人了。怎么和科万度人作战呢？答案很简单：踩死他。抬起脚，放下去，一使劲，他就了账了。你这么做的时候，科万度人会朝你射击，扯开小小的嗓门拼命嘶吼，但那叫声你只能隐约听见罢了。这都是白费力气。你的战斗服能挡住人类尺度的高能子弹，你几乎感觉不到科万度人朝你的脚趾发射过任何东西，你几乎感觉不到脚底下吧唧一声踩死了个把小东西。抬起头，找到下一个科万度人，重复一遍这套动作。

我们就这么在科瓦班达主城漫步了几个小时，不时停下瞄准五六米高的摩天大楼，一颗导弹就足以将其夷为平地。排里有些士兵朝建筑物发射霰弹，让弹丸在建筑物里像弹珠似的疯狂乱撞，而每颗弹丸都足以削掉一个科万度人的脑袋。但最主要的还是踩踏。

我离开地球的时候，著名的日本怪兽哥斯拉正迎来第无数次复兴，它肯定会觉得这个场面很熟悉。

我不记得我从何时开始哭泣，开始猛踢摩天大楼，但时间肯定很久，用力肯定很大，因为等有人找到艾伦，他好不容易让我清醒过来的时候，傻逼说我弄断了三根脚趾。艾伦陪着我走进我们登陆的公园，帮助我坐下。正往下坐，一个科万度从一块石头背后冒出来，瞄准我的面门开火。那感觉像是有几粒砂子打在脸上。

“去你妈的！”我像抓弹珠似的抓起那个科万度人，愤怒地将他扔向附近的一幢摩天大楼。他忽地飞远，旋转着画出平滑的弧线，吧唧一声撞上那幢楼，然后从两米高空摔落地面。附近其他的科万度人显然纷纷放弃了暗杀我的计划。

我扭头面对艾伦。“你不是有个班要带吗？”我问。他的班长被一个愤怒的金达尔人扯掉了整张脸，艾伦很快获得了提升。

“我也可以问你同样的问题，”他说，然后耸耸肩，“他们没事，都在执行命令，再说科万度人已经掀不起什么风浪了。现在的任务是打扫战场，迪普顿管得过来。凯耶斯叫我把你弄清醒，搞明白你在犯什么病。请问，你到底在犯什么病？”

“天哪，艾伦，”我说，“刚才这三个钟头，我像踩虫子似的踩死了很多智慧生命。我把他们他妈的活活踩死。艾伦，这——”我挥舞手臂，“——他妈的实在太荒谬了。他们只有三厘米高。咱们就像格列佛在毁灭小人国[1]。”

---

1 出自美国作家乔纳森·斯威夫特（Jonathan Swift，1667—1745）的《格列佛游记》。

“约翰，打什么仗不是我们自己能选的。”艾伦说。

“这一仗让你感觉如何？”我问。

“有点烦心，”艾伦说，“根本不是堂堂正正的战斗，只是一边倒的屠杀。不过也有好处，我的班上最严重的伤亡就是有人震破了耳膜。这在战斗中简直称得上奇迹。因此，总的来说，我感觉还不赖。再说科万度人也不是真的这么没用。双方比分差不多算是平局。”

虽然让人惊讶，但这也是事实。体型让他们在太空战中占尽上风；我们很难追踪科万度人的飞船，他们的战斗机虽说个头小，每一架只能造成非常有限的损害，但一拥而上时我们就惨了。只有在地面战斗，我们才拥有压倒性的优势。保卫科瓦班达的舰队规模较小，因此殖民防卫军才决定收复这颗星球。

“我不是说总分谁领先的问题，艾伦，”我说，“我在说敌人只有三他妈的厘米高。再往前，我们在和蜘蛛打仗。再往前，我们在和天杀的翼龙打仗。我对尺度的感觉全给搞乱了。我对自我的感觉全给搞乱了。艾伦，我都不觉得我还是人类了。”

“从技术上说，你本来就不是人类了。”艾伦想逗我开心。

可惜没用。“好吧，换个说法，我都感觉不到我还和人类有什么联系了，”我说，“我们的任务是接触新的种族和文化，然后尽快杀光这些狗娘养的。我们对他们的了解仅限于作战所需的情况。在我们眼中，他们仅仅作为敌人存在。除了他们的智慧足以反击之外，我们简直就像在消灭动物。”

“这让大多数士兵更容易接受现实，”艾伦说，“不赋予蜘蛛人格，杀死它就不会难过，哪怕它是有智慧的大蜘蛛——也许对有智慧的大蜘蛛来说尤其是这样。”

“也许正是这个让我很烦心，”我说，“完全不需要理会结果。就像刚才，我抓起一个会思考的活物，把它摔死在建筑物上。我对此完全没有任何感觉，艾伦。我们的行动应该有后果。无论理由是否正当，这些行为应该让我们觉得恐惧。我对我的行为毫无恐惧。这让我非常害怕。我害怕其中的意义。我像个他妈的怪物，践踏着这个城市。我开始觉得这就是我了。我成了什么？怪物！我是一只，你也是一只。我们都是没人性的怪物，而我们都不觉得这有什么不对劲的。”

艾伦无话可说。于是，我们看着人类士兵踩死一个个科万度人，直到最后没东西可踩了才停下。

“这家伙到底犯什么病了？”班长级别的战后简报会上，凯耶斯中尉向艾伦询问我的情况。

“他觉得咱们都是没人性的怪物。”艾伦说。

“哦，这个问题啊，”凯耶斯中尉转身看着我，“佩里，你入伍多久了？”

“快一年了。”我说。

凯耶斯中尉点点头。“也到时候了，佩里。大部分人都会在一年左右的时候发现他们成了没心没肺的杀戮机器，没有良知和道德。有些人早些，有些人晚些。扬森——”他指指另外一个班长，“——撑了十五个月才崩溃。扬森，给他说说你干了什么。”

"我朝凯耶斯开了一枪，"隆·扬森说，"觉得他代表了把我变成杀戮机器的邪恶体系。"

"险些崩掉我的脑袋。"凯耶斯说。

"算你走运。"扬森坦承。

"是啊，还好你没打中。否则不但我得送命，你的大脑也会在玻璃缸里沉沉浮浮，因为缺乏外界刺激而发狂。等你意识到你并没有真的变成没人性的怪物，只是在试图理解这个彻底错乱的局面，那时候你就解脱了。前七十五年人生，你最刺激的事情顶多是偶尔搞一炮，忽然之间，你却捧着MP在和太空章鱼杀个你死我活。老天在上，那种从头到尾根本不失控的家伙才让人最不放心了。"

"艾伦没有失控，"我说，"他入伍的时间和我一样长。"

"倒也是，"凯耶斯说，"罗森萨尔，你有什么解释？"

"我是个嘶嘶作响的锅炉，里面全是互相冲撞的怒气，中尉。"

"啊哈，压抑型的，"凯耶斯说，"棒极了。爆发的时候千万别朝我开火，谢谢了。"

"这我可没法保证，长官。"艾伦说。

"知道我怎么处理的吗？"另一个班长艾美·韦伯说，"我列举我想念的地球上的东西，一方面很让人郁闷，但另一方面也能提醒我，我没有完全脱离地球。如果你还有挂念，那就还和它有联系。"

"你想念什么？"我问。

"比方说，公园里的莎士比亚[1]，"她说，"在地球的最后一个

1　纽约著名的夏季演出活动，在中央公园从1954年连续举办至今。

晚上，我看了场堪称完美的《麦克白》。天哪，太了不起了。宇宙里似乎没什么像样的现场演出。”

“我想念女儿的巧克力屑曲奇。”扬森说。

“莫德斯托号上也有巧克力屑曲奇，”凯耶斯说，“好吃得很。”

“不如我女儿做的。秘诀是糖蜜。”

“听着就恶心，”凯耶斯说，“最讨厌糖蜜了。”

“好在我朝你开枪的时候不知道，”扬森说，“否则肯定不会打偏。”

“我怀念游泳，”格雷戈·雷德利说，“我住在田纳西州，常常在家旁边的河里游泳。一年到头大多数时候能冻死人，但我就喜欢这样。”

“过山车，”凯耶斯说，“超大型的那种，能让你觉得肠子要从脚底下甩出去了。”

“书，”艾伦说，“星期天早晨，又大又厚的精装本。”

“佩里，你呢？”韦伯说。“你现在最想念什么？”

我耸耸肩。“只有一样。”我说。

“怎么也不可能比想念过山车更白痴，”凯耶斯说，“说吧。这是命令。”

“我唯一想念的是婚姻生活，”我说，“我想念和我老婆坐在一起，聊聊天，看看书，什么都行。”

大家都沉默了下去。“这可新鲜了。”雷德利说。

“妈的，我才不想念呢，”扬森说，“我的婚姻生活的最后二十年实在不值一提。”

我环顾四周。“有没有谁的配偶也参了军？还保持联系吗？”

“我丈夫在我之前入伍，”韦伯说，“我第一次出任务的时候，他就已经死了。”

“我老婆在博伊西号上，”凯耶斯说，“偶尔给我留个信什么的。我不觉得她特别想念我。估计看了三十八年已经看够了。”

“来到宇宙以后，人们就不怎么想和过去的生活扯上关系了，”扬森说，“当然了，正如艾美所说，我们也想念各种小细节，这是不让自己发疯的办法之一。但这就像让你回到过去，回到作出抉择、改变人生轨迹的时刻之前。如果你能回去，为什么还要作出同样的决定呢？你已经活过那种人生了。虽说我对我的选择并不后悔，但肯定不会急匆匆地作出同样的决定。我老婆也在宇宙里，没错，但她正高高兴兴地过着没有我的新生活呢。话也说回来，让我再选一次，我恐怕也不会急匆匆地签约入伍了。”

“诸位，你们的话一点也不鼓舞人心啊。”我说。

“你为什么想念婚姻生活？”艾伦问。

“呃，首先，我想念我的妻子，”我说，“但我也想念那种……怎么说呢？安乐的感觉。觉得这就是你应该待的地方，旁边是你应该相守的人。我在宇宙里绝对没有这种感觉。我们四处征战，身边的人搞不好明天后天就死了——没有冒犯大家的意思。”

“没关系。”凯耶斯说。

“宇宙里没有稳定可言，”我说，“没有什么能让我觉得安全。我的婚姻生活很普通，有高潮也有低谷，但就算到了最低处，我也知道它靠得住。我怀念那种安全感，那种和某个人心灵相通的感觉。我们之所以是人类，有一部分原因就是我们对其他人有意义，而其他人对我们也有意义。我怀念的是这种感觉，能让我觉得我属于人类。这就是我想念婚姻生活的原因。”

又是好一阵沉默。“妈的，佩里，”雷德利最后说，“要这么说，我也挺怀念婚姻生活的。”

扬森哼了一声：“我不。佩里，你继续想念婚姻生活吧。我继续想念女儿的曲奇。”

“糖蜜，”凯耶斯说，“恶心。”

“别再说了，长官，”扬森说，“否则我就掏枪了。”

苏珊的死法和托马斯几乎完全相反。极乐星钻井工人罢工，成品油产量急剧下降。图森号奉命运送不参加罢工的工人，保护他们让几个已关闭的钻井平台恢复生产。罢工的工人用简易火炮发动袭击，苏珊恰好在他们攻打的一个平台上，苏珊和另外两名士兵摔下平台，掉进几十米下的大海。另外两人落海时已经死亡，但苏珊尽管被严重烧伤，几乎丧失知觉，却仍然活着。

发动袭击的罢工工人把苏珊捞了上来，决定用她杀一儆百。极乐星有一种别称“大嘴”的食腐生物，带转轴的大嘴一口就能轻松吞下一个人。大嘴喜欢吃从平台扔进大海的垃圾，因此时常光顾钻井平台。罢工工人把苏珊架起来，几耳光扇醒，滔滔不绝地发表了一番言论，让脑伴链接把这番话带给殖民防卫军。接着，他们宣判苏珊有通敌罪，该当死刑，将她又推回垃圾槽道底下的大海。

没等多久，一只大嘴就游了过来，一口就吞掉了苏珊。这时苏珊还活着，拼命挣扎，想从它嘴里逃出去。但就在她马上就要成功的时候，有个罢工工人朝大嘴的背鳍开了一枪，这东西的大脑就在这个位置。大嘴立刻毙命，带着苏珊沉下水底。吞下她的大嘴沉入深海，苏珊死了，不是因为被鱼吃掉，也不是溺水，而是死于水压。

罢工工人沉重打击压迫者的庆功会没能持续多久。图森号的后续兵力扫荡了工人的营地，逮捕了几十个恶党魁首，枪决后喂了大嘴。杀害苏珊的那几位除外，他们被直接喂给大嘴，跳过枪决这个环节。罢工随即结束。

苏珊的死让我清醒过来，提醒我人类可以和任何异种一样没人性。如果我在图森号上，想必会亲手把杀害苏珊的王八蛋喂给大嘴，心里绝对不会有一丝一毫的歉疚。我和科万度人作战时曾经很害怕自己变成了什么怪物，不知道此刻的念头与之相比究竟是好是坏。但是，我不再担心这种事会让我丧失人性了。

12

参加过珊瑚星之战的人都记得珊瑚星被攻占时自己正在干什么。我当时正在听艾伦说我心目中的宇宙如何早已不复存在。

“第一次跃迁，我们就离开它，”他说，“去了隔壁的宇宙。跃迁就是这么回事。”

这让我和埃德·马奎尔好一阵瞠目结舌。我们和艾伦坐在军营的“稍息”酒吧里。愣了半晌，接替艾美·韦伯担任班长的埃德开了口：“我没听懂，艾伦。我以为跃迁就是让飞船越过光速。难道不是吗？”

“不是，”艾伦说，“爱因斯坦仍旧没错——光速无法超越。再说了，你也不会愿意以任何跟光速沾点边的速度在宇宙间飞行。以每秒钟几十万公里的速度飞行，撞上一丁点尘埃，飞船就会多一个大窟窿。飞得越快，死得越快。”

埃德眨眨眼，摸摸脑袋。“呜呼，”他说，“我听不懂了。”

“好吧，是这样的，”艾伦说，“你问我跃迁引擎的工作原理。如我所说，很简单：它把一个物体从我们的宇宙中拿起来，比方说莫德斯托号，然后塞进另外一个宇宙。问题在于我们管它叫‘引擎’的东西，其实根本不是什么引擎，因为这个过程跟加速度毫无关系，只跟物体在多重宇宙中的位置有关。”

“艾伦，”我说，“你还是在说天书。”

“对不起，”艾伦思索了一小会儿，“你们的数学功底怎么样？”

“我还稍微记得点儿微积分。”我说。埃德·马奎尔点点头。

“唉，”艾伦说，“好吧，那我尽量往简单里说——别觉得我在哄小孩。”

“尽量。”埃德说。

“那好。首先，你所在的这个宇宙——我们此刻所在的这个宇宙——只是无穷多个可能存在的宇宙中的一个，这是量子物理所规定的。举例来说，一个电子在某个位置出现，这个电子的位置就定义了我们的这个宇宙，而在另一个平行宇宙中，这个电子处于完全不同的另一个位置。还听得懂吗？”

“不完全懂。”埃德说。

“唉，没有科学的慧根。算了，那就直接相信我的话吧。重点在于：存在多个宇宙，也就是多重宇宙。跃迁引擎做的事情就是打开一扇通往其他宇宙的门。”

“它是怎么做到的？”我问。

“你们数学不行，我没法解释。”艾伦说。

“那就是魔法了。”我说。

“就二位而言，没错，”艾伦说，“但物理学确实允许这种事情的发生。”

“我不明白，”埃德说，“既然我们已经穿越了多个宇宙，但每个宇宙怎么会都和我们的宇宙一模一样呢？科幻小说里但凡提到‘平行宇宙’，肯定会出现什么重大差异。否则就不可能知道你在另一个宇宙里了。”

“你的话恰好回答了你的问题，”艾伦说，“咱们先假定不可能把物体从一个宇宙送进另一个宇宙。”

“这我可以接受。”我说。

“但物理学却允许这种事情发生，因为从最基本的层面说，宇宙符合量子物理的描述，基本上不存在不可能发生的事情，尽管从实际角度说或许的确不可能。然而，在其他条件完全不变的情况下，每个宇宙都更希望让不可能发生的事件的发生频率降到最低，特别是在亚原子量级以上。”

“宇宙怎么能‘希望’什么呢？”埃德问。

“你们的数学知识不够。”艾伦说。

“不够，的确不够。”埃德翻了个白眼。

“宇宙确实有偏好。举例来说，宇宙喜欢走向熵增，喜欢让光速成为恒量。你可以在一定程度上改变这些东西，但非常费劲。跃迁也一样。把物体从一个宇宙送进另一个宇宙实在太困难了，除非前后两个宇宙完全相同——就这么说吧，不可能性守恒。”

“但你怎么解释我们从一个地方去另一个地方呢？”我问，“我们从一个宇宙的某个点离开，怎么却去了另一个宇宙中完全不同的另一个点？”

“呃，可以这么想，”艾伦说，“把一整艘太空船送进另一个宇宙，这实在太不可能了，简直不可思议。从宇宙的观点来看，太空船在后一个宇宙的哪个地方出现，这是最最无足轻重的小事。所以我才说‘引擎’二字完全用错了地方。我们没有去任何地方，只是抵达而已。”

“那你刚刚离开的那个宇宙发生了什么呢？”埃德问。

“另一个版本的莫德斯托号从另一个宇宙立刻跳了进来，船上还有平行版本的咱们，”艾伦说，“多半是这样的。有无穷小的概率会发生其他事情，但一般而言就是这样了。”

“那么，我们还能回去吗？”我问。

“回哪儿去？”艾伦问。

“回我们出发的那个宇宙。”我说。

“不可能，”艾伦说，“呃，从理论上说，存在这个可能性，但基本上不可能实现。可能性的分支在不停创造宇宙，我们去的宇宙通常是在我们跃迁前那个瞬间刚刚创生的——我们能跃入这些宇宙的原因之一，就是它们和原先的宇宙最为接近。和某个特定的宇宙分离越久，它就有越多的时间发生改变，你就越不可能跃迁回去。连回到一秒钟前刚离开的那个宇宙，其可能性也低得可怜。返回我们一年前从地球跃迁至凤凰星时离开的那个宇宙，这就根本不在讨论范围中了。”

“我很郁闷，”埃德说，“我喜欢我那个宇宙。”

“好吧，埃德，听着，”艾伦说，“你跟约翰和我来自不同的宇宙，因为我们第一次跃迁的时候身边没有你。这还没完，和我俩一起参加第一次跃迁的那些人，现在也和我们不在同一个宇宙里了，因为他们后来都在不同的飞船上，跃迁去了不同的宇宙——后来重聚的老朋友全是来自平行宇宙的其他版本。当然了，他们的外貌和行为完全相同，因为除了这儿那儿有几个电子改变了位置之外，他们确实是一样的。但是，我们所来自的宇宙却彻底不同。”

“这么说，咱们那个宇宙就剩下了你和我。”我说。

“那个宇宙多半还存在，”艾伦说，“但在眼前这个宇宙里，肯定只有你我来自那个宇宙。”

“我不知道我对此该有什么感觉。”我说。

“别太往心里去，”艾伦说，“在宇宙之间跳跃不会影响日常生活。其实无论你在哪个宇宙，所有事物基本上都是一样的。”

“那为啥还需要星际飞船呢？”埃德问。

“答案显而易见，来到新宇宙后，带我们前往目的地。”艾伦说。

“不，不对，”埃德说，“我是说，如果你能从一个宇宙跳进另一个宇宙，为啥非得使用太空船，而不是从一个星球跳到另一个星球呢？让人直接跃迁到星球表面好了。省得让我们在太空中吃子弹。”

“宇宙希望跃迁能远离行星和恒星这种重力阱，”艾伦说，“特别是在跃迁去另一个宇宙的时候。跃迁的终点可以很接近重力阱，所以我们进入新宇宙时总是离目的地很近，但远离重力阱会让跃迁离开变得容易，因此我们总是先航行一段距离，然后再跃迁。其中的指数关系我可以写给你们看，但是——”

“是啊，是啊，我知道，我的数学知识不够。”埃德说。

艾伦正要安慰一下他，我们的脑伴忽然同时响起警报。莫德斯托号收到了珊瑚星大屠杀的消息。无论你在哪个宇宙，这种事都能让你毛骨悚然。

珊瑚星是人类定居的第五颗行星，也是第一颗比地球更适合人类居住的星球，地质稳定，气候温和，绝大部分土地都可耕种，动植物和地球的动植物基因接近，足以满足人类在营养学和审美上的需求。最初有传闻说要管这里叫伊甸园，但大家都觉得这个名字太容易招惹麻烦了。

因此，最后选定的名字是珊瑚星，因为有类似珊瑚的生物在赤道热带地区创造了多姿多彩的群岛和暗礁。人类在珊瑚星上的扩张被罕见地限制在最小范围内，居住在此的大部分人也选择了前工业时代的简单生活。人类在宇宙中很少会去努力适应殖民地原有的生态系统，一般都是耕作后引入玉米和牛只，但珊瑚星是个罕有的例外。结果不错，为数不多的人类群落适应环境，融入珊瑚星的生态圈，过上了简朴克制的好生活。

也正因为如此，勒雷伊侵略军进攻时，他们毫无防备。勒雷伊和人类士兵加殖民者的数量是一比一。驻守珊瑚星上空和地表的殖民防卫军进行了短暂但英勇的抵抗，但很快战败；殖民者也让勒雷伊人付出了不少代价。然而，没过多久，殖民地就被夷为平地，幸存下来的殖民者遭到屠宰，因为勒雷伊人多年前就喜欢上了人肉，一有机会就绝对不会放过。

通过脑伴广播给我们的片段中有防卫军拦截到的一档美食节目，勒雷伊最负盛名的几位大厨在讨论如何切分人体制作不同食物，比方说颈骨最适合熬汤，浓汤清汤都不错。除了让我们震怒之外，这段视频还证明了珊瑚星大屠杀事先经过周密预谋，连二等名流都有机会参与这场狂欢。很显然，勒雷伊人打算在此定居。

勒雷伊人没有浪费时间，径直冲向侵略行动的首要目标。杀死全部殖民者后，勒雷伊人运来采矿平台，在珊瑚星的岛屿上搞起了露天采矿。勒雷伊人曾经联络过殖民联盟，想磋商在岛上开矿的事情，勒雷伊人的母星曾经遍布珊瑚礁，但工业污染和商业开采却将之毁灭殆尽。殖民联盟政府拒绝了他们的请求，一方面是因为殖民者希望能保持这颗星球的完整，另一方面则是勒雷伊人的食人爱好早已臭名昭彰。谁也不想让他们在殖民地上空盘旋，伺机将不够警觉的人类做成肉干。

殖民联盟政府的失误在于没能看清勒雷伊人有多重视开采珊瑚礁这件事情，除了商业用途，其中还掺有宗教因素，但殖民联盟的外交官却未能正确理解。政府也没能看清勒雷伊人愿意为此承担何种风险。殖民联盟政府和勒雷伊人打过几次交道，双方关系一直不好——对于一个将你视为早餐中不可或缺的营养成分的种族，怎么可能和他保持良好关系呢？但总的来说，两家还能大路朝天各走一边。但现在，勒雷伊人母星最后一块珊瑚礁即将灭种，他们对珊瑚星矿藏的渴望终于不可遏制，最终挥拳砸在了人类脸上。珊瑚星被他们占领，我们必须发动更加猛烈的袭击，夺回自己的领地。

“形势他妈的不妙，”凯耶斯中尉对各位班长说，“等我们抵达珊瑚星，还会更加不妙。”

我们坐在本排的待命室里，一杯杯咖啡正在变凉，我们一页页翻看暴行记录和来自珊瑚星系的监控信息。没有被勒雷伊人打下来的跃迁无人机发来报告：对方飞船正在源源不断地抵达，有战斗舰艇，也有来运输珊瑚的。珊瑚星大屠杀后不到两天，就有上千艘勒雷伊飞船在珊瑚星上空盘旋，迫不及待地准备开始掠夺。

“这是已知的情况，”凯耶斯把珊瑚星系的地图发进我们的脑伴，“据估计，在珊瑚星系活动的勒雷伊舰艇中，大部分是商业或工业飞船。根据我方掌握的型号规格判断，总数的四分之一，也就是三百艘左右，拥有军事级别的攻防能力，这些有不少是运兵船，防护和火力都较弱。但战舰比我方的更大、更猛。估计地面上有多至十万名勒雷伊士兵，已经开始巩固战线。

“他们预料我们会为珊瑚星而战，但防卫军的最佳情报显示，他们的预估时间是四到六天以后——我们需要这么多的时间调动巨型战舰到跃迁位置。他们知道殖民防卫军喜欢使用压倒性力量，而这需要时间做准备。”

“那么，我们何时开始进攻？”艾伦问。

“十一个小时后。”凯耶斯说。我们都不安地换了个坐姿。

“这怎么可能呢，长官？”隆·扬森问。“那样的话，能投入战斗的飞船要么已经位于跃迁位置，要么在几小时内能进入跃迁位置。加起来能有多少艘？”

“算上莫德斯托号，六十二艘。”凯耶斯说，我们的脑伴随即下载了可用船只的清单。我立刻注意到了汉普顿锚地号，那是哈利和杰西所在的飞船。“还有另外六艘正在加速赶往跃迁位置，但我们进攻时恐怕不能把他们算在内。”

“老天在上，凯耶斯，”埃德·马奎尔说，“敌我舰艇数五比一，就算能全员登陆，地面武装也只有二比一。我还是更喜欢传统的压倒性作战。”

“等我们的巨型战舰就位，敌人也早就做好准备了，”凯耶斯说，“我们的任务是小规模突袭，尽量在现在给他们造成最大损伤。四天后大部队将会跟上：两百艘全副武装的战舰。如果咱们能顺利完成任务，他们轻而易举就能抹平剩下的勒雷伊军队。”

埃德嗤之以鼻：“说得好像咱们还能欣赏到似的。”

凯耶斯凶巴巴地笑了笑。“你也太没信心了吧。诸位，我知道这可不是舒舒服服的月面远足。但我们也不是去送死的。我们不和他们一对一玩命，而是定点进攻几个目标。我们将在半路上突袭勒雷伊运兵船，不让他们继续投入地面力量。我们还将空降士兵，在他们开始采矿前打乱他们的步伐，让勒雷伊人难以在不误伤自己军队和设备的情况下打击我们。只要有机会，我们就要攻击商业和工业飞船，将大规模火力引离珊瑚星轨道，等我方增援部队赶到的时候，前后夹攻勒雷伊人。”

“等等，说清楚地面武装的事情，”艾伦说，“先让士兵登陆，然后用飞船引开勒雷伊人的战舰？我们这些登陆的士兵岂不成了那个啥吗？”

凯耶斯点点头：“至少要孤军奋战三四天。”

“好得很。”扬森说。

“这是战争，白痴，”凯耶斯骂道，“让诸位非常不舒服或者非常不方便，我很抱歉。”

“如果计划失败，他们击落了我们的飞船，那怎么办？”我问。

“那咱们就完蛋了呗，”凯耶斯说，“尽量别让这种假设成真吧。咱们是职业士兵，现在有任务了。受训不就是为了这个吗？计划有风险，但并不愚蠢，而且如果奏效，我们就能夺回珊瑚星，重创勒雷伊人。因此，还是假设咱们能成功吧。这个主意很疯狂，但也有可能实现。各位越是努力，就越有可能成功。明白了？”

大家又不安地换个坐姿。我们并没有完全信服，但也无可奈何。无论愿不愿意，我们都得去。

“六艘也许能参战的飞船，”扬森说，“都是哪些？”

凯耶斯花了半秒钟获取信息。“小石城号，莫比尔号，韦科号，曼西号，伯灵顿号，雀鹰号。”

“雀鹰号？”扬森说，“我操。”

“雀鹰号怎么了？”我问。这个名字不同寻常，因为营级军舰按惯例都由中等规模的城市命名。

“幽灵旅，佩里，”扬森说，“殖民防卫军特种部队。超量级的凶神恶煞。”

“从没听说过。”我说。其实我觉得我听过这个名字，但一时想不起是在何时何地了。

“殖民防卫军只有特殊任务才会出动他们，”扬森说，“他们和其他人合不来。不过，登陆时若是有他们帮忙倒不赖。省得咱们走一趟鬼门关。”

“的确不赖，但多半指望不上他们，”凯耶斯说，“兄弟姐妹们，好坏暂且不论，这场戏咱们唱主角。”

十个小时后，莫德斯托号跃迁进入珊瑚星轨道，没几秒钟，一艘停在近处的勒雷伊巡航舰发射的六枚导弹就击中了我们。莫德斯托号右舷尾部的引擎组四分五裂，飞船脚前头后地翻起了疯狂的跟头。中弹的时候，我的班和艾伦的班已经坐进运兵交通艇，爆炸的冲击力把几个士兵掀翻摔在舱壁上。停机舱里，松脱的设备和各种材料肆意乱飞，击中了另外一艘交通艇，但我们这艘侥幸逃过一劫。还好交通艇被电磁场吸附在舱壁上，没有跟着飞来飞去。

我激活脑伴，检查飞船的情况。莫德斯托号严重受损，勒雷伊人正在扫描我们，下一批导弹显然即将发射。

“该走了。”我对飞行员菲奥娜·伊顿喊道。

“控制室还没有放行。”她说。

“再过十秒钟，第二批导弹就将击中我们，”我说，“那就是他妈的放行令。”

菲奥娜吼叫起来，同样连接在莫德斯托号主机上的艾伦喊道：“导弹升空。二十六秒到达。”

“来得及飞出去吗？”我问菲奥娜。

“走着瞧，”她打开和其他交通艇联络的频道，“我是六号交通艇的飞行员菲奥娜·伊顿。三秒钟后我将执行紧急出港程序。祝各位好运。”她扭头对我说：“系上安全带。”然后按下一个红色按钮。

一道强光勾勒出舱门的轮廓，舱门飞了出去，空气逃逸时的咆哮声淹没了门被炸开的轰然声响。没有固定住的东西都被吸了出去。星空随着莫德斯托号的转动而飞速旋转，看得我头昏眼花。菲奥娜向引擎输出动力，等了一小会儿，让杂物先飞出舱门，随即切断固定交通艇的电磁场，驾着小船冲出舱门。出舱的时候，菲奥娜手动补偿了莫德斯托号的旋转，但动量稍嫌不足，我们刮着屋顶飞了出去。

我接通发射舱的视频输出。另外几艘交通艇也三三两两地冲出舱门，刚有五艘小船成功脱离莫德斯托号，第二波导弹就击中了飞船，莫德斯托号的旋转轨迹忽然发生改变，把几艘已经脱逃的交通艇撞个粉碎。至少有一艘小船爆炸了，碎片击中摄像机，视频信号随即中断。

“切断脑伴和莫德斯托号的连接，”菲奥娜说，“勒雷伊人能用这东西追踪我们。请口头转告你的手下。”我照办了。

艾伦走到前面来。“后面有几个人受了伤，”他对我们的手下打个手势，“但都不严重。有什么计划？”

“我把航向对准珊瑚星，然后关闭了引擎，”菲奥娜说，“他们多半在寻找喷射尾迹和脑伴传输信号，以便锁定导弹，因此装死也许能争取到足够时间，让我们进入大气层。”

“也许？”艾伦问。

“你还有更好的计划？我洗耳恭听。”菲奥娜说。

“我根本不清楚到底发生了什么，”艾伦说，“所以完全赞同您的计划。”

“刚才他妈的究竟是怎么了？”菲奥娜说，“跃迁刚结束，他们就发动了进攻。他们怎么可能知道我们会在哪儿出现？”

“也许咱们只是在错误的时间出现在了错误的地方。”艾伦说。

“我不这么认为，”我指着窗外说，“看。”

我指的是左舷窗外的一艘勒雷伊巡航战舰，亮光闪烁，导弹齐射。右舷极远处，一艘防卫军的巡航舰陡然出现。几秒钟后，导弹准确地击中了防卫军巡航舰的舷侧。

“不他妈的可能啊。”菲奥娜说。

“他们完全清楚防卫军的船将在哪儿出现，”艾伦说，“我们中埋伏了。”

“怎么可能做到呢？”菲奥娜问道，“究竟他妈的发生了什么？”

“艾伦？”我说，“物理学家。”

艾伦望着受损的防卫军巡航舰，它已经开始倾斜，又一排导弹击中目标。“毫无头绪，约翰。超出我的理解范围了。”

“太糟糕了。”菲奥娜说。

“别丧气，”我说，“咱们遇上大麻烦了，慌乱没有半点好处。”

“你还有更好的计划吗？我洗耳恭听。”菲奥娜重复道。

“我可以访问我的脑伴吗？不连接莫德斯托号的主机。”我问。

“当然，”菲奥娜说，“只要信号别离开交通艇就行。”

我接入傻逼，调出珊瑚星的地形图。“各位，”我说，“今天突袭采矿设施的行动恐怕不得不告吹了。逃出莫德斯托号的人不够多，没法发动像样的攻击。另外，我觉得不是每艘交通艇都能完好无损地落地。菲奥娜，不是每个驾驶员都能像你这么快地回过神来。”

菲奥娜点点头，我看得出她略微放松了些。表扬往往让人愉快，特别是在危急关头。

“那好，新计划是这样的，”我把地图传给菲奥娜和艾伦，“勒雷伊军队主要集中在两个地方，一是珊瑚礁，一是在这条海岸线上的殖民城市。因此，咱们去这儿——”我指着珊瑚星最大一片陆地的正中间，“——躲在山区，等第二波大部队。”

“前提是他们愿意来，”艾伦说，“等我们的跃迁无人机飞回凤凰星，他们就会知道勒雷伊人清楚飞船脱离跃迁的准确地点。知道了这一点，他们就未必肯来了。”

“不，他们会来的，”我说，“顶多不在我们希望的那个时候来。我们必须做好等待的准备。好消息是珊瑚星适合人类居住。我们有的是食物，愿意吃多久都行。”

“我可没心情殖民垦荒。”艾伦说。

“又不是永久性的，”我说，“再说总比另外一个下场强得多。”

“有道理。”艾伦说。

我扭头对菲奥娜说：“想安全着陆，我们有什么可做的吗？”

“祈祷，”她说，“我们现在没有危险，这是因为我们看起来像块太空垃圾，但任何体积大于人体的东西进入大气层，都会被勒雷伊军队追踪到。我们一开始机动飞行，他们就会发现我们。”

“我们能在大气层外停留多久？”我问。

“没多久，”菲奥娜说，“没食物，没水，就算咱们有加强的新躯体也撑不了多久。船上有几十号人，新鲜空气很快就会耗尽。”

“进入大气层多久以后必须打开发动机？”我说。

“等不了多久，”她说，“一旦开始翻跟头就无法恢复控制了。我们会掉下去摔死。”

“那就尽力而为吧。”我说。她点点头。“好了，艾伦，”我说，“通知手下，计划有所改变。”

“出发。”菲奥娜说着点燃了推进器。加速度把我紧紧地钉在副驾驶员的座位上。我们不再向珊瑚星自由坠落，而是瞄准地面径直飞了下去。

“颠簸来了。”菲奥娜说，交通艇冲进大气层，像沙球般当当乱响。

仪表板“叮咚”一声。“主动扫描，”我说，“我们被盯上了。”

“知道。”菲奥娜驾驶飞船向内急转。“几秒钟后就将进入高空云层，”她说，“也许能掩护一下。”

“真的？”我问。

“假的。”她说，但还是飞进了云层。

向东飞了几公里，又是“叮咚”一声。“还在被追踪，”我说，“距离三百五十公里，正在接近。”

“得赶在他们飞到头顶之前尽量接近地面，”她说，“速度和火力我们都占劣势。只能尽量接近地面，希望他们的导弹多击中树木，而不是咱们。”

“太不振奋人心了。”我说。

“我今天不擅长振奋人心，”菲奥娜说，“抓紧了。”我们俯冲下去，势头猛得让我想吐。

勒雷伊的飞船已经在头顶上了。“导弹。”我说。菲奥娜向左一侧，交通艇翻滚着落向地面。一颗导弹飞过头，消失在远处；另一颗在我们掠过一个山头的瞬间击中了山顶。

“漂亮。”我说，话音未落，第三颗导弹就在屁股后面引爆，震得交通艇立刻失去控制，我险些咬掉自己的舌头。第四颗导弹惊天动地，弹片撕裂了交通艇的侧面，我在呼啸的风声中听见了手下士兵的惨叫。

“撑不住了。”菲奥娜拼命调整飞行姿势。交通艇以可怕的高速飞向一小片湖水。“将在水面坠机，”她说，“对不起。”

“你干得不错。”我说，交通艇的机头撞上了湖水。

机头向下撕裂，发出金属弯曲和折断的声音，驾驶舱和船身一分为二。载着我和艾伦手下的机舱旋转着飞出去，我有一瞬间看清了他们，情形宛如一幅静态摄影，他们大张着嘴，喊叫声被其他的噪音吞没，船身轰鸣着擦过已经在水面上开始解体的机头。在难以想象的高速旋转中，金属碎片和器具被甩出机头。一阵剧痛，有什么东西带走了我的下巴。我试图尖叫，呛了一口血，离心力把灰色的智能血甩出伤口。我无意中瞥见了菲奥娜，她的头部和右臂被留在了身后某处。

当的一声金属脆响，我的座位从驾驶舱断了出去。我仰面朝天，滑向一块突出的山岩，座椅慢吞吞地逆时针旋转，椅背在水面上起伏蹦跳。我的右腿撞上那块岩石，动量突然改变，犹如纯酒精般猛烈的疼痛化为一道黄白色的闪电，股骨像椒盐脆饼似的噼啪折断，脚不偏不倚地落在曾经是下巴的地方，我多半成了历史上第一个踢中自己悬雍垂[1]的人。我飞过水边的陆地，终于落在了什么地方，周围的树枝仍在不断掉落，交通艇的乘客舱刚刚从这里穿了过去。一根树枝重重地砸在我胸前，至少弄断了三根肋骨。但我不久前才踢中过自己的悬雍垂，因此这个结尾实在算不上什么。

我望着上方（我没有选择余地），看见艾伦头下脚上挂在半空中，一根折断的树枝刺进他的肝脏位置，支撑住了他的重量。智能血从他的前额滴滴答答地落在我的脖子上。我看见他的双眼抽动几下，认出了我。接着，我的脑伴收到了一条消息。

你看着很惨——他发送道。

我无法回复，只能直勾勾地看着他。

但愿我能看见我将前往的群星——他发送道，然后又发送了一遍，又发送了一遍。此后就没有再发送了。

嘁嘁喳喳的声音。粗糙的趾肉抓住我的胳膊。傻逼辨认出了这种声音，把翻译的结果发送给我。

——这个还活着。

——别管它，很快就死了。再说绿的也不好吃，还没熟呢。

1　悬雍垂：口腔内软腭向下突出的部分，俗称“小舌头”。

喷鼻息的声音，傻逼翻译为（大笑）。

“我了个操，看看这个，”有人说，“狗日的还活着。”

另一个声音，很耳熟。“让我看看。”

静默。还是那个耳熟的声音。“把木头从他身上搬开。带他回去。”

“老天在上，头儿，”前一个声音说，“你看看他，还是给他脑袋上来他妈的一枪吧，对他更仁慈。”

“上面叫我们把幸存者带回去，”耳熟的声音说，“猜猜怎么着？他活下来了。就他一个人活下来了。”

“这副屌样也算活着？”

“说完了没有？”

“完了，长官。”

“很好。搬开树枝。勒雷伊人很快就会追上来。”

睁开眼睛好似举起千钧巨石。有人搬开我身上的树枝，爆炸般的剧痛逼着我抬起眼皮。但我立刻瞪大了眼睛，没有下巴的嘴倒吸一口凉气，权当替代惊叫了。

“天哪！”前一个声音说，这是个金发男人，他扔掉那根粗大的树枝，“他醒着！”

一只温暖的手落在我残存的脸上。“嘿，”耳熟的声音说，“嘿，你没事了。一切都好，你安全了。我们带你回家。你没事了。你没事了。”

她的脸进入视野。我认识这张脸。我和它的主人结过婚。

凯西来接我了。

我哭了。我知道我死了。我不介意。

我开始失去意识。

“你见过这位老兄？”我听见金发男人问。

“别傻了，”我听见凯西答道，“当然没见过。”

我走了。

进入另一个宇宙。

第三部

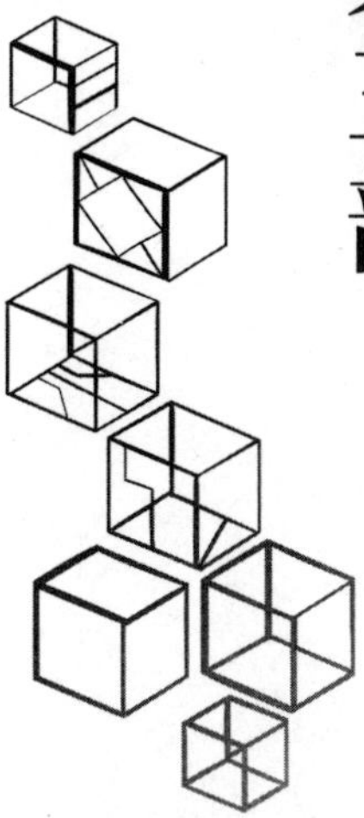

13

“噢，你醒了，”我睁开眼睛，有人对我说，“听着，别说话。你浸泡在溶液里，通过脖子上的插管呼吸。另外，你还没有下巴。”

我扫视四周。我漂浮在温暖的透明黏稠液体里。浴盆外有些东西，但我的眼睛无法对焦。正如对方所说，浴盆内侧的控制板上伸出了一根呼吸管，蜿蜒通向我的脖子。我想顺着它看看自己的身体，但围绕我头部下半截的设备挡住了我的视线。我想伸手去摸，但无法挪动胳膊。这让我非常担心。

“别担心，”那声音说，“我们关闭了你的行动能力。等你从治疗槽出来，我们就给你恢复原样。两三天的事情而已。顺便说一句，你仍旧可以访问脑伴。要是想说话，可以使用脑伴。现在我就在用脑伴跟你沟通。”

我他妈在哪儿——我发送道。我怎么了——

“这里是凤凰星上空的布伦尼曼医疗中心，”那声音说，“全宇宙最好的康复机构。你正在进行深度治疗。我是菲奥里纳医生，从你进来那天就在照顾你了。至于你怎么了，嗯，让我看看。首先，你现在已经恢复正常了，所以请别担心。说完这个，我要告诉你，你失去了下颚、舌头、右耳和大半张右脸。你的右腿从股骨中央折断；左腿粉碎性骨折，左脚缺了三个趾头和脚后跟——我们觉得这些是被咬掉的。好消息是你胸腔以下的脊骨严重受损，因此这些痛苦你大概都没有体验到。说到肋骨，你断了六根，其中一根刺穿了胆囊，导致大量内出血。还有伤口暴露数日导致的败血症和其他几种全身感染和特异性感染。”

我以为我死了——我发送道。至少是快死了——

“你反正已经脱离了生命危险，所以告诉你也无妨。”菲奥里纳医生说，“如果你的身体没有经过改进，你现在确实应该死了。还好智能血维持着你的生命，在你流血致死前凝结了，而且控制住了感染。不过还是险过剃头。如果搜救人员当时没有找到你，你恐怕已经撑不了多久了。他们把你抬回雀鹰号，塞进维生器，一路送到这儿来。他们在船上没法抢救你，你需要特殊治疗。”

我看见我妻子了——我发送道。她在救我的队伍里——

“你妻子也是士兵？”

她已经死了好几年——

“哦，”菲奥里纳医生说，“呃，你当时已经濒临死亡。在那个阶段，幻觉并不罕见。光亮的隧道，死去的亲属，等等。听着，下士，你的躯体还需要大量治疗，让你睡过去更方便我们做事。你在治疗槽里除了漂浮反正也无事可做。我这就把你送回睡眠模式。下次醒来，你就在治疗槽外面了，下巴也长了回来，可以像正常人一样说话。好吗？”

我的班情况如何——我发送道。我们坠机了——

“睡吧，”菲奥里纳医生说，“等你出来我们再聊。”

我刚开始构思一个很能表达愤慨的回答，但一波倦意猛地袭来。我还没来得及想我要多久才能睡着，就已经失去了知觉。

“嘿，看看是谁醒来了，”有个新声音说，“一个笨得连死都不会的家伙。”

这次我不再漂浮在一缸黏液里了。我望过去，看见了声音的主人。

“哈利。”我的下巴没法动弹，只能勉强说话。

“还是那个老哈利。”他微微欠身。

“抱歉，我起不来，”我咕哝道，“受了点儿小伤。”

“瞧您说的，‘受了点儿小伤’，”哈利翻个白眼，“马屁股上的耶稣啊。大半个你都丢在珊瑚星上了，约翰。我知道。我看着他们把你那几块肉从珊瑚星上救回来。听说你还活着，我的下巴险些掉在地上。”

“笑话不错。”我说。

“对不起，”哈利说，“不是存心一语双关的。但我差点没认出你来，约翰，你就是一堆肉块。别误会我的意思，但我当时真希望你已经死了。没想到他们还能把你拼回去。”

“很高兴让你失望了。”我说。

“很高兴我失望了。”他说。这时有人走进了房间。

"杰西。"我说。

杰西绕到床的另外一边，亲亲我的面颊。"欢迎回到生者的国土，约翰，"她后退一步，"看看咱们，又碰头了。三个火枪手。"

"两个半。"我说。

"别那么煞风景，"杰西说，"菲奥里纳医生说你可以完全康复。下巴明天就能长好，不过腿还得多等两天。你很快就能四处溜达了。"

我伸手摸摸右腿。右腿还在原处，至少我感觉它在。我拉开被单仔细一看，的确在：我的腿。好吧，差不多算是我的腿。膝盖底下有条翠绿色的滚边。滚边之上，我的腿看着像是我的腿，滚边之下，我的腿看着像假肢。

我知道发生了什么。我的一个手下曾经在战斗中被炸断了腿，他的腿就是这么复生的。医生把一条富含营养物的假肢接在截肢创面上，然后在弥合区域注射一剂纳米机器人。纳米机器人以你的DNA为引导物，将假肢里的营养物质和原材料转换成肌肉和骨骼，连接上既有的肌肉、神经、血管及其他。那圈纳米机器人沿着假肢逐渐下移，直到假肢完全被转换成骨骼和肌肉组织。任务完成，纳米机器人随着血液进入肠道，随粪便排出体外。

这套方法称不上优雅，但很管用——不需要外科手术，不需要等待克隆肢体，不需要装上笨拙的人工器官，只需要等待几周而已，时间长短取决于断肢长度。我的下巴想必就是这么长回去的，还有现已完好无缺的左脚脚趾和后跟。

"我在这儿躺了多久？"我问。

“你在这个房间躺了一天，”杰西说，“之前在治疗槽里睡了差不多一周。”

“我们花了四天赶到这里，那几天你都在维生器里——你知道吗？”哈利问。我点点头。“被发现前，你在珊瑚星上躺了好几天。因此，加起来你昏迷了两周左右。”

我看着他们两人。“很高兴见到二位，”我说，“别误会我的意思，但你们为啥在这儿？怎么不在汉普顿锚地号上？”

“汉普顿锚地号被击毁了，约翰，”杰西说，“跃迁刚一结束，就挨了他们的迎头痛击。我们的交通艇险些没能飞出停机舱，路上还撞坏了引擎。幸免于难的只有我们这艘船，漂了快一天半才被雀鹰号发现。差点全员窒息而死。”

我回忆起当时见到的场景：勒雷伊飞船在我方巡航舰结束跃迁时发动攻击。不知道挨打的是否就是汉普顿锚地号。“莫德斯托号怎么样了？”我问，“你们知道吗？”

杰西和哈利交换了一个眼神。“莫德斯托号也被击毁了，”哈利最后说，“所有飞船无一幸免，一边倒的屠杀。”

“不可能全死了吧，”我说，“你说雀鹰号救起了你们。我也是他们救回来的。”

“雀鹰号来得比较晚，第一波攻击结束后才到，”哈利说，“结束跃迁的地点离珊瑚星很远。不管勒雷伊人是怎么侦测到我方飞船的，反正漏掉了它，但雀鹰号在你坠机的地方停船时也还是被发现了。好不容易才逃掉。”

“有多少幸存者？”我问。

“莫德斯托号上只有你。”杰西说。

“还有其他的交通艇也起飞了。”我说。

“被击落了，”杰西说，“勒雷伊人干掉了所有大于保鲜盒的东西。我们的交通艇之所以幸免，只是因为引擎死火。他们大概懒得浪费导弹。”

“一共有多少个幸存者？”我问，“不可能只有我和你们那艘交通艇吧。”

杰西和哈利默不作声。

“不他妈的可能吧。”我说。

“我们中了埋伏，约翰，”哈利说，“所有飞船都在跃迁入珊瑚星空域时立刻被击中。不清楚勒雷伊人是怎么做到的，但他们就是做到了，而且接下来还扫除了他们能找到的每一艘交通艇。所以雀鹰号才冒着全员牺牲的风险去救你，因为除了我们，你是唯一的幸存者。只有你那艘交通艇勉强抵达了地面。他们跟着交通艇的信标找到你。你们的驾驶员在坠机前打开了信标。”

我回忆起菲奥娜和艾伦。“损失了多少人？”我问。

“六十二艘满员的营级巡航舰，”杰西说，“差不多九万五千人。”

“我快吐了。”我说。

“所谓瓮中捉鳖，”哈利说，“毫无疑问。所以我们都还在这儿，咱们现在无处可去了。”

“还不止呢，他们没完没了地盘问我们，”杰西说，“好像我们知道什么似的，但飞船被击中的时候，我们已经上交通艇了。”

“他们等你复原等得望眼欲穿，”哈利对我说，“殖民防卫军的调查员很快就会来拜访你。”

“他们是什么样的人？”我问。

“一点幽默感也没有的人。”哈利答道。

“很抱歉，佩里下士，我们没有心情开玩笑，”纽曼中校说，“损失了六十艘飞船和十万士兵，无论是谁都会变得非常严肃。”

可我只是在纽曼问我怎么样的时候回答了一句“粉身碎骨”而已。原以为拿自己的身体开开玩笑没那么不合时宜。看来我错了。

“很抱歉，”我说，“但我不完全是在开玩笑。你估计也知道，我把好大一部分躯体留在了珊瑚星上。”

“那么，你是怎么登上珊瑚星的呢？”哈维娜少校问。她是另一位盘问我的人。

“我大致记得我登上了交通艇，”我说，“但最后那段就只剩我一个人了。”

哈维娜瞥了纽曼一眼，像是在抱怨这家伙怎么说笑个没完？“下士，在你的事故报告中，你说你命令交通艇的驾驶员炸开了莫德斯托号停机舱的门。”

“没错。”我说。昨天夜里，哈利和杰西走后不久，我提交了事故报告。

“谁授权你下这个命令的？”

“我自己，”我说，“莫德斯托号正在接连遭受导弹攻击。我觉得在紧要关头发挥一下个人主动性没什么不好的。”

“你知道全舰队有多少艘交通艇成功出舱吗？”

“不知道，”我说，“但看情况恐怕不多。”

“少于一百，但莫德斯托号占了七艘。”纽曼说。

“你知道有多少艘登上了珊瑚星吗？”哈维娜问。

“据我所知，只有我那一艘。”我说。

“没错。”哈维娜说。

“所以？”我问。

“所以，”纽曼说，“你似乎非常走运，及时炸开舱门，让你的交通艇及时离开，然后又活着登上了珊瑚星。”

我面无表情地盯着纽曼。“你在怀疑我什么吗，长官？”我问。

“你必须承认，这可是一连串的巧合。”哈维娜说。

“绝对是，”我说，“莫德斯托号被击中后，我下令炸门。飞行员受过训练，而且头脑冷静，带着我们驶向珊瑚星，到足够接近地面的地方才中弹，我因此幸免于难。如果你记性够好，应该记得我也险些送命——大半个身子散落在罗德岛那么大的一片区域内。要说走运，我唯一走运的就是在死前被人发现了。其他的都得怪我或飞行员技术好和有头脑。不好意思，我们大概过于训练有素了，长官。”

哈维娜和纽曼交换了个眼神。“我们只是在遵循规范调查罢了。”纽曼轻描淡写地说。

“老天在上，”我说，“想想看，如果我真有背叛防卫军的计划，而且还打算活下去，难道不会想办法保住我那该死的下巴吗？”处在我这种情况，朝长官咆哮几声应该不会受到追究。

我猜对了。“咱们接着说。”纽曼说。

“随便你，接着说。”我答道。

“你说你看见防卫军巡航舰刚跃迁进入珊瑚星空域，就有勒雷伊战斗巡航舰朝它开火。”

“没错。”我说。

“你居然能看见这个，真是稀奇。”哈维娜说。

我叹息道：“你们打算从头到尾都这么问下去？如果你们不是总想着要我承认我是间谍，咱们的进展估计能快不少。”

“说到导弹袭击，下士，”纽曼说，“还记得导弹发射是在防卫军飞船进入珊瑚星空域之前还是之后吗？”

“要我说，就是进入之前的那一瞬间，”我说，“至少看起来是这样。他们很清楚我们的船将在何时何地出现。”

“你觉得真有这种可能性吗？”哈维娜问。

“我不知道，”我说，“直到被袭击前的一天，我甚至都还不知道跃迁引擎的工作原理。就我所知道的，似乎不该存在能预测飞船将在何时何地出现的办法。”

“‘就你所知道的’，这句话是什么意思？”纽曼说。

“艾伦，另一个班的班长——”我没有说他是我的朋友，搞不好会引起他们的怀疑，“——他说跃迁引擎的原理是把飞船送进另一个非常相似的宇宙，无论消失还是出现的概率原本都低得不可能再低。如果真是这样，那似乎就不该存在能预测飞船将在何时何地出现的办法。飞船只会忽然出现。”

“那么，你认为珊瑚星究竟发生了什么？”哈维娜问。

“什么意思？”我反问。

“如你所说，不该存在能预测飞船跃迁路线的办法，”哈维娜说，“因此，我们只可能认为被伏击是因为有人通风报信。”

“又绕回来了，”我说，“你们看，就算真有这么一个叛徒，他又是怎么做到的呢？就算他想方设法通知了勒雷伊人，说我们的舰队马上就到，也不可能预知每艘飞船具体出现在珊瑚星空域的哪个地方——请记住，勒雷伊飞船在等我们。我们正在跃迁进入珊瑚星空域的时候，他们就发射了导弹。”

“那么，还是老问题，”哈维娜问，“你认为珊瑚星究竟发生了什么？”

我耸耸肩。“也许跃迁和我们想象中的不一样，并非那么难以预测。”我说。

“别对盘问太在意了，”哈利递给我一杯从医院餐厅端来的果汁，“‘你活下来了，所以很可疑’这套把戏我和杰西也见识过了。”

“你有什么感觉？”我问。

“妈的，”哈利答道，“我还挺赞同的。实在太可疑了。好玩的是他们似乎并不喜欢这种回答。不过说到底，你也不能责怪他们。殖民联盟这次被干得人仰马翻。要是搞不清楚珊瑚星究竟发生了什么，那麻烦可就大了。”

“好吧，你看问题的角度很有意思，”我说，“你觉得究竟发生了什么？”

“不清楚，”哈利说，“也许跃迁并非那么难以预测。”他喝了一口自己的果汁。

“有趣，我也这么说来着。”

“好吧，不过我的确这么认为，”哈利说，“我不像艾伦那么懂理论物理学，愿上帝让他安息，但我们理解跃迁的理论模型不知哪儿出了错。很显然，勒雷伊人有办法预测我方飞船的跃迁位置，而且精确度极高。他们是怎么做到的？”

“我觉得他们不该有这个能力。”我说。

“说得好。但他们就是做到了。结论显而易见，我们的跃迁模型是错误的。如果观测结果和理论有冲突，那就该把理论扔出窗外。因此，现在的问题是：当时究竟发生了什么？”

“你有什么想法？”我问。

“有几个，但这实在不是我擅长的，”哈利说，“我的数学知识不够。”

我哈哈大笑：“知道吗？没多久以前，艾伦也说过同样的话。”

哈利笑着举起果汁杯。“敬艾伦。”他说。

“敬艾伦，”我说，“以及所有缺席的朋友。”

“阿门。”哈利说，我们一起喝了一口果汁。

“哈利，你说他们把我带上雀鹰号的时候，你也在场。”我说。

“是的，”他说，“一堆烂肉。别在意。”

“没关系，”我说，“还记得带我回来的那个小队吗？”

“略有印象，”哈利说，“但印象不深。我们整个旅程都被隔离在一个区域内。他们把你带上船的时候，我们正好在做体检，我在医疗室看见了你。”

“救我的那个小队里是不是有个女人？”

“是的，”哈利说，“高个子。棕色头发。我能想起来的就这么多了。实话实说，当时我更关注你，而不是把你抬进房间的人。我认识你，不认识他们。怎么了？”

“哈利，我老婆就在救我的那几个人里面。我敢发誓。”

“你老婆不是死了吗？”哈利说。

“我老婆的确死了，”我说，“但那就是她。不是跟我结婚的那个凯西，而是一个防卫军士兵，绿皮肤……”

哈利面露疑色。“你很可能出现幻觉了。”

“是啊，但如果真是幻觉，幻觉里的凯西为啥是殖民防卫军的士兵呢？为什么不是我记忆中她原来的样子呢？”

“不知道，”哈利说，“按照字典上说的，幻觉不是现实。不需要遵守规则。没什么理由禁止你幻觉中的老婆是个防卫军士兵。”

“哈利，我知道这听起来像是说胡话，但我确实看见我老婆了，”我说，“我的身体也许被切碎了，但大脑很正常。我知道我看见了什么。”

哈利呆坐片刻。“我的班在雀鹰号上闷了好几天，”他说，“我们挤在一间休闲室里，无处可去，无事可做——他们甚至不准我们接入船上的娱乐服务器。连上厕所都有人押送。我们只能随便聊天，谈论这艘船的船员，谈论特种部队的士兵。有意思的事情来了：谁也不认识从普通士兵转入特种部队的人。这本身没什么。我们大部分人都还处于服役的最初几年。但还是很有意思。”

“也许必须服役很长时间才有机会进去。”我说。

“有可能，”哈利说，“但还有其他的可能性。他们毕竟有个‘幽灵旅’的名号。”他又喝了一口果汁，把杯子放在床头柜上。“我决定去深入挖掘挖掘。要是我一去不回，记得替我复仇。”

“我尽量，不过得看情形。”我说。

“很好，”哈利咧嘴一笑，“你也做点儿调查吧。你至少还得接受好几次盘问，不妨试试盘问一下他们。”

“雀鹰号怎么了？”紧接着的一轮面谈中，哈维娜少校问。

“我想给他们发个信，”我说，“感谢他们救我一命。”

“没这个必要。”纽曼中校说。

“我知道，但这么做符合礼节，”我说，“想想看，若不是他们，树林里的动物就会把我一个脚趾一个脚趾地吃掉，别的不行，我至少可以发个小小的感谢信吧。实际上，我很想直接发给找到我的那几位弟兄。我该怎么做呢？”

“你做不到。”哈维娜说。

“为什么啊？”我假扮天真。

“雀鹰号是特种部队的飞船，”纽曼说，“他们保持通讯静默。特种部队飞船和舰队其他船只之间的联络受到严格限制。”

“喂，似乎有点不公平，”我说，“我服役一年多了，给其他飞船上的朋友寄信从没遇到过问题。特种部队的士兵再非同寻常，总也想听听宇宙里亲朋好友的消息吧。”

纽曼和哈维娜对视一眼。“跑题了。”纽曼说。

“我只不过想发个信罢了。”我说。

“交给我们吧。”哈维娜说，但听她的语气，其实是在说：想得美。

我叹了口气，然后第二十次叙述我为何要下令炸开莫德斯托号停机舱的门。

“你的下巴怎么样了？”菲奥里纳医生问。

“完全恢复，准备嚼点什么了，”我说，“倒不是说我不喜欢拿麦管吸汤，但喝了一段时间终归有些单调。”

“谨表同情，”菲奥里纳说，“给我看看你的腿。”我掀开被单让他看——那个环已经降到了小腿肚。“非常好，”他说，“你可以开始走路了。尚未长成的部分能支撑住你的体重，动一动对腿部肌肉有好处。等会儿我给你拿个拐杖。我看见有朋友来探视过你。让他们带你吃午饭去吧。”

“求之不得。”我说着稍微活动了一下那条新腿。“跟新的一样。”我说。

“而且更好，”菲奥里纳说，“你入伍以后，我们对防卫军的身体结构又做了几项增强。都放进这条腿里了，躯体的剩余部分也会受益。”

“这让我不得不琢磨一个问题，殖民防卫军为啥不干脆做到底？”我说，“把人类躯体换成完全为战斗设计的什么东西。”

正在用平板电脑看数据的菲奥里纳抬起头。“你一身绿皮，有双猫眼，脑袋里还装了个电脑，”他说，“你还想多不像人类？”

"有道理。"我说。

"当然，"菲奥里纳说，"我让勤务兵拿拐杖来。"他敲敲平板电脑，发送命令。

"哎，医生，"我说，"你医治过雀鹰号上的人吗？"

"没有，"他说，"可千万别，下士，你已经够挑战极限的了。"

"这么说，你没医治过雀鹰号的船员？"

菲奥里纳嘿嘿怪笑："喔，没有。他们是特种部队。"

"所以呢？"

"就这么说吧，他们的需求也很特殊。"菲奥里纳答道，刚说完，勤务兵就拿着拐杖进来了。

"知道你能查出幽灵旅的什么消息吗？我说的是通过官方渠道。"哈利说。

"想必不多。"我说。

"'不多'已经是往大里说了，"哈利答道，"一点都他妈的查不到。"

哈利、杰西和我在凤凰星太空站的食堂共进午餐。这是我第一次离开病房，因此我建议尽量往布伦尼曼的远处走。这个食堂位于太空站的另一边，俯瞰某个小型船坞，没啥风景可看，但汉堡的美味却传遍了整个太空站。事实证明我们确实不虚此行，厨子参军前开过汉堡主题连锁餐厅。这里地方狭小，永远挤满食客。然而，我和哈利的汉堡却在逐渐变凉，因为我们谈论幽灵旅谈论得忘乎所以。

“我问哈维娜和纽曼该怎么给雀鹰号发信，结果被他们挡了回来。”我说。

“不足为奇，”哈利说，“从官面上说，雀鹰号的确存在，但顶多只能找到这么多信息了。查不到船员、尺寸、列装武器和驻守方位。所有信息都不在网络上。我在殖民防卫军的数据库里全面搜索了特种部队和‘幽灵旅’，同样一无所获。”

“这么说，二位什么也没查到。”杰西说。

“喂，我可没这么说，”哈利微笑起来，“找不到官方消息，非官方的消息却可谓车载斗量。”

“你又是怎么找到非官方消息的呢？”杰西说。

“唉，你要知道，”哈利说，“我闪亮的人格常能创造奇迹。”

“求你了，”杰西说，“我在吃东西呢。这比你俩说的话重要多了。”

“那么，你查到了什么？”我咬了一口汉堡，的确美味。

“请先记住，这都是传闻和小道消息。”哈利说。

“言下之意是多半比官方消息更接近事实。”我说。

“多半如此，”哈利赞同道，“最惊人的新闻是，他们雅号‘幽灵旅’确实有其原因。这不是官方称号，你要记住，而是民间别称。我不止在一个人那里听见传闻，说特种部队的成员都是死人。”

“你说什么？”我说。低头吃汉堡的杰西也抬起头来。

“从本质上说，不是真正的死人，”哈利说，“不是回魂尸。有很多应征者在七十五岁生日之前去世。碰到这种事情，殖民防卫军不会把他们的DNA扔掉了事，而是拿来制造特种部队的士兵。”

我脑子灵光一闪：“杰西，还记得利昂·迪克死掉的那时候吗？医生怎么说来着？‘最后时刻志愿加入幽灵旅。’我当时还以为那是什么低级笑话。”

“怎么可以这么做？”杰西问，“完全有悖伦理。”

“是吗？”哈利说，“你申请参军，就给了防卫军权力，他们可以采取任何必要手段强化你的战斗能力，而死人是没有战斗力的。都写在合同里。就算不合伦理，至少也是合法的。”

“话虽这么说，但拿我的DNA制造新躯体供我使用是一码事；脱离我的控制，随便使用我的躯体，这就是另一码事了。”杰西说。

“小差别，小小差别。”哈利说。

“想到自己的躯体在四处乱跑，我就心里不高兴，”杰西说，“我觉得殖民防卫军无权这么做。”

“他们做的难道还少吗？”哈利说，“你知道新躯体都受过深度基因改造吧？特种部队的躯体显然改造得比咱们的更多。特种部队的士兵是小白鼠，先拿他们试验新研究出来的改良和能力，然后再普及推广。据说有些改造非常彻底，躯体被改造得都不像人类了。”

“我的医生说什么特种部队有特殊需求，”我说，“但就算加上幻觉的因素，救我的那些人也还是很像人类。”

“我们在雀鹰号上也没看见变种人和畸形。”杰西说。

“他们不许我们随便走动，”哈利说，“而是把我们封闭在一个区域里，不许我们接触外面的任何东西。我们只看见了医疗室和休闲区。”

“经常有人看见特种部队参加战斗和四处闲逛。”杰西说。

“的确，”哈利答道，“但这不等于特种部队的全体成员都亮过了相。”

“你又犯猜疑症了，亲爱的。”杰西往哈利嘴里塞了一根炸薯条。

“谢谢，宝贝儿，”哈利嚼了起来，“但就算抛开特种部队受过彻底改造的传闻不谈，也已经有足够的证据能解释约翰为啥看见他老婆了。不过，那其实不是凯西。只是有人在使用她的躯体罢了。”

“谁？”我问。

“唉，这就是问题的关键了，”哈利说，“你老婆死了，所以他们不可能把她的人格放进那具躯体。特种部队的士兵要么是什么批量预制的人格——”

“——要么是别人拿这具新躯体换掉了自己的旧躯体。”我说。

杰西打个寒战：“很抱歉，约翰。但的确让人毛骨悚然。”

“约翰？你没事吧？”哈利问。

“什么？哦，没事，”我说，“只是一时间千头万绪想不清楚了。我老婆还活着，但不是真的活着，而是另外有人顶着这具躯体四处走动，这太难以接受了。我还宁可认为当时我是在幻觉中见到了她。”

我望着哈利和杰西。他们都像中了定身法。

“二位？”我说。

"说谁谁到。"哈利说。

"什么？"我说。

"约翰，"杰西说，"她在排队买汉堡。"

我猛然转身，撞掉了我的餐盘。紧接着的感觉像是被人塞进了一桶碎冰。

"天哪。"我说。

那就是她。毫无疑问，那就是她。

14

我正想起身，哈利抓住我的手。“你干什么？”他问。

“找她聊聊。”我说。

“确定你想这么做？”他问。

“你胡扯什么？”我说，“当然确定。”

“我只想说，也许可以让杰西或我先找她聊聊，”哈利说，“看她是不是想见你。”

“妈的，哈利，”我说，“又不是他妈的六年级。那是我老婆。”

“不，约翰，那不是你老婆，”哈利说，“而是彻底不同的另一个人。你连她愿不愿意跟你说话都不知道。”

“约翰，就算她愿意跟你说话，你们也完全是两个陌生人，”杰西说，“无论你想从这次偶遇中得到什么，都不可能如愿以偿。”

“我没想得到任何结果。”我说。

“我们只是不希望你受到伤害。”杰西说。

“我不会有事的，”我看着他们两人，“求你了，哈利，让我去吧。我不会有事的。”

哈利和杰西互视一眼。哈利放开了我的手。

“谢谢。”我说。

“你想跟她说什么？”哈利追问道。

“感谢她救我一命。”我说着站了起来。

这时候，她和两名同伴已经拿到汉堡，在食堂里面的一张小桌坐下了。我左右穿梭，来到那张桌前。他们三个人正在聊天，看见我走近，就都不说话了。她背对着我，注意到同伴抬头看我，于是转过身。我停下脚步，端详着她的面容。

不一样，当然不一样了。除了显而易见的肤色和眼睛，她比我认识的那个凯西年轻得多——这张脸属于半个世纪以前的凯西。但即便如此，也还有不同之处：她比从前的凯西瘦削，这要归功于防卫军在基因中设定的良好身材。凯西的头发总是乱蓬蓬地难以梳理，就算她年岁渐长，其他女人都换成更庄重的发型，她也还是那个样子。我面前这个女人却留着不到衣领的齐耳短发。

最让我不习惯的是发型。我有很久没见过不是绿皮肤的人了，因此肤色没有引起我的注意。可是，这个发型和我的记忆却是天差地别。

“盯着人看很不礼貌，”那女人用凯西的嗓音说，“别急着开口，你不是我喜欢的类型。”

我当然是，有个声音在我脑海里说。

“很抱歉，我不想打扰你，”我说，“你恐怕认不出我了。”

她上下打量我一番。“的确不记得，”她说，“相信我，基本训练的时候咱们不在一起。”

“你救了我，”我说，“珊瑚星。”

听见这句话，她有些动容。“我操，”她说，“难怪我没有认出你。上次看见你，你的脑袋缺了下半边。别介意。还有一点也别介意，因为我实在没想到你居然还活着。我可不敢打赌说你能挺过来。”

“我有必须活下去的理由。”我说。

“显然如此。”她说。

“我叫约翰·佩里，”我伸出手，“不好意思，能请教一下您的名字吗？”

“简·萨根。”她和我握手。我握的时间稍微有点长。等我松开，她露出几分不知所措的表情。

“佩里下士，”她的一名同伴说，他用刚才这几秒钟通过脑伴查询了我的信息，“我们在赶时间，半小时内必须归舰，如果你不介意——”

“你不记得在其他地方见过我了？”我打断他的话，问简。

“不记得，”她开始变得冷淡了，“谢谢你过来问候，但现在我更想吃东西。”

“有件东西我想传给你，”我说，“一幅照片，用脑伴。”

“没这个必要。”简说。

“一幅照片而已，”我说，“传完就走。求你了。”

“好吧，”她说，“快点儿。”

我离开地球时带走的少数几件物品中有一本数码相册，收有家人、朋友和我喜欢的地方的照片。脑伴激活后，我把这些照片都上传进了本地存储空间。回想起来，这个举动非常明智，因为相册和其他来自地球的物品都跟着莫德斯托号消失了——只有一样东西幸免。我找到某张特别的照片，发送过去。我看着她接通脑伴，忽地再次转过头来，瞪着我。

“现在认出我了吗？”我问。

她的动作比普通防卫军士兵更快，她一把揪住我，砰地将我按在旁边的舱壁上。我很确定有根才修复不久的肋骨又断了。食堂另一头，哈利和杰西一跃而起，跑了过来。简的同伴拦住他们。我挣扎着想呼吸。

“你他妈的到底是谁？”简从齿缝里挤出声音，“想玩什么花样？”

“我是约翰·佩里，”我哑着喉咙说，“没想玩任何花样。”

“放屁。照片从哪儿来的？”她逼近我，压低声音，“谁帮你合成的？”

“不是合成的，”我也同样压低了声音，“照片来自我的婚礼。那是……我的结婚照。”我险些说我们的结婚照，但及时控制住了舌头。“照片里的女人叫凯西，是我妻子。她没来得及入伍就去世了。他们取过她的DNA，拿来制造了你。她有一部分在你身上。你有一部分在这张照片里。你有一部分给了我这个。”我举起左手，给她看结婚戒指——这是我唯一还没失去的地球物品。

简咆哮一声，抓起我，扔向房间的另一头。我滑过几张桌子，撞飞了汉堡、调料包和纸巾架，最后落回地面。在这个过程中，我的脑袋撞到了什么突出的金属物，太阳穴渗出血水，但一瞬间就凝固了。哈利和杰西撇下堵住他们的特种部队士兵，朝我跑来。简大步走向我，不过半路上被同伴拦住了。

“听我说，佩里，”她说，“从现在开始，他妈的给我滚远点儿。再让我碰见你，你就后悔当初没让我扔下你等死吧。”她大步走开。一名同伴跟了上去，先前和我说过话的另外那名同伴走向我们。杰西和哈利起身去拦他，他举起双手，表示休战。

“佩里，”他说，“你搞什么名堂？发了什么给她？”

“自己问她，老兄。”我说。

“你要叫我泰戈尔中尉，下士。”泰戈尔看看哈利和杰西。“我认识你们俩，”他说，“汉普顿锚地号上的。”

“是的，长官。”哈利说。

“你们三个给我听好，”他说，“我不清楚刚才到底发生了什么，但有一点我必须说清楚。无论你们搞什么名堂，都别把我们牵扯进去。想怎么吹牛就怎么吹牛，但只要出现了‘特种部队’这四个字，我保证会亲自动手，让你们军旅生涯剩下的时间既短暂又痛苦。我不开玩笑。老子会操爆你们的脑袋。听懂了？”

“懂了，长官。”杰西说。哈利点点头。我喘着粗气。

“带你们的朋友去找医生吧，”泰戈尔对杰西说，“被人把屎都给踢出来了。”他转身离开。

“天哪，约翰，”杰西拿起一张餐巾纸，清理我的头部创口，“你干了什么？”

“发了张结婚照给她。”我说。

“够含蓄的，”哈利左右张望，“你的拐杖呢？”

“大概在她按住我的那面墙附近。”我说。哈利走过去拿拐杖。

“你还好吧？”杰西问我。

“好像断了根肋骨。”我说。

“我不是这个意思。”她说。

“我明白你的意思，”我说，“就目前情况来看，似乎还有别的东西也断掉了。”

杰西用手捧住我的脸。哈利带着拐杖回来。他们陪着我一瘸一拐地走向医院。菲奥里纳医生大为光火。

有人推醒了我。等我看清对方是谁，我开口想说话。她伸手捂住我的嘴。

“安静，”简说，“按理说我不该来。”

我点点头。她松开手。“小声说话。”她说。

“可以用脑伴。”我说。

“不行，”她说，“我想听听你的声音。小声点就行了。”

“好的。”我说。

“今天我很抱歉，”她说，“实在太意外了。遇到这种事情，我不知道该怎么应对。”

“没事，”我说，“都怪我，不该那么冒失。”

“伤得厉害吗？”她问。

“被你打断了一根肋骨。”我说。

“对不起。”她说。

“已经愈合了。”我说。

她前前后后打量着我的脸。“听着，我不是你的妻子，”她忽然说，“我不清楚你认为我是谁，有什么身份，但我绝对不是你的妻子。要不是你今天给我看照片，我都根本不知道有她这个人。”

“总得让你知道你从哪儿来，对吧？”我说。

“为什么？”她气呼呼地说，“我们知道我们是用其他人的基因造出来的，但上头不肯说基因属于谁。有何必要呢？那个人反正不是我们。我们甚至不是克隆体——我的DNA里有些片段甚至并非来自地球。我们是殖民防卫军的小白鼠，没听过这个说法？”

“听过。”我说。

“所以，我不是你的妻子。我来找你就是想说明这一点。我很抱歉，但我不是。”

“没事。”我说。

“好吧，”她说，“行了。我走了。今天把你扔过了整个房间，对不起。”

“你几岁？”我问。

“什么？问这个干什么？”她问。

“好奇而已，”我说，“再说我还不想让你走。”

“我几岁和你有什么关系？”她说。

“凯西去世已经九年了，”我说，“我想知道他们等了多久才把她的基因挖出来制造你。”

“我六岁。”她说。

“你和我遇见过的绝大多数六岁小孩不一样，希望这么说你别介意。”我说。

“显老呗，”她说，等了一会儿，“开玩笑的。”

“我知道。”我说。

“不是每个人都能理解，”她说，“因为我认识的人差不多都是这个年纪。”

“什么感觉？”我问，“我是说，这种生活是什么样的？六岁，没有过去。”

简耸耸肩。“某天我忽然醒来，既不知道我在哪儿，也不知道发生了什么。反正我就在这具躯体里了，而且知道很多事情。知道怎么说话，怎么走路，怎么思考，怎么打仗。他们说我是特种部队的人，现在该接受训练了，还有，我叫简·萨根。”

“好名字。”我说。

“随便选的，”她说，“名字都是常用名，姓氏基本上来自科学家和哲学家。我那个班上有泰德·爱因斯坦，有朱莉·巴斯德。刚开始当然不知道。等他们帮助我们发展出自我认同感，那时候我才逐渐了解自己是怎么被制造出来的。认识的人都没有多少记忆。直到第一次遇到胎生人，我才意识到自己非常与众不同。我们很少有机会遇到他们。两种人界限分明。”

“‘胎生人’？”我问。

“我们对你们这些人的称呼。”她说。

“要是真的界限分明，那你去食堂干什么？”我问。

“我想吃汉堡，”她说，“倒不是禁止来往，只是习惯了而已。”

“就从没琢磨过自己是用谁制造出来的吗？”我问。

“偶尔也会，”简说，“但得不到答案。他们不肯说出我们的原型是谁。要知道，有些人采用了不止一个人的DNA。但原型反正都死了。必须是过世的人，否则政府也不会拿来制造我们。我们也不知道有谁认识他们，他们的熟人如果参军，恐怕也很难遇到我们。胎生人进了宇宙死得很快。我还不知道有谁遇到过原型的亲属，或者丈夫。”

“你把照片给上司看了吗？”我问。

“没有，”她说，“他问了我。我说你发了张自己的照片，已经被我删除了。我的确删除了，这个动作会被记录在案，他就算去查我也不怕。我没有把谈话内容告诉任何人。能再给我一次吗？那张照片？”

“当然可以，”我说，“如果你要，我还有其他照片。如果想了解凯西这个人，我很愿意给你说说。”

简在昏暗的房间里盯着我，模糊的光线让她显得更像凯西了。看着她，我一阵心痛。“不知道，”隔了一会儿，她说，“我也不知道我想了解什么。让我先想想吧。暂时只给我那张照片就行。谢谢。”

“正在发送。”我说。

“我得走了，”她说，“听着，我没来过。要是以后再碰到我，别让人知道咱们见过面。”

“为什么不行？”我问。

“反正很重要就是了。”她说。

"好吧。"我说。

"结婚戒指能给我看看吗？"简说。

"当然。"我摘掉戒指，拿给她看。她小心翼翼地接过去，仔细端详内圈。

"上面写着什么。"她说。

"'挚爱永恒——凯西'，"我说，"她刻了这几个字给我。"

"你们结婚了多久？"她说。

"四十二年。"我答道。

"你有多爱她？"简问，"你妻子，凯西。结婚时间长了，待在一起也许只是出于习惯。"

"有些人的确是，"我说，"但我非常爱她。从结婚那天到现在，我一直爱着她。"

简站起来，再次打量我，然后把戒指还给我，没有道别就离开了。

"快子[1]。"哈利说着走近我和杰西吃早饭的桌子。

"上帝保佑你。"杰西说。

"非常好笑，"他坐了下来，"快子也许能解释勒雷伊人为何能预测我们的跃迁。"

"好极了，"我说，"要是杰西和我知道快子是什么东西，也许还能表现得更加兴奋一些。"

---

1 快子（Tachyon），音近打喷嚏，西方有习俗，打喷嚏时，旁边的人要说"上帝保佑你"。

“快子是一种亚原子奇特粒子，”哈利说，“速度快过光速，沿时间轴逆向运行。迄今为止只存在于理论中，因为你很难追踪一个既比光速快又逆时间运行的东西。但按照跃迁引擎所基于的物理理论推断，快子存在于任何一次跃迁之中：将物质和能量转送进另外一个宇宙，快子则从目的地宇宙返回前一个宇宙。跃迁引擎在转送过程中会产生特别的快子聚集模式。如果你能观测到快子开始按照这个模式聚集，就会知道有一艘带跃迁引擎的飞船正在路上，而且还会知道确切的抵达时间。”

“这是你从哪儿听来的？”我问。

“我和你们俩不一样，没有四处游荡消磨时间，”哈利说，“我在一些有意思的地方交朋友。”

“如果我们知道这个快子聚集模式什么的，以前为什么不做点什么呢？”杰西问，“你的言下之意是我们一直都是活靶子，只是运气好才活到了现在。”

“呃，我不是说了吗？快子到目前为止都只存在于理论中，”哈利说，“这么说都还是轻描淡写了。快子根本不是实在物质，顶多只是数学上的抽象概念，它和我们生活起居的实在宇宙毫无联系。我们所知道的各个智慧种族都没有利用快子做过任何事情，它没有实际用途。”

“只是我们一厢情愿的想法。”我说。

哈利打个赞同的手势。“如果快子猜想正确，那就意味着勒雷伊人的这项科技远远超过我们的研发能力。我们在科技竞赛中落后了。”

“怎么迎头赶上呢？”杰西问。

哈利笑了：“哈，谁说要迎头赶上了？还记得我们在豆杆上初次见面的情形吧？我们谈起过殖民地的科技水平远高于地球，还记得我怎么说那些技术的来源吗？”

“通过接触外星种族。”杰西说。

“没错，”哈利说，“或许是买来的，或许是战利品。依我看，如果真有办法追踪两个宇宙间的快子流，那我们自己多半也能开发出这种技术。但研究需要时间和资源，我们消耗不起，因此，更有可能性的办法是直接从勒雷伊人手里抢夺。”

“防卫军难不成打算反攻珊瑚星？”我说。

“那是当然，”哈利说。“但现在的目标已经不止是夺回珊瑚星了，这甚至不是首要目标。我们的首要目标是搞到他们的快子探测技术，然后找到克制它的办法，或者拿来对付勒雷伊人。”

“上次去珊瑚星，我们被打得很惨。”杰西说。

“我们别无选择，”哈利柔声说，“我们必须获取这项技术。如果它被传播出去，所有种族就都能跟踪殖民防卫军的行动了。毫不夸张地说，我们会比他们晚知道自己的目的地。”

“一边倒的大屠杀。”杰西说。

“这次估计要投入更多的特种部队了。”哈利说。

“说到特种部队。”我把前一天夜里和简见面的事情告诉了哈利，哈利走过来的时候我正在跟杰西说这个。

等我说完，哈利说：“看来她不打算杀你了。”

“和她谈话感觉肯定很奇怪，”杰西说，“就算你知道她真的不是你妻子。”

“更别提只有六岁了。老兄，这够诡异的。”哈利说。

“六岁的影响很明显，”我说，“她在情感上很不成熟，情绪波动的时候似乎不知道该怎么应对。之所以把我扔过整个房间，是因为她不清楚还能怎么处理那一刻的感情。”

“是啊，她只知道战斗和杀戮，”哈利说，“一辈子的记忆和历练能帮助我们稳定情绪。就连普通军队里的青头小兵也有二十年人生经历。实话实说，特种部队都是些儿童士兵。这有点触及伦理底线了。”

“我不想揭你的旧疮疤，”杰西说，“不过，你在她身上看见凯西的影子了吗？”

我想了一会儿。“显而易见，她外形很像凯西，”我说，“我觉得我找到了一丝凯西的幽默感，还有她的暴脾气。凯西也很容易冲动。”

“她有没有把你扔过整个房间？”哈利坏笑着问。

我也咧嘴一笑。“如果她有这个力气，有好几回恐怕是会动手的。”我说。

“基因遗传得分。”哈利说。

傻逼忽然自动激活。佩里下士，那条消息说，请于1000去凤凰太空站艾森豪威尔舱的行动总部，参加基冈将军主持的简报会。切勿迟到。我确认收到，然后把内容告诉了哈利和杰西。

“还以为只有我在有意思的地方交了朋友呢，”哈利说，“约翰，你瞒得我们好苦。”

“我完全不清楚这是为啥，”我说，“从没见过基冈这个人。”

“他只是殖民防卫军第二集团军的指挥官而已，”哈利说，“小人物，小人物。”

“真好笑。”我说。

“现在是0915，”杰西说，“你还是赶紧动身吧。要我们陪你走过去吗？”

“不用了，你们继续吃早饭吧，”我说，“散步有助于我的康复。绕着太空站外圈走两公里就到艾森豪威尔舱了。我能准时赶到。”我站起来，抓起一个甜甜圈准备路上吃，以朋友的姿态亲了亲杰西的面颊，然后转身离开。

事实上，艾森豪威尔舱不止两公里远，但我的腿终于长完全了，我需要锻炼一下。菲奥里纳医生说得对——新腿不止是新，让我感觉精力更加充沛。当然了，我刚刚从重伤中恢复过来，能活下来就已经是个奇迹了。死里逃生的人恐怕都会有精力更加充沛的感觉。

“别转身。”简在我背后咬着我的耳朵说。

我险些被一口甜甜圈噎死。“可别再这么偷袭我了。”我没有转身，好不容易才挤出这句话。

“对不起，”她说，“不是想存心吓唬你的。但我不该和你说话。听着，事情和你要去参加的简报会有关。”

“你是怎么知道的？”我说。

“不重要。重要的是，答应他们的请求。一定要答应。这样才能保证你在接下来的事情中的安全——尽可能地安全。”

“接下来要发生什么事？”我问。

“你很快就会知道了。”她说。

“我的朋友呢？”我说，“哈利和杰西。他们有麻烦吗？”

“我们全都有麻烦，”简说，“我没法帮助他们。我费了很大力气才把你推销出去。照我说的做。很重要。”一只手飞快地碰了碰我的胳膊，片刻之后，我能感觉到她已经离开了。

“佩里下士，”基冈将军向我还礼，“稍息。”

我被带进一间会议室，高级军官济济一堂，军衔上的黄铜加起来足够装饰一艘十八世纪的纵帆船。我无疑是房间里军阶最低的人，而第二低的就已经是中校了。这位中校不是别人，正是我最尊敬的调查员纽曼先生。我不怎么自在。

“小伙子，你看着有点找不到北。”基冈将军对我说。和房间的其他人一样，和防卫军的所有士兵一样，他看着顶多二十五六岁。

“我的确有点找不到北，长官。”我说。

“嗯，可以理解，”基冈说，“请坐。”他指着桌边的一张空椅子说，我走过去坐下。“我听说了你的不少事情，佩里。”

“谢谢，长官。”我尽量不去看纽曼。

“听着怎么不太兴奋呢？下士。”他说。

“我没想出风头，长官，”我说，“只是尽我的本分而已。”

“即便如此，你已经很出风头了，”基冈说，“珊瑚星上空有百来艘交通艇勉强升空，但着陆的只有你那一艘，基本上都要归功于你下令炸开舱门，果断逃生。”他朝着纽曼一竖大拇指。“纽曼一五一十全跟我说了。他觉得应该发你奖章。”

就算基冈说纽曼觉得你应该担纲主演本军今年的《天鹅湖》会演，我恐怕也不可能更加惊讶了。基冈注意到我的表情，咧嘴一笑：“是的，我知道你在想什么。纽曼那张黑脸闻名遐迩，所以他才最适合这份工作。好吧，怎么样，下士？觉得自己配得上这枚奖章吗？”

“恕我直言，长官，配不上，”我说，“我们坠机了，除我以外没有第二个生还者。这很难称得上什么功绩。再者说，成功降落珊瑚星都该归功于我那艘船的机长菲奥娜·伊顿。”

“伊顿机长已获追授，”基冈将军说，“她已经过世，奖章只是个小小安慰，但对于殖民防卫军来说仍然很重要，可以让大家知道，我们记住了她的英勇行为。尽管你很谦逊，下士，但勋章还是要发给你的。珊瑚星战役还有其他幸存者，但都是出于幸运，你却在困境中主动出击，展示了领导才能。另外，你以前也展示过头脑敏捷的特点。对付康苏人的射击程序，在预备排时的领导能力。鲁伊兹军士长特别提及你在最后一场实战演习中使用脑伴的方式。我跟那个狗日的一起服过役。鲁伊兹甚至不会赞扬他老妈把他生了下来，明白我的意思吧？”

“我想我明白，长官。”我说。

“我也这么想。那么，小子，你获得了一枚铜星。祝贺你。”

“是，长官，”我说，“谢谢你，长官。”

“不过，叫你来不是为了这个，”基冈将军朝桌子另一头打个手势，“你大概没见过斯奇拉德将军吧，特种部队的司令官。稍息，不用敬礼。”

“长官。”我还是朝他的方向点了点头。

“下士，”斯奇拉德说，“跟我说说，你对珊瑚星的局势有何耳闻。”

“没什么了解，长官，”我说，“只跟朋友闲聊过几句。”

“真的吗？”斯奇拉德干巴巴地说，“还以为你那位朋友威尔逊二等兵已经跟你全面介绍过了呢。”

我意识到自己本来就不甚出色的扑克脸工夫近来越发退化了。“没错，我们当然听说了威尔逊二等兵的事迹，”斯奇拉德说，“你不妨告诉他，他的打探远不如他想象中那么隐蔽。”

“哈利听了肯定会大吃一惊。”我说。

“毫无疑问，”斯奇拉德说，“我还敢肯定，他也跟你说了特种部队士兵的性质。顺便说一句，这不是什么国家机密，但我们没有把特种部队的信息放进通用数据库。我们把大部分时间都用在了执行高度机密的任务上，很少有机会和其他士兵厮混——而且也没什么兴趣。”

“斯奇拉德将军和特种部队将领导我们在珊瑚星反攻勒雷伊人，”基冈将军说，“想占领这颗行星，首要难点就是找到他们的快子侦测设备，尽量关闭而不是摧毁它，但被逼无奈时也可摧毁。戈尔登上校——”基冈指了指纽曼旁边那位面容严肃的男人，“——认为我们知道它的位置。上校。”

“简单说两句，下士，”戈尔登说，“第一次向珊瑚星发动进攻前的监视结果显示，勒雷伊人在环珊瑚星轨道上部署了一系列小型卫星。我们当时认为它们是间谍卫星，帮助勒雷伊人识别地面的殖民地和军队活动，但我们现在认为它们是监测快子聚集模式的阵列。我们相信解析卫星数据的跟踪站就位于地面，是在勒雷伊人第一波进攻时登陆的。

“之所以认为它在地面上，是因为勒雷伊人会认为那里最安全，”斯奇拉德将军说，“放在船上，就有可能被来袭的防卫军飞船意外击中。你也知道，除了你那艘交通艇外，我们的飞船都未能接近珊瑚星地表。因此追踪站位于地面的可能性非常大。”

我扭头看基冈。“允许我提个问题吗？长官。”

“请说。”基冈答道。

“为什么要告诉我这些？”我问。“我只是个下士，所属的班、排、营一概没有。我不明白为什么要告诉我这些情况。”

“因为你是珊瑚星战役的少数幸存者之一，而且还是唯一一个不是靠运气活下来的人，”基冈说，“斯奇拉德将军和他的人相信，如果有曾经参加过第一次进攻的人提供临场建议和评论，就能提高反击成功的可能性，我也同意。这个人就是你。”

“恕我冒昧，长官，”我说，“我没怎么参与战斗，而且结果很灾难。”

“不比其他人更加灾难，”基冈说，“下士，我不想骗你——我也希望能有其他人选，但非常可惜，事实上并没有。就算你提不出什么建议，作用微乎其微，也总比没有强。再者说，你已经在战场上展示过了临场发挥和迅速反应的能力。你会派上用场的。”

“要我做什么呢？”我问。基冈望向斯奇拉德。

“你将派驻雀鹰号，”斯奇拉德说，“他们这支特种部队应付类似局势最有经验。你的任务是根据你在珊瑚星的经验向雀鹰号的高级军官提供建议和评论，并在需要时担任防卫军常规部队和特种部队之间的联络官。”

“我要参战吗？”我问。

“你是编外人员，”斯奇拉德说，“恐怕很难需要你参与实战。”

“你必须明白，这项任务非比寻常，”基冈说，“任务和人员差异使得特种部队和常规部队基本上从不混合作战。就算在战斗中对上了同一个敌人，两者往往还是各行其是，互不干涉。”

“我明白。”我说。我明白的事情比他们知道的更多。简也驻扎在雀鹰号上。

斯奇拉德像是看穿了我的思路，忽然开口说道：“下士，我知道你跟我的一名手下有过冲突，这个人也驻扎在雀鹰号上。希望这种事情不会再有第二次了。”

“是，长官，”我说，“那件事是个误会，我认错人了。保证不会再发生第二次。”

斯奇拉德对基冈点点头。“很好，”基冈说，“下士，考虑到你的新角色，我认为你的军衔不足以担当这个任务。现在提升你为中尉，即刻生效，请于1500向雀鹰号指挥官科里克少校报到。你有足够时间收拾东西和道别。还有问题吗？”

“没有，长官，”我说，“但我有个请求。”

“真是稀奇，”等我说完，基冈开口道，“换了其他场合，对这两个人，我都不会同意的。”

“我明白，长官。”我说。

“不过，我同意了。说不定能有什么好结果呢。好了，中尉。解散。”

我发出信息，哈利和杰西尽快赶来了。我把我的任命和升职告诉了他们。

“你觉得这是简策划的？”哈利说。

“我知道是她，”我说，“她告诉了我。说不定我还真的能派上用场呢。她多半好好游说了一番。我过几个钟头就要出发了。”

“咱们又要拆伙了，”杰西说，“哈利和我那个排里剩下的人也要被拆开，分派到其他飞船上。我们正在等命令呢。”

“谁知道呢，约翰，”哈利说，“也许会跟你一起反攻珊瑚星。”

“不，不会的，”我说，“我请基冈将军把你们提升出普通步兵队伍，他同意了。你们的第一阶段役期已经结束，很快将得到其他任命。”

“你在胡扯什么？”哈利说。

“你调任殖民防卫军的军事研究部门，”我说，“哈利，他们知道你在四处打探。我说服了他们，这么处理对你对别人都有好处。你将研究我们从珊瑚星带回来的各种东西。”

“我做不到，”哈利说，“我的数学知识不够。”

“这点小事拦不住你，”我说，“杰西，你也去军事研究部，后勤队伍。时间太短，我只能做到这个程度了。不会很有意思，但去了以后可以参加其他内容的培训。你们都可以离开第一线了。”

“这么做不公平，约翰，”杰西说，“我们没有服满役期。排里的战友都将回去战斗，我们没有任何理由留在后方。再说你也要回去。我不想这样。我愿意服满役期。”哈利跟着点头。

“杰西，哈利，求求你们，”我说，“你们看。艾伦死了。苏珊和托马斯死了。玛琪死了。我的班和我的排全死了。除了你们，我在宇宙里所有的朋友全死了。我有机会保住你们的命，我没有放过这个机会。其他人我已经帮不到了，只能为你们做点事情。我需要你们活着。你们就是我在宇宙里的一切。”

“你还有简。”杰西说。

“我还不清楚简对我来说是什么呢，”我说，“但我知道你们对我来说是什么。你们现在就是我的家人。杰西，哈利，你们是我的家人。别生我的气，我只是想让你们活下去。好好活下去吧，就当为了我。”

15

雀鹰号很安静。普通运兵船总是充满了聊天说笑喊叫等各种生活必不可少的人类声音。特种部队的士兵却不在这种事情上浪费精力。

刚登船，雀鹰号指挥官就解释了一番。“别指望他们跟你说话。”科里克少校向前来报到的我说。

“长官？”我说。

“特种部队的士兵，”他说，“并不是针对你，我们只是很少说话。没有外人的时候，我们完全只靠脑伴交流。速度更快，更何况我们不像你们，倾向于口头交谈。我们生下来就有脑伴。别人第一次跟我们说话，用的就是脑伴。因此，我们绝大多数时候都通过脑伴沟通。请别在意。总而言之，我已经命令士兵在有必要和你沟通的时候开口交谈了。”

“没这个必要，长官，”我说，“我也可以用脑伴。”

“你跟不上我们，”科里克少校说，“你的大脑设定在某个速度上，我们的则在另一个速度上。跟胎生人交谈，我们觉得像在用半速说话。和我们说话的时间长了，你会注意到我们转折生硬，用词简略。我们的感觉就像在和迟钝的儿童说话——绝无冒犯的意思。”

“没关系，长官，”我说，“但我跟你沟通似乎没问题。”

“嗯，身为指挥官，我要经常和特种部队之外的人打交道，”科里克说，“另外，我比手下的绝大多数士兵年纪大，学会了不少社交礼仪。”

“请问您几岁了，长官。”我问。

“下周十四，”他说，“好了，明天0600有一场参谋会议。在此之前，你去安顿下来，吃点东西，睡一觉。明天早晨再详谈。”他敬个礼，放我走了。

简在我的舱室里等我。

“又是你。”我笑着说。

“又是我，”她答得很简短，“我想知道你过得怎么样。”

“挺好，”我说，“虽说上船只有十五分钟。”

“我们都在谈论你。”简说。

“是啊，听得出来，到处都是叽叽喳喳的声音。”我说。简开口正要说话，我连忙举起一只手。“开玩笑的，”我说，“科里克少校说了脑伴的事情。”

“所以我才喜欢这么跟你说话，”简说，“和跟别人说话不一样。”

“我好像记得你救我的时候也开口说话来着。”我说。

“当时我们担心被敌人追踪，”简说，“这么做更安全。另外，我们在公众场合也开口说话。不想引来不必要的注意。”

“为什么要安排我上雀鹰号？”我问。

“你对我们很有用，”简说，“你的经验也许能派上用场，一方面是珊瑚星，另一方面是我们备战中的某个要素。”

“这话什么意思？”我问。

“科里克少校明天早上会在简报会上说的，”简说，“我也参加。我指挥一个排，还做情报工作。”

“就只为了这个？”我问，“因为我也许有用？”

“不，”简说，“但想把你弄上船，这是唯一说得通的理由。听我说，我不能跟你待太久。我还有很多准备工作要做。但我想了解她。凯西。她是个什么样的人。我想听你说。”

“我会告诉你的，”我说，“但有一个条件。”

“什么？”简问。

“你得跟我说说你的情况。”我说。

“为什么？”

“因为过去这九年，我一直以为我的妻子已经逝世，现在你却忽然出现，我的脑子里乱哄哄的，”我说，“我对你了解得越多，就越能接受你不是她的这个事实。”

“我没什么可说的，”简说，“更何况我才六岁。根本没时间做任何事情。”

“我去年一年做的事情比我前面那些年的加起来还要多，”我说，“相信我。六年足够了。”

“长官，能做个伴吗？”一位和善的年轻（估计只有四岁）特种兵和四个伙伴端着餐盘立正站在我面前。

“这张桌子没人。”我说。

“有些人喜欢一个人吃饭。”他答道。

“我不是那种人，”我说，“请坐，都坐下吧。”

“谢谢，长官，”他说着把餐盘放在了桌上，“我是萨姆·孟德尔下士。这几位是乔治·林奈二等兵、威尔·黑格尔二等兵、吉姆·玻尔二等兵和扬·费米二等兵。”

“约翰·佩里中尉。”我说。

“嗯，你觉得雀鹰号怎么样，长官？”孟德尔问。

“好地方，很安静。”我说。

“的确安静，长官，”孟德尔说，“我刚才还在和林奈说，我这个月只说了顶多十个字。”

“你刚刚打破了自己的纪录。”我说。

“我们打了个赌，不知道您是否愿意帮我们搞清楚结果，长官。”孟德尔说。

“要不要做什么很吃力的事情？”我问。

“不用，长官，”孟德尔说，“我们只是想知道你的年龄。你看，黑格尔赌你比全班士兵的年龄加起来还老一倍。”

“你们总共多少岁？”我问。

“包括我，全班共有十名士兵，”孟德尔说，“我是最年长的。我五岁半。其他的都在二到五岁之间。总年龄是三十七岁零两个月。”

“我七十六，”我说，“因此他说得对，不过随便哪个防卫军新兵都能让他赢。没到七十五岁的根本不能入伍。还有，我不得不说，年龄比你们全班加起来还要大一倍，这让我非常不是滋味。”

“是的，长官，”孟德尔说，“但另一方面，我们的军龄都至少有你两倍长，所以咱们扯平了。”

“好像是的。”我说。

“肯定很有意思吧，长官，”桌子下首的玻尔说，“参军前你有一整个人生，感觉怎么样？”

“什么感觉怎么样？”我问，“我过去的人生，还是参军前有过一个人生？”

“两方面。”玻尔说。

我忽然意识到，除我之外的这五个人都没有拿起叉子吃东西。刀叉撞击餐盘的拍电报似的声音原本充满了整个食堂，此刻也基本上安静了下来。我回忆起简的话，大家对我都很感兴趣。她显然说对了。

“我喜欢我过去的人生，”我说，“要是没有体验过，恐怕很难觉得那种生活激动人心，甚至连有意思都算不上。但对我来说，那是一段美好的生活。至于在参军前有过一个人生，我当时没怎么想过这个问题。在入伍之前，我根本没思考过军旅生涯会是个什么样。”

“那你为什么选择参军呢？”玻尔问，“总得有点什么概念吧。”

“不，完全没有，”我说，“我不认为我们这些老家伙有谁真的明白。绝大多数人没有打过仗或当过兵。没有谁猜到防卫军会把我们的意识抽出来，塞进一个只有部分来自我们的新躯体。”

“这似乎挺蠢的，长官，”玻尔说，这提醒了我，他大概只有两岁，还不会委婉表达意思，“我想不通，一个人怎么可能完全不清楚要面对什么，却报名加入了某个组织。”

“呃，”我说，“你们从来没有衰老过。未经改造的七十五岁老人比你们更愿意孤注一掷地冒险。”

“能有什么区别呢？”玻尔问。

“这话一听就是永不衰老的两岁士兵说的。”我说。

“我三岁。”玻尔忙着为自己辩护。

我举起手。“喏，”我说，“咱们换个角度。我今年七十六，加入殖民防卫军实属孤注一掷的冒险。但另一方面，那是我本人的选择。我并不是非来不可。如果你们觉得很难理解，那请考虑一下我对你们的看法吧。”我指着孟德尔说。“我五岁的时候，连系鞋带都不太会。如果你们很难想象我这把年纪参军是什么感觉，那就请想象一下，我有多难想象身为五岁的成年人，除了战争一无所知是什么感觉。别的不说，我至少知道防卫军之外的生活是什么样子。你们呢？”

孟德尔看看他的同伴们，他们同样看着他。“我们通常不想这些事情，长官，”孟德尔说，“刚开始，我们甚至不觉得这有什么不寻常的。我们认识的每一个人都以同样方式‘出生’。在我们眼中，你们才不同寻常：有童年，在参军之前有过一个人生。感觉非常缺乏效率。”

“难道就没有想过离开了特种部队会是什么样子吗？”我问。

“我没法想象，”玻尔说，其他人跟着点头，“我们都是士兵。这就是我们的职业。这就是我们的身份。”

“所以我们才觉得你很有意思，”孟德尔说，“这种生活出自你的选择。还存在另外一种生活方式。这些观念对我们来说很陌生。”

“你是做什么的，长官？”玻尔问，“前一个人生？”

“作家。”我说。他们面面相觑。“怎么了？”我问。

“这种生活方式够奇怪的，长官，”孟德尔说，“把文字码在一起就能拿工资。”

“有的是更糟糕的工作。”我说。

“我们没想冒犯你，长官。”玻尔说。

“没有冒犯我，”我说，“你们只是看问题的视角不同罢了。但这倒是让我有些好奇，你们为什么做这个？”

“做哪个？”玻尔说。

“战斗，”我说，“你们要明白，殖民防卫军的大部分士兵都是我这种人。殖民地的居民和你们的差别比我和你们的差别更大。为什么要为他们而战？为什么和我们并肩作战？”

“我们是人类，长官，”孟德尔说，“和你一样是人类。”

“考虑到我的DNA现状，这么说意义并不大。”我说。

“你知道你是人类，长官，”孟德尔说，“我们也一样。你我的关系比你想象中更接近。我们知道殖民防卫军怎么挑选新兵。你在为与你素未谋面的殖民者战斗，他们还曾经是你那个国家的敌人呢。你又是为了什么要为他们战斗呢？”

“因为他们是人类，也因为我承诺过，”我说，“至少刚开始是这样的。现在我不止为了殖民地而战。我的意思是说，虽说的确在为他们而战，但归根结底，我参加战斗是为了我的排和我的班——我过去的排和班。我参加战斗是因为不想让他们失望。”

孟德尔点点头。“这也是我们上战场的原因，长官，”他说，“总算还有一件事情能让你我都成为人类。很高兴了解到这一点。”

“的确。”我赞同道。孟德尔咧嘴一笑，拿起叉子开始吃饭，房间里再次充满叮叮当当的餐具碰撞声。我抬起头，发现简在远处的屋角望着我。

早晨的简报会一开始，科里克少校直奔主题。“防卫军的情报部门认为勒雷伊人名不副实，”他说，“任务的第一部分就是搞清楚他们说得对不对。我们要去拜访康苏人。”

这话让我猛然警醒，而我显然不是唯一的一个。“康苏人和这事情有他妈什么关系？”我左手边的泰戈尔中尉问。

科里克对他旁边的简点点头。“在科里克少校和其他人的要求下，我研究了殖民防卫军和勒雷伊人的其他遭遇战，寻找是否存在技术进步的迹象，”简说，“在过去这一百年间，我们和勒雷伊人有过十二次重大战争和几十次小摩擦，过去五年内，有过一次重大遭遇战和六次小摩擦。在此期间，勒雷伊人的技术曲线明显落后于我方。原因有几个，一点是他们的文化对于技术进步存在系统性歧视，另一点是和技术先进的种族缺乏积极交流。”

“换句话说，他们不但落后，而且故步自封。”科里克少校说。

“举个例子，跃迁引擎技术就特别符合这个描述，”简说，“直到珊瑚星战役之前，勒雷伊人的跃迁技术还远远落后于我方——事实上，他们现在对于跃迁物理学的理解完全基于防卫军一百多年前提供的信息，当时防卫军尝试过和勒雷伊人贸易，但终告放弃。”

“为什么放弃？”会议桌对面的荣格上尉问。

“勒雷伊人吃掉了三分之一的贸易代表。”简说。

“恐怖。”荣格上尉说。

“重点在于，考虑到勒雷伊人的本性和技术水平，他们不可能忽然间从落后那么远的地方蹿到前面去，”科里克少校说，“最有可能的是他们并没有突飞猛进，而是从其他文明那里获得了跃迁引擎预测的技术。勒雷伊人认识的种族我们全都打过交道，有能力做这种事情的只有一个。”

“康苏人。”泰戈尔说。

“正是康苏人，”科里克说，“这群龟孙子能让白矮星俯首听命，不出预料的话，恐怕也把跃迁引擎预测技术踩在了脚底下。”

“他们为啥要和勒雷伊人搞七捻三呢？”会议桌尽头的道尔顿中尉问，“康苏人只在需要活动筋骨的时候才来找我们麻烦，而我们的技术要比勒雷伊人先进多了。”

“康苏人和我们不同，科技不是他们的行为动机，”简说，“我们的技术对他们来说分文不值，就像蒸汽发动机的秘密对我们来说。他们的行为应该另有其他动机。”

“宗教。”我说。所有视线都落在了我身上，我忽然觉得自己像是做礼拜时放了个响屁的唱诗班男孩。“我的意思是，我的排和康苏人打过仗，他们开场时先要祈祷，为这场战斗祝圣。当时我跟一个朋友说，我认为康苏人是在用战斗为这颗星球洗礼。”大家的眼睛瞪得更大了。“当然，我有可能错了。”

“你没有弄错，”科里克说，“防卫军内部对康苏人的战斗原因一直有争论，以他们的技术水平，想也不想就能抹杀整个地区内其他的星级文明。主流观点是他们为了娱乐而打仗，就像我们打棒球和踢足球。”

“我们既不踢足球，也不打棒球。”泰戈尔说。

“说的是其他人，呆子，”科里克笑着说，马上又严肃起来，“但是，防卫军情报部门有相当有分量的几个人认为康苏人作战存在宗教意义，和佩里中尉的看法差不多。勒雷伊人不一定能和康苏人平等贸易，但他们也许有康苏人想要的其他什么东西。搞不好出卖了自己的灵魂。”

“但勒雷伊人本身就是宗教狂，”道尔顿说，“宗教是他们进攻珊瑚星的根本原因。”

“他们有数个殖民地，其中几个不如其他的那么有价值，”简说，“不管是不是宗教狂，拿一个不太成功的殖民地换珊瑚星肯定是桩好交易。”

“对被交换掉的殖民地的勒雷伊人就不够好了。”道尔顿说。

“唔，可惜我不在乎。”科里克说。

“康苏人给勒雷伊人的技术能让他们遥遥领先这部分空间的其

他文明，”荣格说，“康苏人的本事再大，打破一个地区的力量平衡也会遭到反噬。”

“除非康苏人也阴了勒雷伊人一把。”我说。

“什么意思？”荣格说。

“我们认为康苏人给了勒雷伊人制造跃迁引擎侦测系统的专门技术，”我说，“但他们也有可能只给了勒雷伊人一台机器，附带产品手册之类的东西，让勒雷伊人能操作就行。这么做，勒雷伊人得偿所愿，把珊瑚星从我们手上抢过去，而康苏人也没有严重改变这片区域的力量平衡。”

“直到勒雷伊人搞清楚那鬼东西的工作原理。”荣格说。

“按照他们原先的技术水平，那是好多年以后的事情了，”我说，“足够我们揍得他们哭爹喊娘，从他们手上抢走这项技术。如果康苏人真的把全套技术给了他们怎么办。如果康苏人只给了他们一台机器怎么办。如果康苏人根本不在乎这个地区的力量平衡怎么办。不可测的如果实在太多了。”

“为了搞清楚这些‘如果’的答案，我们这就去拜访一下康苏人，”科里克说，“我们已经派了跃迁无人机去通知他们。接下来就看咱们能弄到什么情报了。”

“我们要把哪个殖民地割让给他们？”道尔顿说。很难分清他是不是在开玩笑。

“一个都不给，”科里克说，“但我们有别的东西，也许能诱使他们接见我们。”

“我们有什么？”道尔顿说。

“他。”科里克指着我说。

“他？”道尔顿说。

“我？”我说。

“你。”简说。

“我怎么突然又惊又怕呢？”我说。

“你的双发射击程序让防卫军快速消灭了数以千计的康苏人，”简说，“根据以往经验，如果有曾在战斗中杀死大量康苏人的防卫军士兵随行，康苏人就会非常乐于和这个殖民地使团会面。你的射击程序送许多康苏战士上了西天，他们的死亡显然是你的功绩。”

“你的手上染着八千四百三十三个康苏人的鲜血。”科里克说。

“了不起。”我说。

“的确了不起，”科里克说，“你能让咱们进康苏人的大门。”

“我进了大门会有什么下场？”我问，“要是哪个康苏人杀了八千人类，咱们会怎么对待他？”

“他们和咱们的思路不一样，”简说，“你应该不会有事。”

“好一个应该。”我说。

“另一种可能性是刚在康苏人的空域出现，就被炸个灰飞烟灭。”科里克说。

“我明白，”我说，“下次记得提前告诉我，让我作好思想准备。”

“形势发展得非常快。”简漠然道。我的脑伴忽然收到一条信息：相信我。我看着简，简淡淡地看着我。我点点头，看上去是在赞同她说的话，其实是表示我明白了她的意思。

“等他们倾慕完佩里中尉，我们怎么办？”泰戈尔说。

“如果一切都照着先前的会面步骤来，我们就有机会提最多五个问题，”简说，“具体个数依照我方和康苏人的五对五搏斗决定。双方一一捉对厮杀。康苏人不带武器，我们的战士可以带刀，弥补我们缺少劈砍臂的缺陷。特别需要注意的是，根据我方曾经参加过的这项仪式，康苏人派出的都是罪犯或蒙羞的士兵，需要通过搏斗恢复名誉。不用说，他们打得非常坚决。我们有几个人赢，就能提几个问题。”

“怎么算是赢？”泰戈尔问。

“你杀死康苏人，或者康苏人杀死你。”简说。

“引人入胜。”泰戈尔答道。

“还有一点，”简说，“康苏人要在我们当中挑选格斗者，因此按照礼节，使团人数应该三倍于格斗者。唯一可排除在外的是首领，他们认为这个人类地位崇高，不该和康苏人的罪犯和失败者拼杀。”

“佩里，你就是使团首领了，”科里克说，“只有你杀了八千只该死的甲虫，按照他们的逻辑，你自然应该是首领。再者说，只有你不是特种部队的士兵，和我们不同，没有经过速度和力量的进一步改造。你要是被选中，多半死路一条。”

“你居然关心我，真是感动。”我说。

“不是这样的，”科里克说，“我们的头号明星要是被低级罪犯宰了，肯定会破坏康苏人与我们合作的机会。”

“好吧，”我说，“有一瞬间我还以为你心软了呢。”

“不可能，”科里克说，“好了。抵达跃迁位置之前，我们还有四十三个小时。使团由四十个人组成，排长和班长全部参加，其他的人由我挑选。从现在到跃迁，诸位必须训练手下士兵的近身格斗技能。佩里，我把使团礼节下载给你了；认真学习，别搞砸了。跃迁后，你和我碰个头，我把我们想提的问题按照优先顺序告诉你。如果顺利，我们能提五个问题，但也得为更少的情况做好准备。各位，行动起来吧。解散。”

在这四十三个小时里，简努力理解凯西这个人。她时常突然出现，提问，听我回答，然后消失，继续忙她的分内事。用这种方式了解某个人的一生，也挺稀奇的。

我正在前舱休息室研究外交礼节，她说：“跟我说说她。”

“她念一年级的时候，我认识了她。”我说，然后不得不解释一年级是什么。接着，我给她讲了记忆中第一件和凯西有关的事情：一二年级同上美术课，内容是用纸做建筑模型，我和她合用一瓶糨糊。她捉到我吃了一小口糨糊，说我很恶心，惹得我打了她，结果她给我留了个黑眼圈。她被停课一天。我们直到初中才再次说话。

“几岁念一年级？”她问。

“六岁，”我说，“和你现在一样大。”

几个小时后，另外一个地方，她又说：“跟我说说她。”

“凯西有次险些跟我离婚，”我说，“结婚十年，我出轨了。

凯西发现后简直暴跳如雷。”

“你和其他人上床关她什么事？”简说。

“其实重点不在上床，”我说，“而是我对她撒谎了。在她看来，和其他人上床只是荷尔蒙导致的缺陷。撒谎则是不尊重她，她不想和一个不尊重她的人继续过日子。”

“最后为什么没离婚？”简问。

“因为尽管出轨，但我还是爱她，她也爱我，”我说，“我们想在一起，所以努力解决了问题。话说回来，过了几年，她也出轨过一次，所以大可以说我们扯平了。后来我们反而过得更融洽了。”

隔了一段时间，简又说：“跟我说说她。”

“凯西做的馅饼好吃得令人难以置信，”我告诉她，“她的樱桃大黄派能让你两腿发软。凯西的馅饼有一年进了俄亥俄州的农展竞赛，州长是裁判。一等奖是西尔斯赞助的新烤炉。”

“她赢了？”简问。

“没，得了第二名，一百美元家居用品店的礼券。但过了一个星期，州长办公室打来电话，州长助理说由于政治原因，一等奖不得不颁给某位重要捐助人的老婆的好朋友，但自从州长尝了一口凯西的馅饼，他就成天赞不绝口。因此，能不能求你再烤个馅饼给他，让他别再唠叨什么馅饼不馅饼的了，行吗？”

“跟我说说她。”简说。

“我第一次知道自己爱上了她是高中三年级，”我说，“学校组织演出《罗密欧与朱丽叶》，她被选中演朱丽叶。我是助理导演，大部分时间不是在搭布景，就是在给阿莫斯太太煮咖啡，阿莫斯太太是负责导演的老师。凯西在台词上遇到了麻烦，阿莫斯太太派我和凯西对台词。接下来的两个星期，每次排练结束，凯西和我就去她家练台词，但大部分时间都在聊别的事情，十几岁的孩子谁不是这样呢？当时其实谁都没多想什么。表演进入带妆彩排，我看着凯西和扮演罗密欧的杰夫·格林说那些台词，不禁万分嫉妒。她说台词的对象应该是我啊！”

“你怎么做的？”简问。

“从星期五晚间到星期天下午一共有四场演出，我总是跑到别处去游荡，而且尽量避开凯西。星期天晚上有全体演职人员的派对，扮演女仆的朱迪·琼斯找到我，说凯西在餐厅的装卸平台哭得死去活来。凯西以为我讨厌她，因为我这四天一直躲着她，而她根本不知道原因。朱迪说如果我不去告诉凯西我爱她，她就找把铁锨敲死我。”

“她怎么知道你爱上凯西了？”简问。

“十几岁的少年若是爱上了谁，除了当事人之外恐怕无人不知，”我说，“别问我为什么。事情就是这个样子。于是我去了装卸平台，看见凯西孤零零地坐在那儿，两条腿在平台外面荡啊荡。那天是满月，月光洒在她脸上，我觉得她从来没有那么漂亮过。我的心都快爆炸了，因为我知道，我百分之百地确定，我爱上了她，而且怎么也说不清究竟有多爱她。”

“你是怎么做的？”简说。

“我作弊了，”我说，“因为我凑巧记住了一大段《罗密欧与朱丽叶》的台词。我走向坐在平台上的她，背诵了第二场第二幕的大部分念白。‘轻声！那边窗子里亮起来的是什么光？那就是东方，朱丽叶就是太阳！起来吧，美丽的太阳……’这些句子我早就知道，但直到此刻才真正理解。等我背完，我走过去，第一次吻了她。她十五，我十六，我知道我会娶她，厮守一辈子。”

就在跃迁进入康苏人的空域之前，简说：“跟我说说她是怎么去世的。”

“星期天早晨，她在做华夫饼，找香草的时候中风了，”我说，“当时我在客厅里。记得她自言自语说她把香草放在哪儿了，可片刻之后，我听见‘咔嚓’一声，然后是一声闷响。我跑进厨房，看见她躺在地上，浑身抽搐，倒下时在厨台边缘撞了头，正在流血。我抱住她，打了急救电话。我拼命给她止血，说我爱她，一遍一遍地说。医护人员赶到，把她从我怀里拖走，让我坐上救护车，在去医院的路上握着她的手。她在救护车上咽气，当时我就握着她的手。我看着她眼中的光熄灭，但我还是一遍一遍说我有多爱她，直到进了医院，医生把她推走。”

“为什么那么做？”简问。

“我想保证她听到的最后一句话是我有多么爱她。”我说。

“失去你爱的人是什么感觉？”简问。

“我也死了，”我说，“只是在等待躯壳跟上。”

“现在还是这样吗？”简说，“我是说，在等待躯壳跟上。”

“不，不再是了，”我说，“终究还是会活下去的，只是进入了另外一段人生。”

“这么说，你现在这是第三段人生了。”简说。

“应该是的。”我说。

“觉得这次人生怎么样？”简问。

“很喜欢，”我说，“喜欢身边的人。”

窗外的星辰重新排列，飞船已经进入康苏空域。我和简默然安坐，融入笼罩全船的静寂。

16

“你们可以称我大使，尽管我配不上这个头衔，”对面的康苏人说，“我是罪犯，在帕恩殊战役中令自己蒙羞，因此我被迫用你们的语言和你们交谈。如此屈辱令我渴望死亡，在重生前必须得到应有的惩罚。希望经过这些步骤，我能被视为不再那么毫无价值，由此获准死去。以上就是我不惜玷污自己，和你们说话的原因。”

“我也很高兴遇见你。”我答道。

我们站在一个足球场大小的拱顶大厅中央，这地方是康苏人不到一小时前建成的。人类当然不得踏上康苏人的土地，就连康苏人或会再次造访的地方也不行。得知我们抵达，自动机器在康苏空域的一个区域建起了这座拱顶大厅，这片区域早就被隔离出来，专门用以接待不受欢迎的访客。等双方磋商结束，拱顶大厅将会内爆，然后飞向最近的黑洞，免得它的哪个原子污染了我们这个宇宙。我觉得最后这招有点儿用力过猛了。

“我们知道你们想问几个和勒雷伊人有关的问题，”大使说，“也知道你们愿意参加我们的祭典，赢得提问的荣誉。”

“是的。”我说。我背后五十米处，三十九位特种部队的士兵身穿全套战斗服，立正站好，现有情报说康苏人不觉得这是什么平等会晤，因此没必要按照外交礼节着装。另外，我们中的每个人都有可能被选中参战，必须为上阵搏杀做好准备。我稍稍打扮了一下，这是我的主意。要我担当这个小小使团的领袖，好歹得有个样子才行。

康苏人背后同样的距离处，站着五个康苏人，一人两柄模样吓人的长刀。不问也知道他们是来干什么的。

“我伟大的人民知晓你们正确地发起了请求，举行我们的祭典，并且按照我们的要求出现在了这里，”大使说，“但是，如果你们没有带来那个遣送我方勇士光荣往生的人，我们仍旧会认为这个请求不值得理睬。这个人就是你吗？”

“正是我。”我说。

康苏人停了一会儿，似乎在打量我。“奇怪，一位伟大的勇士竟然是这个模样。”大使说。

“同感。”我答道。我们得到的情报说，康苏人一旦接受请求，就会信守承诺。只要我们肯按照惯例捉对厮杀，在磋商现场再怎么表现都无关紧要。因此，我也就欣然油嘴滑舌起来。事实上，按照情报部门的看法，康苏人更喜欢我们这个样子——这能增强他们的优越感。道理我不懂，管用就行。

“五名罪犯已被选出，和你们的士兵对战，”大使说，“人类缺少康苏人的身体特征，因此我们为你们的士兵提供刀具，愿意的话，敬请使用。刀在我方格斗者的手中，他们把刀递给你们的哪个士兵，就是选中了这个人格斗。”

“我明白。”我说。

“你方士兵如果活了下来，它可以把刀留下，作为胜利的象征。”大使说。

“谢谢。”我说。

“我们没有兴趣回收不洁的东西。”大使说。

“懂了。”我说。

“战斗过后，我们会回答你们争取到的问题，”大使说，“现在开始选择对手。”大使发出能让柏油逃离路面的尖锐叫声，背后的五个康苏人抽出刀，向前经过大使和我，走向我们的士兵。谁也没有畏缩。这就叫有纪律。

康苏人没花多久就选定了对手。它们径直上前，把刀递给正对它们的人。在它们眼中，我们都是一个样子。五把刀递给了跟我吃过饭的孟德尔下士、乔·古德尔二等兵、珍妮弗·阿奎那二等兵、弗雷德·霍金中士和简·萨根中尉。他们一言不发地接过刀。康苏人退回大使身后，我们的其他士兵后退几米，被选中的人留在原处。

“你们依次战斗吧。”大使说，然后退回它的斗士背后，只留下我站在中央，左右两边十五米处各有一排斗士，耐心等待着杀个你死我活。我走到一旁，但仍旧留在两排斗士之间，指了指离我最近的人类士兵和康苏人。

“开始。”我说。

康苏人展开它的劈砍臂，改造成扁平模样的硬甲锋利若剃刀，再次露出底下状如人类手臂和手的较小附肢。震天吼声刺透拱顶，它迈步上前。孟德尔下士扔掉一把刀，左手握住另外一把，直直地走向康苏人。到了相距三米的地方，令我眼花缭乱的战斗开始了。十秒钟，孟德尔下士的胸口挨了一记横劈，伤口深可见骨。康苏人也不好过，头部和硬甲相接的柔软部位深深地镶着一把刀。孟德尔刚才抢进了康苏人的怀里，硬吃对方一劈，换得机会，干净利落地刺中了康苏人最显眼的弱点。孟德尔扭动刀锋，猛地一提，切断康苏人的神经索和几条主要血管，康苏人抽搐片刻，瘫倒在地。孟德尔拔出刀，用右臂压住侧肋，回到特种部队的队伍中。

我示意古德尔和他的康苏人对手开始。古德尔龇牙一笑，迈着轻快的舞步出列，双手持刀，刀尖向下，刀锋向后。康苏人大吼一声，展开两条劈砍臂，一头冲了过来。古德尔也迎上去，却在最后一瞬间倒地滑行，做了个跑垒员滑垒的动作，溜到康苏人的身下。康苏人挥臂砍落，连同左耳切掉了古德尔头部左边的好大一块肉。古德尔扬刀上挥，砍掉康苏人的一条几丁质支撑腿；那条腿像龙虾螯钳似的噼啪断裂，垂直于古德尔的前进方向飞了出去。康苏人身体一歪，倒了下去。

古德尔以臀部为轴，回转半圈，抛起双刀，一个后滚翻，双脚落地，恰好赶在双刀坠落前一把接住。他头部的左半边成了一大口灰色硬结，但脸上仍旧挂着笑容，他扑向拼命想起身的康苏人。康苏人挥舞劈砍臂的动作慢了小半拍，古德尔原地回旋，反手突刺，第一把刀像长矛似的刺进它的背甲，再一转，还是反手突刺，第二把刀扎进康苏人的胸甲。古德尔转了一百八十度，面对康苏人，抓住两把刀的刀柄，狠命一拧。被切碎的内脏从康苏人的胸口和背后喷出来，它猛一抽搐，倒下去再也没起来。古德尔笑呵呵地跳着快步舞归队。他显然玩得挺开心。

阿奎那二等兵没有跳舞，看模样也不像玩得很开心。她和康苏人警觉地绕着对方转圈，等了足足二十秒，康苏人终于沉不住气，率先扑向对手，它举起劈砍臂，像是要刺穿阿奎那的腹部。阿奎那向后一仰，没站稳，摔倒在地。康苏人跳到她身上，左劈砍臂刺穿她左臂桡骨和尺骨之间的软肉，将左臂钉在地上，右劈砍臂则伸向她的咽喉。康苏人动了动后腿，摆正姿势，准备一下砍掉阿奎那的头颅。为了能使得上劲，它把右劈砍臂稍稍向左拉开。

康苏人挥臂下劈，就在最后一刻，阿奎那闷哼一声，把身体朝对方的来势方向猛地一挣，左臂和左手的软组织和肌肉登时四分五裂，她又加了两分力气，撞进康苏人怀里。阿奎那旋转身体，挥刀突刺，连同右手一起捅进康苏人的硬甲。康苏人想推开她，但阿奎那用双腿夹住了对方的上腹部，就此挂在那里。康苏人临死前在阿奎那的背上连续捅了几下，但劈砍臂在距离自己太近的时候用不上力气。阿奎那勉强甩开康苏人的尸体，走向特种部队的士兵，中途不支倒地，不得不被队友抬走。

我现在明白我为什么不能参加格斗了。尽管特种部队士兵的速度和力量都远超于我，但这两者并不是最主要的问题。他们的战斗策略来自对“可接受的损失”这个概念的迥异理解。普通士兵不可能像阿奎那刚才那样牺牲肢体——七十多年的定见让普通士兵认为四肢不可替代，失去其中之一可能会死，因此千万别弄断。这对特种部队的士兵就不是问题了，他们一向知道失去的肢体还能再生，而且也清楚自己对创伤的承受力远高于普通士兵所能理解的。倒不是说特种部队的士兵毫无畏惧，只是恐惧感产生的时间比常人要晚得多。

我示意霍金中士和他的康苏对手开战。这次的康苏人没有展开劈砍臂，而是走到拱顶中央，等待对手上前。霍金猫着腰，小心翼翼地前进，步步为营，判断着出手的最佳时刻：前一步，停下，侧一步，停下，前一步，停下，再前一步。就在他某次深思熟虑之下迈出谨慎的一小步时，康苏人突然像臭虫似的弹起来，两条劈砍臂同时刺穿霍金，挑起来扔向空中。霍金掉下来的时候，康苏人恶狠狠地又是一劈，砍掉了他的脑袋，身体被拦腰一分为二。躯干和双腿朝不同方向飞去，脑袋落在康苏人面前。康苏人端详片刻，伸出劈砍臂，用尖头刺穿霍金的脑袋，使劲扔向人类。脑袋撞在地面上，发出湿乎乎的声音，弹起来旋转着飞过众人头顶，一路上泼洒着脑浆和智能血。

前四个会合中，简一直焦躁地站在队伍里，带着几分神经质，不停抛接她的匕首。此刻她迈步上前，准备开始拼杀，她的对手，最后一名康苏战士也一样。它盛气凌人地向前走了一大步，大幅度挥舞两条劈砍臂，发出的叫嚣声足以震碎拱顶，让大家都被吸进太空。它的下颚张得出奇地宽大。三十米外，简眨眨眼，运足力气，瞄准张大的下颚抛出一把匕首，劲道之猛，刀刃径直穿出康苏人的后脑勺，头部的硬甲卡住了刀柄。震天狂吼戛然而止，出乎意料地变成了一只大肥虫被鲜血和匕首呛死的咯咯声。那家伙伸手去拔刀，还没完成这个动作就一头栽倒，发出最后一声湿漉漉的吞咽声。

我走到简面前。“匕首似乎不是这么用的吧。”我说。

她耸耸肩，抛接着剩下的一把刀。“没人说不能这么用。”她答道。

康苏大使绕过倒下的康苏人，轻快地走向我们。“你们赢得了提四个问题的权力，”它说，“现在问吧。”

四个问题超出了我们的预期。我们指望三个就不错了，也为两个做了准备。我们原以为康苏人会更难对付一些。当然了，牺牲一名士兵，其他人丢掉几个零件，这无论如何也算不上大获全胜，但得到了想要的结果才最重要。虽说比不上五个，可四个问题已经让我们大喜过望了。

“康苏人是不是向勒雷伊人提供了跃迁引擎的探测技术？”我问。

“是的。”大使说，但没有继续解释。没关系，我们本来就不指望康苏人能在给出必要答案之外多做解释，再说大使的答案已经给接下去的问题提供了信息。勒雷伊人的技术来自康苏人，意味着他们非常有可能并不清楚其工作原理。我们不需要担心勒雷伊人扩大使用范围，或者把这项技术卖给其他种族。

“勒雷伊人有多少台跃迁引擎探测仪？”我们原先想问康苏人向勒雷伊人提供了多少台探测仪，但考虑到勒雷伊人搞不好又制造了几台，因此还是问总数为好。

“一台。”大使答道。

“人类所知的其他种族中，有多少个拥有探测跃迁引擎的能力？”这是第三重要的问题。我们认为康苏人知道的种族比人类多，因此泛泛地问有多少个种族掌握这项技术对我们没有用处。同样的，问他们把这项技术给了哪些种族也毫无意义，因为其他种族也有可能自己研究出这项技术。宇宙间并不是每项技术都来自更先进的种族，大家时不时也都会自己鼓捣点儿东西出来。

“没有。”大使答道。又是个幸运的消息。别的不说，至少让我们有时间研究应对手段了。

“你还能提一个问题。”简把我的注意力引回大使身上，它站在那里，等待着我的最后一个问题。妈的，我心想，豁出去了。

“康苏人能荡平这片宇宙里的绝大多数种族，”我说，“为什么不这么做？”

“因为我们爱你们。”大使说。

“你说什么？”我说。这已经是第五个问题了，康苏人并无回答的必要，但它还是说了下去。

“我们珍视一切拥有昂卡特潜能的生命——”“昂卡特”这个词的音调像是挡泥板刮砖墙，“——它指的是参与伟大的重生循环，”大使说，“我们照顾你们，照顾所有低等种族，为你们的星球祝圣，这样所有居住在那里的人就可以在循环中重生了。我们察觉到了我们在你们的成长中应负的责任。勒雷伊人认为我们之所以提供你们刚才所问的技术，是因为他们把一颗星球给了我们，但事实并非如此。我们看到了让你们两个种族接近完美的机会，于是怀着欣喜的心情实现了它。”

大使展开劈砍臂，露出来的附肢张着双手，像是在恳求什么。“你们值得加入我们的时间已经临近。今天你们还不洁净，即便得到怜爱，也依然需要被斥责。但你们应该满足，因为解救的日子就在眼前。我用你们的语言和你们交谈，玷污了自己，现在就要赴死，但我帮助你们朝着伟大轮回上的位置更近了一步，故而能在循环中重新得到位置。我蔑视你们，我爱你们，你们是我的诅咒，你们是我的救赎。离开吧，让我们毁掉这个地方，庆祝你们的成就。走吧。”

“我不喜欢这样，”在接下来的简报会上，我和其他人叙述完经历，泰戈尔中尉说，“一点也不喜欢。康苏人把技术给了勒雷伊人，目的就是让勒雷伊人好好整治我们一场。天杀的虫子就是这么说的。把我们像木偶似的随便操弄。他们这会儿说不定正在对勒雷伊人说我们就要反击了。”

“没这个必要，”荣格上尉说，“勒雷伊人有跃迁引擎探测技术。”

“你明白我的意思，”泰戈尔答道，“康苏人不打算帮我们的忙，因为他们显然希望我们和勒雷伊人拼个你死我活，好让我们‘进步’到另一个宇宙水平上去，谁知道这他妈的是什么意思。”

“既然康苏人不打算帮咱们的忙，那就别浪费时间谈论他们了。”科里克少校说，“我们也许在按照他们的计划往前走，但请记住，他们的计划碰巧和我们的计划在一定程度上相一致。我不认为康苏人在乎胜利者是我们还是勒雷伊人，因此，请集中精神思考我们打算做什么，而不是康苏人打算做什么。”

我的脑伴“咔嗒”一声打开，科里克发送了珊瑚星和勒雷伊母星的地图。“勒雷伊人的技术是从别人那儿借来的，因此我们有机会同时对珊瑚星和他们的母星发动迅猛攻势，”他说，“就在我们谈论康苏人的时候，防卫军的飞船已经抵达了跃迁位置。我们有六百艘飞船已经就位，随时准备跃迁，这差不多是全军的三分之一战斗力。听完我们的汇报结果，防卫军就将向珊瑚星和勒雷伊母星同步发起突袭。计划的重点是夺回珊瑚星，同时压制住有可能增援的勒雷伊部队。打击母星是为了毁掉停在那里的飞船，强迫太空中的其他勒雷伊飞船作出抉择，要么增援珊瑚星，要么救援勒雷伊母星。

“两场进攻是否能成功，都取决于一件事情：敲掉他们预知我们跃迁的能力。这意味着占领追踪站，关闭探测仪，不能毁掉它。殖民防卫军需要追踪站里的技术。勒雷伊人也许搞不懂那东西，但我们在技术曲线上遥遥领先。除非别无选择，否则不能炸毁追踪站。我们的任务是占领追踪站，坚守，直到增援部队登陆。”

“具体要坚守多久？”荣格问。

“同步攻击将在我们进入珊瑚星空域后四小时开始，”科里克说，“增援部队有可能在战斗打响后几小时赶到，但这取决于船对船战斗的激烈程度。”

“我们进入珊瑚星空域后四小时？”荣格问，“而不是我们占领追踪站？”

“没错，”科里克说，“所以，弟兄们，咱们非得拿下追踪站不可。”

“不好意思，”我说，“有个小细节让我很不安。”

“请讲，佩里中尉。”科里克说。

“防卫军的攻击能否成功，取决于我们能否占领可以预测我方飞船跃迁的追踪站。”我说。

“没错。”科里克说。

“而我们跃迁进入珊瑚星空域时，这同一个追踪站也将追踪我们的飞船。”我说。

“没错。”科里克说。

“如果诸位还记得，我曾经搭乘过一艘飞船，它在进入珊瑚星空域时被追踪到了，”我说，“飞船炸得粉身碎骨，除我之外的每一个人都牺牲了。你们就不担心相同的事情会发生在这艘船上吗？”

“我们上次潜入珊瑚星空域时没有被侦测到。”泰戈尔说。

“我知道，因为正是雀鹰号救了我，”我说，“相信我，我感激涕零。可是，我觉得这种把戏只能要一次。但如果我们跃迁到离珊瑚星足够远的地方，确实避开了追踪站的探测，那就需要好几个钟头才能抵达珊瑚星。时间不允许我们这么做。想让计划成功，雀鹰号的进入地点必须离珊瑚星足够近。那么，我很想知道，到底要怎么做才可以既执行计划，又不让飞船被炸成碎片。”

“答案非常简单，”科里克少校说，“我们没有指望飞船不被炸成碎片。按照预测，飞船会在抵达时被炸个稀烂。事实上，计划是否成功就取决于此。”

“你说什么？”我说。我看看四周，原以为会看见跟我一样困惑的表情，但每个人却似乎都若有所思。我觉得这个场景太不正常了。

“高轨道插入，对吧？”道尔顿中尉问。

“是的，”科里克说，“但有过改进。”

我倒吸一口冷气：“你们做过这种事？”

“不完全相同，佩里中尉，”简一开口就吸引了我的注意力，“但答案是肯定的，我们有过让特种部队从飞船直插大气层的经验，通常是因为无法使用交通艇，珊瑚星的情形就是这样。我们穿特制的空降服，能隔绝进入大气层时摩擦产生的热量，除此之外就跟普通空降差不多了。”

“但这次不一样，飞船会被下方火力炸成碎片。”我说。

“这个小问题倒是新出现的。”简承认道。

“你们疯狂得不可救药了。”我说。

“但这战术无懈可击，”科里克少校说，“飞船如果被炸个稀烂，敌人在碎片中看见尸体就不会起疑心了。防卫军刚派跃迁无人机送来了追踪站位置的最新情报，我们可以直接跃迁到珊瑚星上空的最佳降落位置。勒雷伊人会认为他们及时阻止了我们的进攻，在我们发动奇袭之前甚至不会知道我们的存在，等他们知道，一切就都太迟了。”

“前提是有人能逃过最初一轮打击。”我说。

科里克望向简，点点头。“防卫军为我们创造了一些回旋余地，”简对众人说，“他们给带护盾的集束导弹装上跃迁引擎，然后投入珊瑚星空域。护盾一受攻击，导弹就会发射，而勒雷伊人很难拦截我们的导弹。过去两天内，防卫军已经用这种手段干掉了好几艘勒雷伊飞船。勒雷伊人现在会等上几秒钟，先精确锁定来物的轨迹，然后再开火。在雀鹰号被击中前，我们有十到三十秒时间。这段时间不足以让毫无防备的飞船做任何事情，但对我们来说，已经足够让士兵下船了。也许还有时间让机组人员发动一次进攻，吸引勒雷伊人的注意力。”

“机组人员要为此留在船上？”我问。

“我们会和其他人一样穿上空降服，通过脑伴操纵飞船，”科里克少校说，“等第一轮导弹齐射后再弃船。一旦离开飞船，在深入珊瑚星大气层之前，我们都不能使用脑伴。如果使用了，又凑巧被勒雷伊人监听到，那就会暴露我们还活着的事实。风险的确存在，但船上所有人机会均等。顺便说一下你的安排，佩里中尉。”

“我？”我说。

“很显然，飞船被击中的时候，你不会愿意留在船上，”科里克说，“另外一方面，你也没受过执行这种任务的训练，我们也答应过只需要你担任临场顾问。让你参与行动，我们会良心不安的。简报会结束后，我们给你一艘交通艇，再用跃迁无人机把交通艇的坐标和救援请求发回凤凰星。凤凰星永远有救援船驻守在跃迁位置上，他们一天之内就能接上你。但我们会留给你一个月的口粮。交通艇本身也配备了跃迁无人机，在紧急情况下可以使用。”

“怎么？你要甩掉我？”我说。

“不是对你有意见，”科里克说，“总得有人向基冈将军报告形势和我们与康苏人的磋商经过吧，身为我们和防卫军常规武装之间的联络官，你是做这两件事的不二人选。”

“长官，如果你允许的话，我更愿意留下。”我说。

“我们实在没地方收留你，中尉，”科里克说，“你在凤凰星更能为这次行动服务。”

“长官，恕我直言，你的队伍里至少有一个空缺，”我说，

“霍金中士死于我们和康苏人的磋商，阿奎那二等兵丢掉了半条胳膊。行动开始前，你没法补充缺额。我虽然不是特种部队的人，但至少是个有经验的老兵。聊胜于无嘛。”

“记得你说我们疯狂得不可救药。”荣格上尉对我说。

“你们的确疯狂得不可救药，”我说，“如果想让这个计划成功，那你们就需要所有能得到的帮助。另外，长官，”我扭头对科里克说，“请记住，我在珊瑚星失去了所有队友。作壁上观让我心里不好受。”

科里克望向道尔顿：“阿奎那情况如何？”

道尔顿耸耸肩。“给她用了加速痊愈治疗法，”他说，“让胳膊这么快长出来真是疼得人死去活来，但她能在跃迁前恢复正常。我不需要他。”

科里克望向简，简瞪着我。“你说了算，萨根，”科里克说。“霍金是你的士官。你要的话，他就归你指挥。”

“我不想要他，”简直勾勾地看着我，“但他说得对。我缺一个人。”

“好。”科里克说。“那就帮他熟悉情况。”他扭头对我说，“要是萨根中尉认为你赶不上，我们就把你塞进交通艇。听懂了？”

“听懂了，少校。”我也盯着简。

“很好，”他说，“欢迎加入特种部队，佩里。据我所知，你是我们队伍中的第一个胎生人。尽量别搞砸了，否则我向你保证，勒雷伊人绝对不是你要面对的大麻烦。”

简没有等我同意就走进了我的舱室。她现在可以这么做了，因为她是我的上司。

“你以为你他妈在干什么？”她说。

“你们缺一个人，”我说，“我就是一个人。算术你懂的。”

“我把你弄上船是因为知道我能把你送上交通艇，”简说，“你如果被重新编入步兵，就会坐上参与进攻的某艘飞船。特种部队要是没能占领追踪站，你清楚那些飞船和搭乘的士兵会有什么下场。我只知道这么一个能保证你安全的办法，却被你轻易扔掉了。”

“你可以告诉科里克说你不要我，”我说，“你听见他的话了。他很愿意一脚把我踢进交通艇，让我在康苏空域飘啊飘的，直到有人把我捞回去。你没有赶我走是因为你清楚这个计划有多疯狂，你知道你们需要一切能得到的帮助。我不知道我会成为你的手下，简。如果阿奎那无法恢复，我同样有可能接受道尔顿的指挥。要是科里克不说，我甚至不知道霍金是你的士官。我只知道一点：想让计划成功，你就需要能搞到的所有人手。”

“你有什么好担心的？”简说，“这不是你的任务。你也不是我们中的一员。”

“现在难道还不是吗？”我说，“我在这艘船上。多亏你帮忙，我上了雀鹰号。我没有其他地方可去。我的整个连队被炸得粉身碎骨，大部分其他的朋友也都死了。另外，正如你们中的某个人说的，咱们都是人类。妈的，我和你一样，都是在实验室里长出来的。至少这具躯体是。我当然可以成为你们中的一员。因此，我留下来了。”

简忽然爆发。“你根本不知道我们过的都是什么日子，”她说，“你说过你想了解我。你想了解哪个部分？某天忽然醒来，脑子里装着一整个图书馆的信息，从怎么杀猪到如何开飞船全清楚，却不知道自己叫啥，甚至不知道自己有没有名字。想知道那是什么滋味？一个人没有童年，甚至没见过孩童，直到一次踏上某个烧焦的殖民地，见到地上的尸体才晓得孩童是什么。想知道那是什么滋味？还有件事你也许想听听，第一次和胎生人说话的时候，我们都要按捺住打人的冲动，因为你们说话、做事、思考都太他妈慢了，我们都想不通军队为啥要征召你们入伍。

“还有，每个特种部队的士兵都给自己捏造了一段历史。我们知道我们是弗兰肯斯坦的怪物。我们知道我们是用死者的碎片拼凑起来的。往镜子里看，我们知道看见的是别人，我们之所以存在，是因为镜子里的人不存在了——他们和我们永远不可能相遇。因此，我们都尽力想象那是个什么样的人，想象他们的生活、孩子、丈夫或妻子，我们很清楚，这些都不可能属于我们。”

简踏上几步，到了我的面前。“想知道遇见这个女人过去的丈夫是什么感觉吗？看表情就知道他认出了你，但无论你千想万想，自己却没有同样的感觉。你知道他非常想用不属于你的那个名字呼唤你。知道他看着你的时候，见到的是几十年的共同生活，而你对此却一无所知。知道他曾和你在一起，曾进入过你的身体，你去世时曾握着你的手，说他有多么爱你。知道他没法让你变成胎生人，但可以让你拥有连续性，拥有一段过去，了解自己曾是什么样的人，帮助你理解自己的身份。你能想象我有多么渴望这一切吗？我愿意用任何代价保住你。”

她离我更近了，嘴唇几乎贴上了我的嘴唇，但没有接吻的意图。“你和我共同生活的时间，比我和自己共同生活的时间长十倍，”简说，“你守护着我的过去。你无法想象这对我有什么意义，因为你不是我们中的一员。”她退了回去。

我望着她步步后退。“你不是她，”我说，“你亲口对我说过的。”

“天哪，”简怒喝道，“我撒谎了。我就是她，你也知道。如果她还活着，肯定也参加了防卫军，他们会用制造我的DNA制造她的新躯体。我有外星人的基因片段，但你也不完全是人类，她也不会有什么区别。我身上人类的部分和她一样。我缺少的只是记忆。我缺少的只是整个那一段人生。”

简走到我面前，捧住我的脸。“我是简·萨根，我知道，”她说，“过去六年属于我，那六年真实存在。这是我的人生。但我也是凯瑟琳·佩里。我想取回那段人生，而唯一的途径就是通过你。你必须活下去，约翰。没了你，我会再次迷失。”

我伸手去握她的手。“帮我活下去，”我说，“把需要我知道的都告诉我，努力完成这个任务。告诉我该怎么做才能帮助你的队伍。帮助我，简，让我帮助你。你说得对，我不清楚你的感受，不清楚身为你们中的一员的感受。但我知道我不想坐在该死的交通艇里，而你却在上阵厮杀。我也需要你活下去。公平吗？”

“公平。”她说。我握住她的手，吻了一下。

17

这一部分很容易——简发送道。顺其自然就行。

舱门被炸开，爆炸性减压接踵而来，让我想起了上次抵达珊瑚星空域时的情形。希望下次来别再是被这么抛出机舱了。不过，这次舱内没有未经固定的危险物体。雀鹰号的机舱里只有船员和士兵，都穿着臃肿的密闭空降服。我们的脚用电磁片锁定在地板上，等舱门飞远，到了不会误伤人员的地方，电磁片就会切断供电，让逃逸气流把我们送出飞船——货舱事先加过气压，确保到时候还能有足够的推力。

推力的确还很足。脚下的磁场刚关闭，我们就像被巨人从特大号的耗子洞里一把揪了出去。我遵照简的命令，顺其自然，听任自己翻翻滚滚飞进太空。效果不错，因为我们就希望有这个效果：出乎意料地突然被甩进一无所有的太空。就算勒雷伊人观察到，也不会起疑心。我和特种部队的士兵乱糟糟地飞进太空，在寻找下方的过程中享受了一瞬间翻江倒海的眩晕感，所谓下方，就是两百公里外暗沉沉的珊瑚星。我们将要降落的地方，白昼正濒临结束，东方闪着耀眼的强光。

我的自转让我恰好看见雀鹰号有四处同时爆炸，火球位于飞船的另外一面，火焰勾勒出了船体轮廓。感谢真空，没有巨响，也没有热浪，但炫目的红黄火球在视觉上弥补了其他感官的缺憾。我继续自转，看见雀鹰号奇迹般地发射了导弹，导弹飞向视野外的某艘敌船。雀鹰号被击中的时候还有人没离开。继续自转，这次我看见又一波导弹击中雀鹰号，把它炸成两截。还留在船上的人这下死定了。希望他们发射的导弹击中了目标。

我孤零零地落向珊瑚星。附近也许还有其他士兵，但谁也看不见谁。降落服不反光，而且又有命令在进入珊瑚星下层大气前不得使用脑伴。除非我能瞥见有谁挡住哪颗恒星，否则肯定找不到别人。隐踪匿迹对偷袭很有好处，特别是上面还有人在找你的时候。我又下坠了一段距离，珊瑚星的轮廓吞没着一颗颗星辰。

我的脑伴“嘀嗒”一响，该升起防护罩了。我发信同意，一股纳米机器人涌出背上的一个小包。机器人构成的电磁网包裹住我，将我封闭在一个纯黑的球体中，所有光线被隔绝在外。现在我在摸黑坠落了。感谢上帝，我没有幽闭恐惧症，否则这会儿非吓得屁滚尿流不可。

防护罩是高轨道插入的关键。进入大气层时产生的热量能把身体烧成焦炭，防护罩则从两个方面保护士兵的安全。首先，防护罩的球体产生于士兵仍在真空中坠落之时，这能够降低导热率，除非士兵不知怎的触碰到了防护罩与大气层接触的外壳。为了避免这种事情，构成防护罩的电磁场同时也把士兵固定在球体中央，不让他随便乱动。谈不上舒适，但总比被空气分子活活撕烂身体强得多。

纳米机器人吸收热量，把部分能量用于强化固定士兵的电磁网，尽量散去剩余的热量。这层纳米机器人迟早会被烧尽，这时候会有另一批机器人穿过电磁网取而代之。在理想的情况下，保护罩会坚持到你不再需要它为止。我们按照珊瑚星的大气厚度校准过纳米机器人的配给数量，还加了少许余量。但心情紧张还是免不了的。

防护罩开始穿过珊瑚星的下层大气，我感觉到了震颤。傻逼的涡流警告基本等于废话。我在内层小球里咔嗒咔嗒乱转，隔绝层虽说固定住了我的身体，但所留的晃动余地有些过大。有个能把几千度高温直接传给你的球体摆在面前，任何朝它而去的运动，无论多么微小，都会让你心惊肉跳。

珊瑚星地表若是有谁抬头望天，定将看见数以百计的流星划破夜空。即便他对流星的质地有所怀疑，也只会认为是勒雷伊人刚刚击毁的人类飞船的大块碎片。在几万英尺的高空中，一个坠落的士兵和一块坠落的船壳看上去没啥区别。

大气层渐渐稠密起来，阻力减缓了我的速度；几秒钟后，球体不再热得发红，随即完全坍塌，我像小鸡破壳似的被弹了出去。视野中不再是漆黑一团的纳米机器人壁面，而是一个黑黢黢的世界，仅有几个地方被荧光海藻照亮，呈现出珊瑚礁的嶙峋轮廓；除此之外，还有些更刺眼的灯光，那是勒雷伊人的营地，也是从前人类的定居点。我们的目标是后一种光源。

脑伴禁令解除——科里克少校发送道。我吃了一惊，我原以为他和雀鹰号一起罹难了。各排长请报到，士兵随排长整队——

西方约一公里处的几百米上方，简忽然亮了起来——当然不是在现实中闪出霓虹光彩，那是惹来地面部队炮火的好办法，而是通过脑伴标示她的位置。其他士兵或远或近地开始发光，这些人是我的新战友。我们在空中调整方向，朝一个地方聚拢。与此同时，珊瑚星的地表变成了地形图，上面有几个针尖般的光点在发亮，这几个光点靠得很近，正是追踪站及其临近的兵站。

简将大量情报输送给士兵。自从我加入简的排，特种部队的士兵就不再跟我客气，把口头对话换回了平时使用的脑伴交流模式。按照他们的看法，要和他们并肩战斗，就必须遵守他们的规则。过去三天我的沟通恍如一团糨糊。简说胎生人交换信息速度比较慢，这话实在太保守了。特种部队士兵互相传送消息的速度比我眨眼都快。没等我搞清楚第一条消息在说什么，对话和辩论多半已经结束了。更让我痛苦的是，特种部队传递的消息不仅限于文字和语音，他们还利用脑伴传递情感的能力来发送突然产生的情绪，那情形类似于作家使用标点符号。有人说了个笑话，听见的人都会用脑伴哈哈大笑，快乐情绪像是橡皮弹似的穿透脑壳，让我头疼不已。

然而，这的确是更有效率的“说话”方式。简正在描述我们排的任务、目标和战略，所花时间只有普通防卫军指挥官的十分之一。你和战友正在以空降终速落向一颗行星的地表，能用这种手段提点大家可真是好上加好。说来让人惊讶，我居然能跟上简传送信息的速度。我发现秘诀在于停止抵抗，也不再试图按照旧习惯组织这些信息，因为口头传送的信息永远是断断续续的。你只需要像从水龙头喝水那样，张开嘴巴就行了。另外一方面，我不需要说话回应，这同样能帮助我提高理解速度。

追踪站位于一块高地顶端，不远处是被勒雷伊人占领的一个小型人类定居点。这个定居点在一条小山谷里，山谷尽头就是追踪站，原先是定居点的指挥中心及其附属建筑。勒雷伊人选择此处是为了使用人类的输电线路，利用指挥中心的电脑系统、传送系统和其他资源。勒雷伊人在指挥中心内部及周围建筑了防御工事，但实时图像（由科里克的一名参谋提供，她在胸口绑了个间谍卫星）显示工事配备的火力不强，人手也不多。勒雷伊人过于自信，认为跃迁探测技术和太空战舰足以荡平敌袭。

其他几个排分别负责占领指挥中心和寻找并控制电子设备（用于整合来自卫星的追踪信息，加以分析后上传给勒雷伊飞船）。我们排的任务是占领把地面信号传送给飞船的发射塔。如果信号传送硬件也是先进的康苏设备，那就切断发射塔的线路，并抵挡不可避免的勒雷伊人反攻；如果只是普通的勒雷伊技术，那么炸掉就行。

无论是切断线路还是炸掉，追踪站都将停止工作，勒雷伊人只能盲目飞行，无从得知我方飞船将在何时何地出现。发射塔离指挥中心有段距离，比起附近的其他地方来说，兵力较为集中，但我们已经有了计划，能在着陆前消耗他们的兵力。

选择目标——简发送道。目标地区的图层随即出现在脑伴里。红外视图中，勒雷伊士兵和机器闪闪发光，浑然不觉大难将至。我们每个班、每个小队、每个士兵都选定并瞄准了目标。我们会尽可能只击毙勒雷伊人，而不损伤设备，消灭勒雷伊人后，他们的设备也能为人类所用。枪不杀人，杀人的是扣扳机的外星人。选定目标后，我们在空中略略散开。现在只剩下了等待，等待我们降到距地面一公里的高度。

一公里——一千米高的半空中，剩下的纳米机器人组成了机动滑翔伞，随着让人肠胃翻腾的一记猛拉，坠落势头陡然放慢，我们一边下降，一边上下浮动、左右迂回，避免互相碰撞。滑翔伞和战斗服一样有伪装功能，不但转成漆黑夜色，而且隔绝热量。除非你知道你要找什么，否则绝不可能看见我们。

消灭目标——科里克少校发送道，无声无息的降落终结于许多把MP同时倾泻子弹时的震耳枪声。地面上，勒雷伊士兵和工作人员猝不及防，被子弹削掉了脑袋和肢体；他们的同伴只有几十分之一秒去搞清楚发生了什么，相同的命运就立刻落在他们身上。我瞄准的是发射塔附近的三个勒雷伊人，前两个哼都没哼一声就倒下了，第三个抬起枪口，对着黑暗准备射击，但他的判断是我在前方，而非上方。我在它有机会搞清楚之前就消灭了它。不到五秒，室外所有能看见的勒雷伊人悉数毙命，而我们离地面还有好几百米呢。

探照灯亮了，但刚一放光就被我们敲掉。我们朝战壕和散兵坑发射导弹，把里面的勒雷伊人炸成肉酱。勒雷伊士兵涌出控制中心和兵营，顺着导弹的轨迹还击，但我方士兵早已机动飞离了原先的位置，这会儿正忙着消灭在开阔地射击的勒雷伊人。

我找到的着陆点离发射塔不远，命令傻逼计算一条能避开火力的机动路径。就快降落的时候，两个勒雷伊人忽然冲出发射塔旁边的工棚，一边朝着我的大致方向胡乱射击，一边奔向指挥中心。我击中了其中一个的腿，它倒在地上，嘎声惨叫。另一个停止射击，用勒雷伊人肌肉发达的鸟类双腿狂奔。我示意傻逼解除滑翔伞，静电场瞬间瓦解，纳米机器人化为惰性尘埃。我下坠几米，落在地上，就地一滚，起身瞄准正在飞速跑远的勒雷伊人。它沿着一条直线逃窜，没有不停变向、时快时慢，那样可就很难击中了。我只一枪就打中躯干，撂倒了它。另一个勒雷伊人还在我背后惨叫，但忽然扑哧一声就没了动静。转过身，我看见简站在背后，MP还指着勒雷伊人的尸体。

跟我来——她发送道，示意我跟她进工棚。路上又有两个勒雷伊人冲出房门，还有第三个在工棚里开火。简卧倒还击，我追击逃跑的勒雷伊人。他们倒是跑起了之字路线，我只干掉了一个，另一个滚下堤岸，逃之夭夭。简厌倦了和工棚里的勒雷伊人你来我往，于是放了一颗枪榴弹，发闷的惊呼过后就是“轰隆”一声巨响，勒雷伊人的尸块飞出房门。

我们冲进工棚，勒雷伊人的碎肉溅得到处都是，房间里摆着一溜电子仪器，脑伴扫描后确认全是勒雷伊人的通讯器材。这里是发射塔的操作中心。简和我退出房间，朝工棚里乱射导弹和枪榴弹。爆炸的场面蔚为壮观。发射信号已被切断，不过我们还得处理塔顶的传输设备。

简手下的各位班长发来情况报告。发射塔和附近地区均已被占领。勒雷伊人从一开始就没能组织起有效反攻。我们几无伤亡，本排没有人牺牲。战斗的其他几方面也很顺利。最激烈的交火发生于指挥中心，我方士兵逐一搜查每个房间，见一个勒雷伊人杀一个。简派两个班增援指挥中心，让另一个班打扫战场和看管发射塔的设备，最后两个班在四周设立警戒线。

你——她发送道，转身对我指了指发射塔。爬上去，告诉我上面有什么。

我抬头看着发射塔，这是最标准的无线电发射塔：高约一百五十米，除了支起塔顶设备的金属架以外，没有任何其他结构。到目前为止，这是最像样的勒雷伊制品了。他们侵略珊瑚星之前，这座发射塔并不存在，因此肯定是他们在眨眼间搭起来的。这固然只是一座无线电发射塔，但另一方面，你给我在一天之内建造个无线电发射塔看看。塔身的突起组成了通往塔顶的梯子。勒雷伊人的体形和重量与人类相近，因此这梯子也适用于我。我爬了上去。

塔顶的风大得危险，有一坨小轿车大小的天线和仪器。我用脑伴扫描了一下，它把视频图像和勒雷伊技术资料库作了对比。这完全是勒雷伊人的东西。卫星传递下来的数据是在指挥中心进行处理的。希望攻打指挥中心的弟兄们别一不小心炸了康苏人的设备。

我把情况汇报给简。她让我尽快从塔顶下来，免得被碎片砸死。我不需要她说第二遍，连忙爬回地面。刚站稳，几颗导弹就掠过头顶，命中塔顶的那堆仪器。爆炸的冲击力很大，固定发射塔的钢缆“当”的一声断裂了，要是有谁站在钢缆挥舞的范围之内，肯定会被削掉项上人头。发射塔开始摇晃，简命令手下朝塔基开火，导弹很快炸断了金属支架。发射塔先是扭曲变形，然后呻吟着一路坍塌倒下。

指挥中心方向的枪声也停了，传来零零星星的欢呼声；不管那儿有多少勒雷伊人，此刻都已经全体覆灭。我让傻逼显示时间。从我们跳出雀鹰号到现在，一共还不到九十分钟。

“他们完全没料到我们会来。”我对简说，我的声音吓了自己一跳。

简看着我，点了点头，然后望向发射塔。“他们的确没料到。这是好消息，坏消息是他们现在知道了。刚才都是简单的，困难的就快开始了。”

她转过身，开始向全排士兵布置任务。勒雷伊人的反击即将来临。濒死的疯狂反扑。

“想再次成为人类吗？”简问我。这是登陆前的那个晚上，我们正在食堂选餐。

“什么意思？”我笑着说。

“别装傻，”她说，“回到真正的人类躯体里。未经人工改进的躯体。”

“当然，”我说，“我的兵役还剩下八年多点儿。如果到时候我还活着，就退伍找个地方殖民。”

“意味着重新变得孱弱和迟钝。”特种部队的士兵说话总这么直接。

“没那么可怕，”我说，“再说还有其他补偿。比方说，孩子。还有和别人交往的能力，不需要因为他们是殖民地的外星敌人就见一个杀一个。”

“你会再次衰老和死去。”简说。

“应该是的，”我说，“人类谁无生老病死？这个——”我举起一条绿色的胳膊，“——不属于寻常人类，你也知道的。说到死，在防卫军的每一年，我的死亡概率都要高于随便哪个殖民者。从保险业的角度说，当一个未经改良的人类殖民者才更理性。”

“你现在还活着呢。”简说。

“都靠大家照顾，”我说，“你呢？有退伍和殖民的打算吗？”

“特种部队不退伍。”简说。

“你是说不许退伍？”我说。

“不，允许是允许的，”简说，“我们的役期和你们一样，也是十年，但不可能少于十年。问题在于，我们从不退伍。”

“为什么？”我问。

“我们对特种部队之外的任何事情都没有经验，”简说，“我们出生，我们战斗，这就是我们——只擅长战斗。”

“难道没想过有一天不打打杀杀的吗？”我问。

“为什么？”简问。

“呃，一方面，可以极大降低你的惨死概率，”我说，“另一方面，能让你有机会过上你梦想的那些生活。就是你为自己编造的过往历史。普通防卫军士兵在入伍前有过那么一场人生。你可以在退伍后补上。”

“我不知道一个人应该做些什么。”简说。

“欢迎加入人类，”我说，“这么说，特种部队的人都不离开军队？从来没人退伍？”

“我认识两个，”简说，“但他们是一对儿。”

“后来呢？”我问，“去了哪儿？”

“我也不确定，”简含糊其词道，随后换了话题，“明天你紧跟着我。”

“明白。”我说。

“你还是太慢，”简说，“我不希望你干扰其他人。”

“谢谢。”我说。

“很抱歉，”简说，“我知道这么说话不得体，但你也带过兵，知道我担心什么。我愿意承担你有可能带来的风险，其他人没这个责任。”

“我明白，”我说，“我不觉得受到了冒犯。别担心，我能照顾好自己。我还打算退伍呢。想退伍，总得让自己活到那时候才行。”

“做事有目标就是好。”简说。

“必须同意，”我说，“你也该考虑考虑退伍的事情。如你所说，有个让自己活下去的目标很不错。”

“我不想死，”简说，“这个目标足够了。”

“好吧，”我说，“如果你改了主意，我会从我定居的地方寄张明信片给你。欢迎你来做伴。我们可以弄个农场，养养鸡，种种玉米。”

简嗤笑道：“开玩笑吧？”

“不，真心话。”我说。我很清楚我是认真的。

简沉吟半晌，然后说：“我不喜欢种地。”

“你怎么知道？”我说，“你又没种过地。”

“凯西喜欢种地吗？”简说。

“一点儿也不喜欢，”我说，“她连伺候花园的耐心都没有。”

“啊哈，明白了吧？”简说，“我有讨厌种地的前科。”

“总之考虑一下。”我说。

“也许我会的。”简说。

该死的弹夹放在哪儿了——简发送道。紧接着导弹就击中了目标。我卧倒在地，简所在的露头山岩化为碎石，如雨点般落在我周围。抬起头，我只看见简的一只手，还在不停抽搐。我跑向她，但被一阵散射堵了回来。我后退几步，躲回我刚才所在的石块背后。

我向下望去，看见了偷袭我和简的勒雷伊小队。两个勒雷伊人正在慢慢爬坡，朝我们而来，第三个在帮第四个装导弹。我很清楚这颗导弹将射向何方。我瞄准前面两个勒雷伊人发射了一枚枪榴弹，听见他们手忙脚乱地寻找掩护。枪榴弹爆炸，我没再理会他们，而是瞄准扛导弹的勒雷伊人开了一枪。他“扑通”一声栽倒在地，手指一动扣下了发射扳机，导弹的尾焰喷向同伴的脸，后者惨叫着抱住眼带，没头苍蝇似的乱窜。我给它头部一枪。导弹飞起来，画出弧线离我而去。我没有费神等着看它落在什么地方。

前面两个勒雷伊人又开始往上爬。我朝他们的大致方向发射了第二枚枪榴弹，给他们添点麻烦，然后拔腿奔向简。枪榴弹落在其中一个勒雷伊人的脚边，把它的腿脚炸了个稀巴烂。第二个趴回地上。我又赏给它一枚枪榴弹，这次它闪避得不够快。

我在简身旁跪下，她还在抽搐，一块石头打穿了她的头部侧面。智能血已经迅速凝结，但伤处边缘仍在一下一下地涌出小股血液。我对简说话，但她毫无反应。我接通她的脑伴，收到的只是不规则的情绪爆发，有震惊，也有痛苦。她的眼睛扫来扫去，却没了神采。她就快死了。我攥紧她的手，拼命按捺住汹涌澎湃的眩晕和似曾相识的感觉。

反击始于我们占领追踪站不久后的黎明，猛烈二字不足以形容敌人的汹汹来势。勒雷伊人意识到保护伞被撕开了，于是疯狂反扑，想夺回追踪站。他们没有时间准备，也没有制订过计划，进攻纯属自发组织，但完全不计后果。一艘接一艘运兵船出现在地平线上，越来越多的勒雷伊人投入战场。

特种部队的士兵用疯狂和多变的战术抵挡勒雷伊人。第一批运兵船刚着陆，我方战士就冲了上去，登陆门才开启，便有导弹和枪榴弹射进兵员舱。直到勒雷伊人派出空军增援后，他们的舰艇这才不是一落地就被炸成碎片。我方大部队守卫指挥中心和里面宝贵的康苏科技，我们排负责在外围游击，骚扰勒雷伊部队，拖慢他们的前进速度。简和我之所以会出现在距离指挥中心几百米的一块露头山岩上，这就是原因。

正下方有另一个勒雷伊小队开始摸向我们。必须换个地方了。我朝勒雷伊人发射了两枚导弹，暂时挡住他们，然后弯下腰，用消防员的姿势扛起简。简呻吟起来，但我管不了那么多。我看见先前拿来当过掩护的一块巨石，拔腿冲过去。勒雷伊人在背后对我放枪。子弹嗖嗖飞过，石块碎屑刮破了我的脸。我成功地躲到巨石背后，放下简，瞄准勒雷伊人发射了一枚枪榴弹。枪榴弹爆炸，我冲出巨石，杀了个回马枪，两大步奔到他们面前。勒雷伊人吱嘎号叫，没等他们想通该怎么对付一个径直扑过来的人类，我就把MP切换到了自动挡，在他们有所反应前一通扫射。接着，我赶回简身旁，接通她的脑伴。还有活动。简没死。

接下来的一段路程会很艰难。目的地是一小间维修厂，但我和那里之间隔着一百米左右的开阔地。勒雷伊步兵已经在开阔地边缘拉开了战线，还有一艘飞船正朝我想去的方向而去，寻找可供射杀的人类。我接通傻逼，确定简的手下的位置，发现附近有三个人：两个在开阔地靠我这边，离我三十米，第三个在另外那头。我命令他们掩护我，然后扛起简，冲向那个棚屋。

枪弹撕裂空气，击中双脚曾经在或将要在的土地，掀起草皮漫天飞舞。一颗跳弹击中左臀，带得下半身猛地一歪，剧痛流遍左半身。肯定会留下一大块淤青。我尽量稳住脚步，一步一步不停奔跑。身后传来导弹击中勒雷伊人所在位置的隆隆声。机动小队赶到了。

勒雷伊飞船转身对我开炮，随即拐弯想避开我方士兵发射的一枚火箭弹。它成功了，运气却不够好，没能避开从其他方向射来的另外两枚。第一枚击中引擎；第二枚钻进挡风玻璃。飞船一沉，开始歪斜，但还在继续飞行，直到又一枚火箭弹穿过破碎的挡风玻璃，在驾驶舱里爆炸。飞船轰然坠地，我趁机跑到棚屋门口。背后瞄准我的勒雷伊人把注意力转向简的部下，他们给勒雷伊人造成的损失比我大得多。我撞开房门，扛着简跳进凹下去的修理室。

这里相对安静些，我检查着简的要害。凝固的智能血完全包住了头部创口，难以看清损伤有多严重、碎石插进大脑多深的地方。

她的脉搏还很有劲，但呼吸急促而不规律。具有超强携氧能力的智能血现在可以一展身手了。我不再认定简必死无疑，但不清楚该怎么做才能保住她的性命。

我请求傻逼的帮助，得到了一条出路：指挥中心有个小医务室，设备简陋，但拥有便携式维生舱。那东西能稳定简的伤情，直到登上飞船，返回凤凰星接受救治。我记起上次拜访珊瑚星的情形，简和雀鹰号的船员当时也把我塞进了维生舱。投桃报李正当时。

一串子弹呼啸着穿过上方的窗户，还有敌人记得我在这里。该换个地方了。我算好路径，目的地是五十米外一道勒雷伊人挖的战壕，不过现在归特种部队所有。我通知战友我要过去；他们用火力替我压制敌人，我沿着之字形路线跑向战壕。我总算回到了特种部队的火线后。前往指挥中心剩下的那几步路就没什么值得一说的了。

我赶在勒雷伊人决定摧毁指挥中心之前冲了进去。他们对夺回追踪站已经失去兴趣，现在一门心思只想将其夷为平地。我仰望天空。尽管已有晨曦，但还是能看见蓝天上有亮光闪烁。殖民防卫军的舰队到了。

指挥中心用不了多久就会被勒雷伊人炸烂，康苏科技即将灰飞烟灭。时间不多了。我钻进建筑物，其他人都在往外跑，唯有我奔向医疗室。

指挥中心的医务室里有个庞大而复杂的怪东西。这就是康苏人的追踪系统。天晓得勒雷伊人为啥把它放在医务室里，但他们确实这么做了，结果让医务室成了整个指挥中心唯一没有被打得稀烂的地方——特种部队有命令要保证追踪系统完好无损。我们的人用闪光弹和匕首袭击了这个房间里的勒雷伊人。勒雷伊人遍布刀伤的尸体还七横八竖地躺在地上。靠在墙边的追踪系统看上去平淡无奇，发出嗡嗡的运行声响，听着还有几分让人安心的效果。仅有的输入输出设备是一小块显示屏和一个访问接口，连着随便扔在旁边病房床头柜上的勒雷伊存储模块。追踪系统可不知道再过几分钟，自己就要被勒雷伊人的炮弹炸成一团散乱的线头了。我们保卫这鬼东西的所有努力将付诸东流。

指挥中心在摇晃。我不再思考追踪系统的事情，先轻轻地把简放在病床上，然后四处寻找维生舱。我在相邻的储藏室找到了这东西，它形如用半个塑料圆柱包起来的轮椅。我在维生舱旁边的架子上找到了两块便携能量源，将一块插进维生舱，看了一眼控制面板。能支撑两个钟头。我抓起另外一块能量源。事先多做准备，免得事后悔恨。

我把维生舱推到简的病床旁，又一颗炮弹击中目标，控制中心整个随之晃动，电源被切断了。冲击波把我推向一旁，被勒雷伊人的尸体绊倒在地，脑袋磕在墙上，撞得我眼冒金星，剧痛难忍。我边骂娘边爬起来，感觉到一小股智能血涌出前额的伤口。

电灯闪烁了几秒钟，在几次明灭之间，简发送了犹如浪头的一则情感信息，强烈得让我不得不扶住墙壁。简醒了，有了知觉，在这几秒钟内，我看见了她认为她看见的东西：房间里还有别人和她在一起，这个人和她长相相同，用双手抚摸着简的面颊，对她微笑。灯光闪烁，她和我最后一次见到她的时候一模一样。灯光再次闪烁，完全亮起，幻影消失了。

简抽搐起来。我走过去，她的眼睛睁着，直勾勾地看着我。我接通她的脑伴，她还有知觉，但已经在昏迷边缘了。

“喂，”我握住她的手，轻声说，“你中弹了，简。你还活着，但我得把你放进维生舱，直到送进医院为止。你救过我，还记得吗？所以咱们扯平了。坚持住，好吗？”

简握紧我的手，但没有什么力道，像是要让我仔细听她说。“我看见她了，”她耳语道，“我看见凯西了。她对我说话。”

“她说什么？”我问。

“她说，”简说，精神有些涣散，但很快又恢复了神智，“她说我该和你去种地。”

“你怎么回答？”我问。

“我说好啊。”简说。

“好。”我说。

“好。”简说完又昏了过去，脑伴送出不规则的大脑活动信号。我抱起她，尽量轻柔地放进维生舱。我吻了她一下，启动维生舱，舱门封闭，嗡嗡地开始运转。简的神经和生理读数很快降低到极点。可以走了。我低头看着轮子，推着维生舱绕过几分钟前绊倒我的勒雷伊人尸体，发现有个存储模块戳出了勒雷伊人的腹袋。

指挥中心再次中弹，左右晃动。应该逃命的我却弯下腰，抓起存储模块，走到访问接口前，把模块插了上去。显示器亮起来，出现勒雷伊语的文件列表。我打开一个文件，是张示意图。关掉，换个文件打开，还是示意图。我返回最初列表，在图形界面上寻找顶层目录的入口。找到了，打开，我让傻逼翻译眼前的文字。

出现在我眼前的是康苏追踪系统的用户手册。示意图、操作说明、技术设置、故障修复程序。全都在这儿了。除了系统本身，这就是最好的战利品。

又一颗炮弹击中指挥中心的侧面，我被掀翻在地，医务室里弹片横飞。一块金属刺穿了我面前的显示屏，另一块打穿了追踪系统本身。它不再嗡嗡哼唱，而是发出被掐住脖子的窒息声。我抓起存储模块，从访问接口上拔下来，攥住维生舱的把手，拔腿就跑。刚跑到勉强算是安全的地方，最后一颗炮弹打穿指挥中心，整个建筑物被炸塌了。

面前的勒雷伊人正在撤退，追踪站不再是战略重点。天空中的几十个黑点是正在着陆的交通艇，里面装满了急于夺回珊瑚星的防卫军士兵。我很高兴让他们接手，此刻我只想尽快离开这里。

科里克少校在不远处和几个参谋交流意见，他示意我过去。我推着简走向他。他低头看看她，然后抬头看着我。

“据说你扛着萨根跑了大半公里，又在勒雷伊人开始炮击的时候冲进指挥中心，”科里克说，“记得有谁说过我们疯狂得不可救药来着。”

“我并不疯狂，长官，”我说，“我拥有校准得相当精确的风险观。”

“她怎么样？”科里克朝简点点头。

“已经稳定了，”我说，“但头部伤得很重。必须尽快送进医疗舱。”

科里克朝一艘正在登陆的交通艇点点头。“第一艘交通艇，”他说，“你们都给我上去。”

“谢谢你，长官。”我说。

“谢谢你，佩里，”科里克说，“萨根是我最优秀的军官之一。谢谢你救了她。唉，要是你连追踪系统也一并救下，那我今天可就真是过节了。辛辛苦苦保卫这该死的追踪站，结果全他妈泡汤了。”

“至于这个嘛，长官，”我说着拿起了存储模块，“有个东西估计你会感兴趣。”

科里克瞪着存储模块，然后目光灼灼地看着我。“枪打出头鸟，上尉。”他说。

“呃，长官，应该不会吧，”我说，“再说我是中尉。”

“走着瞧，咱们走着瞧。”科里克说。

简登上了第一艘回去的交通艇。我却被耽搁了好久。

18

我荣升上尉，但没再见过简。

两者相比，荣升上尉比较戏剧化。背着简在战场上狂奔几百米，然后冒着炮火把她放进维生舱，这已经足够让我在官方报告里露脸了。而我同时还缴获了康苏追踪系统的技术示意图，按照科里克少校私下里所说的，这似乎有点过分了。说得我好像有的选似的。我在第二次珊瑚星战役中的表现让我又得了几枚勋章，升迁接踵而至。若是有谁注意到我一个月就从下士升到了上尉，他们肯定也没多声张。唉，我也一样。总而言之，事后几个月始终有人请我喝酒。当然啦，殖民防卫军的士兵喝酒不要钱。收到这份心意我就很知足了。

康苏人的技术手册被直接送往军事研究部。哈利后来说看那东西就像阅读上帝他老人家的手稿。勒雷伊人知道怎么使用追踪系统，但完全不明白工作原理，就算有了完整的示意图，他们恐怕也没法照样拼凑出第二台。他们缺乏必要的制造能力。我们知道这一点，因为我们同样缺乏必要的制造能力。单是推测这东西的工作原理就开创了一整个崭新的物理学分支，还让殖民联盟开始重新审视跃迁引擎技术。

哈利被选入一个小组，负责研究这种技术的实际应用。他快活得都找不到北了，杰西抱怨说他让人简直没法忍受。哈利曾经因为数学知识不足而苦恼不已，现在却无所谓了，因为周围的人反正都没有足够的数学知识。这无疑更加明确了一个事实：绝对不能招惹康苏人。

第二次珊瑚星战役过后几个月，有流言说勒雷伊人重返康苏空域，向康苏人祈求更多的科技。康苏人的回应是让勒雷伊飞船内爆，然后扔进最近的一个黑洞。我觉得这招有点儿用力过猛了，不过流言毕竟只是流言嘛。

夺回珊瑚星之后，防卫军给我的任务一个比一个轻松，先是作为防卫军的最新一位英雄巡游各个殖民地，让殖民者知道殖民防卫军在为诸位抛头颅洒热血。我不得不耐着性子看了许多场阅兵式，当了许多次烹饪大赛的评委。过了几个月，虽说能拜访一两个星球而又不需要杀光所有居民很让人开心，但我还是想换点事情做做了。

公关巡游结束后，殖民防卫军指派我管理运送新兵的飞船。我站在一千个换上新躯体的老家伙面前训话，先吩咐他们尽情享乐，隔一个星期又说十年内诸位四个要死三个。这个差事苦乐参半，说实话让我有些受不住。走进运兵船的食堂，看见一群群新朋友在相互接触，结下深厚的感情，就像当初的我跟哈利和杰西、艾伦和玛琪、汤姆和苏珊。不知道有多少人能活下来。大部分恐怕都没戏。这么混了几个月，我请求调岗。没人表示异议，因为这份工作谁都干不久。

最后，我请求重归战场。倒不是说我喜欢打仗，而是我莫名其妙地很擅长战斗。重生的我从骨子里就是个战士。我答应了要上战场，那就上战场吧。总有一天我会换种活法，但在此之前，我想忠于职守。我得到一个连，被分派上了陶斯号。这就是我的归宿。陶斯号是艘好船，我指挥一群好兵。人生如此，夫复何求。

我没再见过简，这没有什么戏剧性。毕竟见不到一个人算不得大事。简搭第一艘回程的交通艇去了阿玛里洛号，随船军医看到她的特种部队标识牌，把她推到医疗舱的角落里，连维生舱的门都没开，一路送回凤凰星，交给特种部队的医官处理。我最后搭乘贝克斯菲尔德号回到凤凰星。那时简已经身处特种部队的医院腹地，我这种凡人哪里有资格见她一面，即便是个热辣滚烫的新英雄也没门。

没过多久，我就戴着勋章升了职，开始在各个殖民地巡游讲演。后来还是科里克少校捎信给我，说简已经康复，和雀鹰号的大部分幸存士兵一起上了名叫风筝号的新船。我发给简的信息都碰了壁。特种部队就是特种部队，他们是幽灵旅。你没资格知道他们去哪儿，在干什么，甚至他们其实就在你的鼻子底下。

但是，我知道他们就在附近。特种部队的士兵每次见到我，都会用脑伴"乒"我一下，也就是发一条简短的情感消息表示尊敬。尽管时间不长，但我是唯一在特种部队服过役的胎生人。我救了他们中的一员，还曾在危难关头力挽狂澜，让任务反败为胜。我每次都"乒"回去，算是回礼，但除此之外绝不说任何会让他们泄露身份的话。特种部队的士兵喜欢这样。我没再在凤凰星或其他地方见过简。

但我有过她的消息。分配到陶斯号后不久，傻逼说有个匿名者发了条消息给我。这可够新鲜的，我还没有通过脑伴收过匿名信呢。我打开消息，见到一片麦地，远处有幢农舍，太阳正冉冉升起。或许是日落也未可知，但我觉得不像。我花了半秒钟才意识到这是一张明信片。接着，我听见了她的声音，我很熟悉这个声音，这辈子曾在两个不同的女人那里听到过。

你问过我特种部队的人退伍后去哪儿，我说我不知道——她发送道，其实我知道。如果我们愿意，有个地方可供前去，在那里第一次学习如何成为人类。到时候，我想我会去的。希望你能和我一起去。你不是非来不可。但你如果愿意，那就来吧。你是我们中的一员，对吧？

我暂停播放，镇定心神后，继续听了下去。

我有一部分属于你爱过的那个人——她发送道，我想，那一部分我希望重新得到你的爱，也希望我能同样爱你。我不是她。我只能是我。但我认为如果你愿意的话，也可以爱我。我希望你爱我。能来的时候就来找我吧。我等你。

就此结束。

回想我最后一次站在妻子墓前的那天，转身而去时我义无反顾，因为我知道我的妻子并不在那个地洞里。我进入了一段新的人生，再次找到了她，她存在于另一个有着自己人格的女人身上。等这段人生结束，我也会义无反顾地转身而去，因为我知道她在等我，在另外一段不同的人生中等我。

我还没有再次见到她，但我知道这一天迟早会到来。很快，就快了。

致　谢

本书的出版之路充满了兴奋和惊奇，一路上有太多的人提供了帮助和鼓励，真是不知该从谁开始说起。

还是先说参与制作你手上这本书的人吧。首先必须感谢的是帕特里克·尼尔森·海登，他不但买下了这东西，还贡献了堪称明断的编辑意见。感谢特蕾莎·尼尔森·海登，为了她的辛勤劳作、判断、建议和对话。多纳托·詹科拉绘制的封面比我期待中的还要酷。他非常厉害，艾琳·加洛也一样，后者我希望她已经爱上了“沙滩男孩”乐队。Tor出版社的各位：非常感谢，保证在写完下一本书之前搞清楚你们的名字。

早期有几位朋友充当了本书的“测试读者”，我必须在此向他们表示感谢。但愚蠢的我居然弄丢了完整名单（已经是几年前的事情了），但其中提供了反馈的一部分人包括（无先后顺序）：埃琳·鲁尔克、玛丽·安妮·格拉扎尔、克里斯托弗·麦卡洛、史蒂夫·亚当斯、艾利森·贝克尔、林奈特·米利特、詹姆斯·康茨、蒂芙尼·卡伦和杰弗里·布朗。被我忘记的名字和湮没在电子邮件存档里的名字至少都还有这么多，千万请原谅我的失误，感谢你们的贡献，下次我保证记得更清楚些。对天发誓。

我欠以下这些科幻、奇幻作家和编辑们的情，感谢他们的帮助和/或友谊，希望有朝一日我能还上这些人情：科里·多克托罗、罗伯特·查尔斯·威尔森、肯·麦克劳德、贾斯汀·拉巴莱斯蒂尔、斯科特·维斯特菲尔德、查尔斯·斯特罗斯、娜奥米·克里泽、玛丽·安妮·莫汉拉基和苏珊·玛丽·格罗皮。特别要提到的是尼克·萨根，为了向他父亲致敬，我在书中使用了他的家姓；另外，我和他结下了深厚的友情，他现在是“尼克和萨根互踢屁股团”的重要成员了。祝我的代理人伊桑·艾伦伯格生意兴隆，他最近正忙着说服别人发行这本书的各国译本。

感谢我的朋友和家人，他们没让我写书写得发疯。他们是（无先后顺序）：德文·德赛、凯文·斯塔普夫、丹尼尔·梅因茨、莎拉·佐尔、娜塔莎·科尔杜斯、斯蒂芬妮·林恩、凯伦·迈斯纳、斯蒂芬·内贝特、常（Cian Chang）、克里斯蒂·盖顿、约翰·安德森、里克·麦金尼斯、乔·里比斯基、卡伦和鲍勃·巴斯耶、特德·拉尔、谢利·斯金纳、埃里克·佐恩、帕梅拉·里本（你现在出名了！）、米卡尔·伯恩斯、比尔·迪克森和里甘·埃弗里。我的“大杂烩（Whatever）”和“顺便说一句（By the Way）”这两个博客的读者，你们忍受了看我唠叨出版经过的痛苦，谨向诸位脱帽致敬。向克莉丝汀和雅典娜·斯卡尔齐奉上我的吻，我爱你们。老妈，希瑟、鲍勃、盖尔、卡伦、多拉、迈克、布伦达、理查德，各位侄子侄女、表兄表弟、叔伯兄弟（实在太多了）——还有被我忘掉了的所有人，请接受我的谢意吧。

最后：谢谢你，罗伯特·A.海因莱因，你对我的启发显而易见（因此致谢一节只能放在本书末尾了）。

约翰·斯卡尔齐

2004年6月

图书在版编目（CIP）数据

老人的战争 /（美）约翰·斯卡尔齐 (John Scalzi)
著；姚向辉译．-- 南京：江苏凤凰文艺出版社，
2019.9
书名原文：Old Man's War
ISBN 978-7-5594-3546-0

Ⅰ．①老… Ⅱ．①约… ②姚… Ⅲ．①科学幻想小说
－美国－现代 Ⅳ．① I712.45

中国版本图书馆 CIP 数据核字 (2019) 第 064150 号

老人的战争

［美］约翰·斯卡尔齐 著　　姚向辉 译

责任编辑　丁小卉
特约编辑　姚红成　孟汇一
装帧设计　李子琪　陈艳丽　黄恒鑫
责任印制　刘　巍
出版发行　江苏凤凰文艺出版社
　　　　　南京市中央路 165 号，邮编：210009
网　　址　http://www.jswenyi.com
印　　刷　三河市龙大印装有限公司
开　　本　890 × 1270 毫米 1/32
印　　张　10.25
字　　数　213 千字
版　　次　2019 年 9 月第 1 版　2019 年 9 月第 1 次印刷
标准书号　ISBN 978 – 7 – 5594 – 3546 – 0
定　　价　46.00 元

江苏凤凰文艺版图书凡印刷、装订错误可随时向承印厂调换